AF548083

Gisela B. Schmidt ist 1984 in Ravensburg geboren und aufgewachsen. Nachdem sie sich im Kindergartenalter das Lesen selbst beigebracht hatte, waren Bücher aus ihrem Leben nicht mehr wegzudenken. Durch ihre Studienwahl sicherte sich die energiegeladene Optimistin das Privileg, sich auch beruflich mit Büchern umgeben zu können, und unterrichtet bis heute leidenschaftlich gerne an einem Baden-Württemberger Gymnasium. Ihre schriftstellerische Kreativität lebte sie zunächst nur zum privaten Vergnügen aus, entschied sich 2020 dann aber für eine Veröffentlichung. Der große Erfolg ihres Debütromans *Vermächtnis mit Lavendelhauch* motivierte sie zu weiteren Romanen, sodass innerhalb von nur zwei Jahren mehr als neun Romane in Rohfassung entstanden. Von Psychothrillern über Familiengeheimnisromane bis Cosy Crime fühlt sich die Autorin in allen Genres wohl, die von Spannung und gesellschaftlichen Abgründen leben.

GISELA B. SCHMIDT

Erstausgabe Oktober 2022

Mia Midway Mysteries

ISBN 978-3-98637-961-2
E-Book-978-3-98637-902-5

Covergestaltung: ARTC.ore Design
Umschlaggestaltung: ARTC.ore Design
Unter Verwendung von Abbildungen von
© shutterstock.com: © Pheniti Prasomphethiran, © Konmac, © naum, © Roman Sigaev
Korrektorat: Dorothee Scheuch
Lektorat: Astrid Pfister

Satz: dp DIGITAL PUBLISHERS GmbH
Druck und Bindung: Books on Demand GmbH, Norderstedt

Für Johanna

Du hast immer an meine Geschichten geglaubt.

Danke für dich und für all das, was ein eigener

Roman wäre, wenn ich es aufschreiben würde.

I

Ruf Tante Lena an!!!

Stirnrunzelnd nahm Mia die drei Ausrufezeichen wahr, mit denen die SMS-Nachricht versehen war. Ihre Mum verwendete Satzzeichen? Was war denn jetzt passiert? Für gewöhnlich vertrat Laura Midway die Ansicht, dass sich ihre Tochter gefälligst dankbar zeigen sollte, überhaupt von ihr mit Textnachrichten beglückt zu werden. Also akzeptierte Mia für gewöhnlich die satzzeichenlosen Botschaften und entschlüsselte sie nach bestem Wissen und Gewissen. Hier gab es allerdings nichts zu entschlüsseln, die Aufforderung war eindeutig:

Ruf Tante Lena an!!!

Aber warum? Sie hatte nichts mehr von Tante Lena gehört, seit diese vor Jahren nach Cornwall ausgewandert war. Pennygrave lautete der Name des malerischen Ortes, wenn sie sich richtig erinnerte. Dort leitete Tante Lena nun die örtliche Bibliothek.

Ihre Liebe zu Büchern hatte von Anfang an eine besondere Verbindung zwischen den Midway-Frauen geschaffen. Tante Lena war Bibliothekarin aus Leidenschaft und hatte Mia von klein auf mit Lesestoff versorgt. Später – genau genommen die vergangenen zehn Jahre lang - hatte Mia dann als Deutschlehrerin an einer Privatschule versucht, ihre Liebe zum geschriebenen Wort an andere Kinder weiterzugeben, so wie es Tante Lena bei ihr getan hatte. Ein Traum, den Mia geträumt und verwirklicht hatte und der nun ebenso jäh wie bitter zerplatzt war.

Mit einem genervten Knurren legte sie das Handy neben sich aufs Sofa. Wollte ihre Mum vielleicht deshalb, dass sie Tante Lena anrief? Und wenn schon. Sie hatte nicht die geringste Lust, über die Umstände ihrer Entlassung zu sprechen, auch nicht mit ihrer Lieblingstante. Viel lieber wollte sie weiter mit ihrem Eimer voll Eis auf der Couch herumlümmeln und sich Trash-Sendungen im Fernsehen reinziehen. Hohl, sinnlos und Balsam für ihren verletzten Stolz.

Schmollend schob sie sich einen weiteren Esslöffel Schokoladeneis in den Mund und versuchte, das penetrante Piepen zu überhören, welches das Eintreffen einer weiteren Textnachricht verkündete. Ohne Erfolg.

Mia gab ein genervtes Knurren von sich, griff erneut nach dem Handy und las die zweite Nachricht:

Ruf sie an!!! Jetzt!!!!!

Später vielleicht

tippte Mia mit der linken Hand, da sie nicht gewillt war, den Löffel aus der rechten zu legen.

Jetzt! Ruf sie an! Jetzt sofort!!!

Warum denn?

...!!

Hä? Nur noch Satzzeichen? Was war denn jetzt los? Verwirrt starrte Mia auf die seltsame Kommunikation, die alles an Eigenartigkeit übertraf, was sie je mit ihrer Mum erlebt hatte, und da gab es wirklich so einiges. Schließlich obsiegte doch die Neugier.

Ich mach ja schon

tippte sie schnell, woraufhin lediglich ein erhobener Daumen-Emoji zurückkam. Laura Midway hatte die Emojis entdeckt? Dieser Abend steckte voller Überraschungen.

Seufzend scrollte Mia durch ihr Telefonbuch und drückte auf den Namen von Tante Lena.

Es tutete.

»Mia, wie schön, dass du dich meldest.«

»Ja, Überraschung«, brummte Mia missmutig.

Tante Lena lachte. »Nein, eigentlich nicht. Ich habe vorhin mit deiner Mutter gesprochen und sie hat sich bereit erklärt, dich mal zu fragen. Aber dass du dich so schnell entscheidest, damit hätte ich jetzt wirklich nicht gerechnet. Super, dass du es machst, das erspart mir einiges an Zeit und Aufwand. Sollen wir die Details sofort besprechen?«

»Ähem ... was mache ich?«

»Na, die Bibliothek. Ich dachte, deshalb rufst du an?«

»Ich habe ehrlich gesagt keine Ahnung, weshalb ich anrufe«, gestand Mia. »Mum hat mich quasi gezwungen, mich bei dir zu melden.«

Tante Lenas helles Auflachen verriet, dass sie sich lebhaft vorstellen konnte, was sich zwischen ihrer jüngeren Schwester und deren Tochter abgespielt haben musste.

»Okay, kein Problem, mein Schatz, ich erkläre dir, um was es geht.«

Zwanzig Minuten später beendete Mia das Gespräch und starrte fassungslos auf das Telefon in ihrer Hand. Hatte sie eben wirklich zugesagt, morgen nach Cornwall zu fliegen und für zehn Monate Tante Lenas Bibliothek zu übernehmen? War sie komplett verrückt geworden? Sie hatte keine Ahnung, wie man eine Bibliothek leitete, und in Cornwall war sie lediglich einmal gewesen als sie – genau, da musste sie ungefähr fünf Jahre alt gewesen sein. Damals hatte sie die Gegend mit ihren Eltern und ihrem Großvater besucht. Er stammte von dort und hatte seine Töchter samt Enkel nach Pennygrave eingeladen, um ihnen seine Heimat zu zeigen. Und nun würde sie morgen offenbar nach Pennygrave umziehen. In das Cottage von Tante Lena. Für zehn Monate. Weil diese spontan beschlossen hatte, eine Weltreise zu machen. Verrückt.

Das war alles total verrückt.

Sie musste dringend packen.

Mit einem Satz sprang Mia auf und eilte in ihr Schlafzimmer, wo sie den alten Koffer hinter dem Schrank hervorzog. Während sie sich Mühe gab, nur sinnvolle Kleidung einzupacken, durchflutete sie eine Welle prickelnder Abenteuerlust. Was sie vorhatte, mochte vollkommen verrückt sein, aber es war immer noch tausend Mal besser, als herumzusitzen und Trübsal zu blasen. Pennygrave war die perfekte Chance auf etwas Abstand, auf Neuorientierung und auf unerwartete Möglichkeiten. Sollte dieses kornische Dörfchen doch mal zeigen, was es zu bieten hatte.

Mit einem Mal überkam sie eine unbändige Gier nach neuen Erfahrungen. Neugier: Mias wohl ausgeprägtester Charakterzug und jener, bei dem sie sich bis heute nicht sicher war, ob es sich um einen Segen oder einen Fluch handelte. Denn wäre sie nicht so furchtbar neugierig gewesen, würde sie jetzt noch immer an dieser schicken Privatschule Deutsch und Englisch unterrichten und wäre nicht auf so peinliche Art und Weise entlassen worden.

Ach, sei es drum. Energisch klappte sie den Deckel des Koffers herunter und kniete sich darauf, um den Reißverschluss zuzuziehen. Sie würde erst einmal nur das Nötigste mitnehmen. Kleidung, Hygieneartikel und Zahnbürsten gab es in England auch zu kaufen, und um alles andere brauchte sie sich vorerst keine Gedanken zu machen, wie Tante Lena ihr versichert hatte.

Grinsend öffnete Mia den Laptop und checkte ihre Mails. Da war es auch schon: das Online-Ticket, das Tante Lena ihr zuzusenden versprochen hatte.

Mia druckte es aus und packte es gemeinsam mit ihrem Reisepass in die Handtasche. Morgen früh würde das Abenteuer beginnen: Pennygrave.

2

Unsicher blickte Eleonora Meil um sich, als sie aus dem kleinen Cottage trat. Genau hier war sie aufgewachsen, zwischen den ungleichförmigen Steinwänden, die im Sommer für angenehme Kühle sorgten und im Winter die Wärme des knackenden Kaminfeuers speicherten. Hier, in dem wilden Garten, in dem man sich so herrlich verstecken konnte und in dem es von Feen und Elfen nur so wimmelte. Wie viele Geschichten hatte sie sich dort auf dem kleinen Stein sitzend ausgedacht? Das alles hatte sie längst hinter sich gelassen. Ihre Erinnerungen hatten in Pennygrave ein würdiges Grab gefunden. Dass diese Bibliothekarin es geschafft hatte, sie zu einer Lesung zu überreden, war lediglich der Nostalgie geschuldet. Für einen einzigen Abend würde sie die Vergangenheit noch einmal aufleben lassen ... wollte Pennygrave erleben, mit all ihren Sinnen, um dann endlich damit abschließen zu können, und zwar endgültig. Der Entschluss, ihr Elternhaus zu verkaufen, hatte sie große Überwindung gekostet, doch er war unumstößlich. In den vergangenen Jahren hatte das hübsche Cottage leer gestanden, und was nicht benutzt wurde, war dem Verfall preisgegeben, darin unterschieden sich Häuser nicht von Menschen. Ungenutztes verrottete, vergammelte und wurde unbrauchbar, ein Haus ebenso wie ein menschlicher Körper oder der Verstand. Sie hatte Glück, dass die Schäden im Haus noch kein größeres Ausmaß angenommen hatten, Glück und ihre treue Nachbarin Mrs Stanfield. Die gute Irma. Jahrelang hatte diese regelmäßig nach dem Rechten gesehen, den Garten gepflegt und sogar ab und zu im Haus sauber gemacht, in der unumstößlichen Hoffnung, dass Eleonora eines Tages zurückkehren würde. Seit sie denken konnte, war Irma da gewesen. Sie hatte sie bereits als Kind mit Süßigkeiten versorgt, wann immer sie aufeinandergetroffen waren. Dann und wann hatte sie ihr heimlich ein bisschen Geld für neue Bücher zugesteckt. Einfach so. Eleonora wusste, wie sehr sie von der alten Frau vergöttert wurde. Für die Achtzigjährige war sie noch immer die kleine Elli mit den großen Träumen. Dass sie diese längst verwirklicht hatte, schien Irma regelmäßig zu vergessen, aber das machte nichts. Es war sehr angenehm, wenigstens von einem Menschen so behandelt zu werden wie früher.

Mit einem Lächeln auf den Lippen schloss Eleonora Meil die Tür hinter sich ab und trat auf die Straße. Sofort spürte sie die Blicke. Es sah sie zwar niemand direkt an, doch Eleonora Meil wusste, dass sie starrten. Alle starrten sie an.

Während sie die Straße entlang zum Dorfplatz ging, auf dem sich wie jeden Mittwoch die Obst- und Gemüsestände reihten, zog sie den Kopf immer weiter ein. Niemand sprach sie an. Niemand begrüßte sie oder drückte seine Freude darüber aus, dass sie wieder hier war. Es war schrecklich. Entweder tuschelten die Menschen hinter vorgehaltener Hand, sahen ihr bewundernd hinterher oder warfen ihr missgünstige Blicke zu. Dabei waren es dieselben Menschen, mit denen sie aufgewachsen war. Dort hinten zum Beispiel stand Melanie McTrout. Mit ihr war sie zur Schule gegangen und man konnte an ihrem Gesicht ablesen, dass sie sie auch erkannt hatte. Warum kam sie nicht einfach her und redete mir ihr? Auf der linken Seite am Brunnen lehnte Noah McCann. Okay, dass der nicht mit ihr reden wollte, konnte sie verstehen. Auch Merla Warrington war vermutlich nicht besonders gut auf sie zu sprechen. Dennoch war sich Eleonora sicher, die Funken, die aus Merlas Blick sprühten, nicht verdient zu haben. Rasch ging sie weiter. Wenn sie es bis an den Gemüsestand schaffte, konnte sie sich vielleicht auf ihren Einkauf konzentrieren, und Mary Skyler würde wohl oder übel mit ihr reden müssen, wenn sie bei ihr einkaufte.

Eleonora lief auf Marys Stand zu, machte dann aber abrupt kehrt, als sie dort Melody Clearmont im Gespräch mit Nora Wells entdeckte, die offenbar gerade versuchte, Melodys Gesprächssalven zu entgehen. Melody Clearmont war die neugierigste Person auf dem Planeten Erde, wenn nicht sogar darüber hinaus. Nichts schien dieser Frau zu entgehen. Trotz ihrer zweiundsiebzig Jahre verfügte sie über einen messerscharfen Verstand und zögerte nicht, diesen einzusetzen. Nicht nur, dass sie leidenschaftlich gern andere Menschen beobachtete, nein, sie liebte auch nichts mehr als die kleinen Fehltritte ihrer Mitmenschen aufzudecken und zu diskutieren. Obwohl eigentlich nicht sie, sondern Reverend Morten die moralische Instanz in Pennygrave verkörperte, konnte es Melody Clearmont nicht lassen, moralische Verfehlungen der anderen an den öffentlichen Pranger zu stellen. *Melodys Melodien* wurden sie scherzhaft genannt, die endlosen Monologe, mit denen Melody die anderen regelmäßig über Verfehlungen in der Dorfgemeinschaft aufklärte, freiwillig oder unfreiwillig.

Schnell bog Eleonora nach links ab und versteckte ihr Gesicht hinter einem üppigen Strauß Margeriten.

»Keine Angst, hier will bestimmt niemand ein Autogramm«, keifte Clara Clottingham, die missgünstigste Person in der gesamten Umgebung. Eleonora zwang sich zu einem Lächeln, aber zu einer Antwort konnte sie sich dann doch nicht durchringen. Stattdessen machte sie auf dem Absatz kehrt und hastete zurück in die Richtung, aus der sie gekommen war. Sie würde die gute Irma bitten, ein paar Dinge für sie einzukaufen.

Noch während sie sich vom Dorfplatz wegbewegte, spürte sie die Blicke der Einwohner von Pennygrave in ihrem Rücken.

Vielleicht war es doch eine dumme Idee gewesen, herzukommen.

3

Mit klopfendem Herzen starrte Mia durch die Scheibe des Taxis und kam aus dem Staunen gar nicht mehr heraus. Die Reise nach Pennygrave hatte gerade mal sechs Stunden gedauert und doch hatte sie das Gefühl, in einer vollkommen anderen Welt gelandet zu sein. Die Farbenpracht aus ihrer Erinnerung war nur ein matter Abglanz dessen, was sie in dem beschaulichen englischen Örtchen tatsächlich vorfand. Ein Meer aus Blumen und Farben, das sich sowohl auf die Vorgärten als auch auf die Parks und Straßenränder ergoss, als sei man in einem Bild von Monet oder direkt auf dem Ausstellungsgelände eines Blumenladens gelandet. Auch der kleine Vorgarten, vor dem das Taxi nun hielt, protzte mit einer regelrechten Farbexplosion. Erst beim zweiten Hinsehen nahm Mia das winzige Steincottage wahr, das inmitten des Blumenmeeres wirkte wie ein Fels in einer Blütenbrandung. Fasziniert von der Schönheit dieses Anblicks, verharrte Mia überwältigt auf dem Rücksitz und begriff erst auf das Räuspern des Taxifahrers hin, dass sie aussteigen sollte. Dem Fahrer gab sie ein üppiges Trinkgeld, woraufhin dieser es sich nicht nehmen ließ, ihren Koffer bis vor die Eingangstür zu tragen. Erst als er sich mit einem freundlichen Lächeln verabschiedet hatte, wagte sie es, den Haustürschlüssel unter dem Gartenzwerg mit der kleinen Laterne hervorzuholen, den Tante Lena ihr beschrieben hatte.

Während sich die Tür mit einem leisen Klicken öffnete, fühlte sich Mia plötzlich beobachtet. Seit jeher hasste sie das Gefühl, dass ihr jemand von hinten in den Nacken starrte, deshalb hatte sie auch immer vollstes Verständnis für Schüler gehabt, die sich gern in die letzte Reihe setzten.

Mit einem Ruck drehte sie sich um und suchte mit raschen Blicken die Umgebung ab. Tatsächlich traf sie dabei den Blick gleich mehrerer Personen. Direkt hinter ihr auf der anderen Straßenseite stand eine etwa achtzigjährige Dame. Ihr Rücken war vom Alter gekrümmt, der Hals dafür umso weiter nach vorne gereckt, was ein bisschen an eine Schildkröte erinnerte. Aus dem faltigen Gesicht blitzten neugierige Augen hervor, die jede Bewegung von Mia verfolgten und bewiesen, dass in dem gebrechlich wirkenden Körper noch ein wacher Verstand wohnte.

Mia lächelte breit und winkte der Dame vorsichtig zu, doch diese fixierte sie weiterhin starr und unbeeindruckt. Verunsichert ließ Mia ihren Blick nach rechts schweifen und traf dabei den eines Mannes in den Vierzigern. Er trug eine braune Cordhose und eine typisch englische Tweedjacke. Unter seiner ebenfalls braunen Basecap lugte dichtes, braunes Haar hervor. Er senkte sofort den Blick und ging zügigen Schrittes weiter die Straße entlang. Die alte Dame hingegen verharrte noch immer an Ort und Stelle. Mia streifte sie kurz mit ihrem Blick und sah dann nach links. Hier öffnete sich der weitläufige Marktplatz, auf dem einige Stände mit Blumen, Gemüse und Handwerkskunst aufgebaut waren. Auch von dort aus verfolgten mehrere Augenpaare jede ihrer Bewegungen. Mias freundliches Lächeln transformierte sich in ein gezwungenes. Schnell drehte sie sich um, schlüpfte in das kleine Cottage hinein und schloss die Tür hinter sich.

Aufatmend lehnte sie sich mit dem Rücken gegen das Türblatt, das nun eine hölzerne Barriere gegen die neugierigen Blicke bildete, und schloss für einen Moment die Augen. Als Lehrerin war sie fremde Blicke ja gewohnt, aber das hier war etwas anderes. Die Menschen sahen sie nicht nur an, sie schienen sie förmlich zu durchdringen. Andererseits, wer mochte es ihnen verdenken? In einem kleinen Ort wie Pennygrave war vermutlich nicht besonders viel los, ihre Ankunft hier war daher bestimmt eine Art Hauptattraktion.

Mit einem beherzten Ruck stieß sie sich vom Türblatt ab und trat weiter in das Gebäude hinein, um ihr vorübergehendes Zuhause genauer in Augenschein zu nehmen. Sie zog die Schuhe aus, schritt durch eine grüne Holztür und fand sich in einem Wohnzimmer wieder, das ihr spontan die Sprache verschlug. Ein üppiges Sofa mit rosarotem Blümchendekor und zwei dazu passende Sessel dominierten den Raum. Auf der linken Seite stand ein offenes Regal, das fast bis zur Decke reichte. In diesem waren sowohl ein komplettes Arsenal an Porzellangeschirr als auch Figürchen aus verschiedensten Materialien sowie Kunstobjekte ausgestellt. Auf der gegenüberliegenden Seite des Raumes befand sich ein optisch identisches Regal, aber dieses war vollgestopft mit Büchern. Eine weitere Wand war nicht vorhanden, denn statt einer solchen ließen bodentiefe Sprossenfenster eine enorme Helligkeit in den Raum und gaben den Blick auf einen

Garten frei, der von der Straßenseite aus nicht einmal zu erahnen gewesen war.

Fast ehrfürchtig öffnete Mia die beiden Fensterflügel und sah sich einer Farbenpracht gegenüber, die jene des Vorgartens noch bei Weitem übertraf. Sie schluckte trocken. Bisher hatte sie mit Pflanzen nicht besonders viel zu tun gehabt, abgesehen von dem kleinen Kaktus, den ihr ihre Mutter einmal zum Geburtstag geschenkt hatte und der seither in ihrer Küche traurig vor sich hin kümmerte. Bei diesem Anblick englischer Gartenkunst wurde ihr hingegen regelrecht flau im Magen. Zu allem Überfluss plätscherte in der Mitte der wildromantischen Blütenpracht ein kleiner Springbrunnen. Direkt daneben befand sich eine gusseiserne weiße Bank und zwei dazugehörige Stühle, ein Beistelltischchen komplettierte das romantische Ensemble. Zweifellos der perfekte Platz, um ein gutes Buch zu lesen. Ein Lächeln stahl sich auf Mias Gesicht. Vielleicht war dieser fluchtartige Trip in ein anderes Land doch keine Notlösung, sondern eine echte Chance, hier in Cornwall eine Auszeit zu nehmen, in diesem gemütlichen Cottage zu leben, zu lesen und einen kompletten Neuanfang zu wagen. Den Gedanken daran, dass die Bibliothek nicht nur zu ihrem Vergnügen da war, sondern von ihr geleitet werden sollte, versuchte sie erfolglos zu verdrängen.

Aufgeregt ging sie wieder ins Innere des Cottage.

Gerade hatte Mia den Fuß auf die erste Stufe der Treppe gesetzt, die ins Obergeschoss führte, als ein warmer, voller Gong ertönte. War das die Türglocke? Der Gong erklang erneut.

Mia ging zurück zur Eingangstür, öffnete sie und wurde sofort grob zurückgeschoben. Überrascht nahm sie eine Frau wahr, die sich hereindrängte, schnell die Tür hinter sich schloss und sich ebenso mit dem Rücken an das Türblatt lehnte, wie sie es wenige Minuten zuvor selbst getan hatte.

»Entschuldigen Sie bitte mein stürmisches Eindringen.« Die Frau lächelte verlegen und streckte ihr die Hand entgegen. »Ich halte das einfach nicht mehr aus. Als wäre es nicht genug, dass mich alle anstarren, jetzt werde ich auch noch verfolgt.«

Mechanisch schüttelte Mia die Hand ihres Überraschungsgastes.

»Da bin ich also. Ich hoffe, ich bin noch pünktlich?« Die Fremde warf einen hastigen Blick auf ihre Uhr und lächelte dann erleichtert. »Ja, bin ich. Schön. Wo soll ich mich ausbreiten?«

Erst jetzt nahm Mia die große Tasche wahr, die die Frau fragend in die Höhe hielt.

»Ich ... ich weiß nicht«, stammelte Mia unbeholfen. Sie hatte keine Ahnung, wo diese Frau sich *ausbreiten* sollte, geschweige denn davon, wer sie überhaupt war oder was sie hier wollte. Als sie sie weiterhin abwartend ansah, lächelte Mia verlegen. Dann prustete sie plötzlich los. Die Situation war aber auch zu komisch.

»Es tut mir wirklich leid, aber ich fürchte, ich habe nicht die geringste Ahnung, was Sie von mir wollen«, sagte Mia entschuldigend, während sie sich noch immer kichernd die Hand vor den Mund hielt.

»Na, die Lesung vorbereiten«, erklärte die Fremde leicht irritiert. »Sind Sie nicht Lena Midway? Wir haben doch telefoniert oder nicht?« Mit einem Mal riss sie erschrocken die Augen auf und legte die Hand auf Mias Schulter. »Oh Gott, oder habe ich mich jetzt etwa in der Hausnummer geirrt? Ach du meine Güte, bitte entschuldigen Sie. Und ich stürme hier einfach so herein. Was müssen Sie nur von mir denken?«

»Nein, nein«, wiegelte Mia schnell ab. »Hier wohnt schon Lena Midway. Sie ist meine Tante. Eigentlich.«

»Miss Midway ist eigentlich ihre Tante?«

»Nein, sie wohnt eigentlich hier.« Mia schüttelte lachend den Kopf über ihre ungenaue Ausdrucksweise. Es hätte ihr leichter fallen müssen, sich im Englischen präzise auszudrücken, doch die Situation hatte sie derart überrumpelt, dass sie einen Moment brauchte, um sich wieder zu fassen. »Lena Midway ist meine Tante. Ich bin Mia Midway«, stellte sie sich endlich formvollendet vor.

»Ah. Freut mich sehr, Miss Midway. Ich bin Eleonora Meil, die Autorin.«

»Oh«, erwiderte Mia nur. Die Art, wie Miss Meil ihren Namen genannt hatte, legte nahe, dass Mia sie kennen sollte, doch das war leider nicht der Fall.

»Ich werde morgen eine Lesung in der Bibliothek Ihrer Tante abhalten und wir hatten für heute noch einen Termin zur Vorbesprechung vereinbart. Ist sie denn nicht da?«

»Ähem, nein.« Mia zögerte einen Moment und überlegte, doch angesichts der Tatsachen war es wohl das Beste, mit offenen Karten zu spielen. »Es tut mir sehr leid, Miss Meil, meine Tante ist gestern zu einer Weltreise aufgebrochen. Sie wird erst in zehn Monaten wieder zurück sein. Hat sie Ihnen denn nichts davon gesagt?«

»Mit keiner Silbe. Was geschieht denn dann in der Zwischenzeit mit der Bibliothek?«

»Ich werde vorübergehend die Leitung übernehmen.«

»Na, das ist doch wunderbar, dann bin ich ja doch richtig.« Eleonora Meil strahlte. »Wo sollen wir uns denn am besten besprechen?« Erneut nahm sie die schwere Tasche, die sie zwischenzeitlich abgestellt hatte, in die Hand, bereit dazu, in jede beliebige Richtung zu marschieren, die Mia ihr weisen würde.

»Wir können uns gern im Wohnzimmer unterhalten«, schlug Mia zögerlich vor. »Allerdings fürchte ich, dass ich dafür die Falsche bin. Ich habe noch nie …«

Doch da war die resolute Autorin auch schon an ihr vorbei ins Wohnzimmer gestapft. Mia blieb nichts anderes übrig, als ihr zu folgen. Während Miss Meil kurzerhand verschiedene Blätter auf dem niedrigen Couchtisch verteilte, suchte Mia nach den richtigen Worten, um ihr Dilemma zu erklären.

»Es tut mir wirklich leid, Miss Meil, ich glaube nicht, dass die Lesung morgen stattfinden kann. Vielleicht wäre es besser, wenn Sie damit warten, bis meine Tante wieder da ist. Ich habe wirklich noch gar keine Ahnung auf diesem Gebiet, daher …«

»Ach, Papperlapapp, natürlich wird die Lesung stattfinden. Ich bin doch nicht umsonst hierhergereist. In die Höhle des Löwen sozusagen.« Sie lachte kurz auf und zwinkerte der überraschten Mia zu. »Die Einwohner von Pennygrave warten seit Jahren auf meinen Besuch, da kann ich sie doch jetzt nicht enttäuschen.«

»Aber ich habe wirklich keine Ahnung ...«

»Sie müssen ja auch gar keine Ahnung haben. Glauben Sie mir, das ist nicht meine erste Lesung.«

Kurz war Mia versucht, die Autorin darauf hinzuweisen, dass es äußerst unhöflich war, andere zu unterbrechen, doch diese sortierte bereits so konzentriert ihre Unterlagen, dass Mia sich nicht sicher war, wie sie auf eine Zurechtweisung reagieren würde. Gerade nahm sie einige Bücher aus ihrer Tasche und stapelte sie auf dem Tisch. Überrascht nahm Mia die Sticker auf den Covern wahr, die darauf hinwiesen, dass es sich bei dem Roman um einen Bestseller handelte.

»So, das wären erst einmal meine Unterlagen«, konstatierte Miss Meil und hob den Blick. Dann reichte sie Mia einen dünnen Ordner. »Ich habe hier für Sie, also eigentlich für Ihre Tante, die wichtigsten Informationen zusammengestellt. Anbei ist auch ein Entwurf, wie ich mir die Vorstellung meiner Person von Ihnen wünsche. Ich hoffe, Sie werden nicht allzu sehr davon abweichen?«

Mia nickte zur Bestätigung. Da sie noch immer keine Ahnung hatte, wer diese Frau überhaupt war, würde sie wohl nicht einmal geringfügig von den Aufzeichnungen abweichen.

»Sehr gut, das freut mich«, sagte Miss Meil. »Ich mag es nämlich nicht besonders, wenn überraschend irgendwelche Details über mich erzählt werden, von denen die Hälfte dann sowieso nicht stimmt. Die Presse verbreitet ja gern so einiges. Nach der Vorstellung meiner Person, werde ich dann einen Teil aus meinem Roman vorlesen. Es wäre nett, wenn Sie mir dazu ein

Glas Wasser bereitstellen könnten und ein Päckchen Kaugummi. Wenn mein Mund so trocken ist, kann ich schlecht lesen. Ich weiß, man kaut nicht, wenn man vorliest, aber ich bin Profi, glauben Sie mir. Ich stecke den Kaugummi lediglich in die Backentasche, das genügt, um meinen Mundraum feucht zu halten. Da werden Sie keinerlei Kaubewegung sehen.«

Mia nickte.

»Ich denke, in einem gewissen Alter dürfen wir alle unsere Marotten haben, nicht wahr?« Wie um ihre Aussage zu bestätigen, zog sie ein Päckchen aus der Tasche, entnahm ihm einen Kaugummi und steckte ihn in den Mund. Genießerisch schloss sie die Augen, während sie zu kauen begann. Dann schob sie den Kaugummi mit der Zunge sichtbar in ihre Backentasche, deutete triumphierend mit ihrem Zeigefinger auf den Mund und grinste. »Sehen Sie? Nichts zu sehen.«

Mia nickte zustimmend. Diese Frau schien ja ganz genau zu wissen, was sie wollte. Wie praktisch, denn sie hatte wirklich noch nie eine Lesung abgehalten oder besucht. Seltsam für eine Lehrerin für zwei Sprachen, müsste man meinen, doch tatsächlich hatte sie Lesungen bisher einfach nichts abgewinnen können. Die Zeit, die sie damit verbringen müsste, beim Vorlesen zuzuhören, nutzte sie doch lieber, um selbst zu lesen. Außerdem war es absolut nervtötend, wenn jemand einen Text, den sie vorliegen hatte, unterhalb ihrer eigenen Lesegeschwindigkeit vortrug. Sogar bei ihren Schülern - okay, Ex-Schülern - hatte sie das regelmäßig alle Beherrschung gekostet. Auch das persönliche Kennenlernen von Autoren fand sie nicht besonders reizvoll. Ganz im Gegenteil. Es war doch viel angenehmer, wenn die Geschichte unabhängig von der Person blieb, die sie geschrieben hatte. Mia hatte viel zu große Angst davor, dass sie einen Roman plötzlich deshalb blöd finden könnte, weil sie dessen Autor unsympathisch fand. Aber das musste sie Miss Meil ja nicht gerade auf die Nase binden.

»Oh, das hier ist nicht von mir«, unterbrach die Schriftstellerin Mias Gedanken und streckte ihr ein Blatt entgegen, das sie vom Wohnzimmertisch genommen hatte.

Mia nahm es an sich und begann zu lesen.

Liebe Mia,

herzlich willkommen in meinem gemütlichen Cottage. Das hier ist nicht nur ein Haus, sondern ein wirkliches Zuhause. Ich bin sehr glücklich hier und hoffe, dass auch du dich wohlfühlen wirst. Den Kühlschrank habe ich noch aufgefüllt, du wirst in deinen ersten Tagen hier Wichtigeres zu tun haben als Lebensmittel einzukaufen. Dass du mir das Haus so hinterlassen sollst, wie du es vorgefunden hast, brauche ich wohl nicht zu erwähnen, ich kenne dich ja. Ups, ich glaube, jetzt habe ich es doch getan. Egal.
Um den Garten solltest du dich bitte ein bisschen kümmern. Es würde mir das Herz brechen, wenn meine geliebten Blütenfreunde verstorben sind, wenn ich zurückkomme. Falls du dich mit Pflanzen nicht auskennst, mach dir keine Sorgen, wir haben hier direkt im Ort eine wunderbare Gärtnerei. Hab keine Scheu, sie zu beauftragen. Für dadurch entstehende

Unkosten ebenso wie für eventuelle Reparaturen und Instandhaltungsarbeiten habe ich ein kleines Konto eingerichtet. Von diesem bezahlst du bitte alle Rechnungen, die das Cottage betreffen. Die Kontodaten liegen oben in der Nachttischschublade.
Ach, und dann habe ich tatsächlich noch etwas Wichtiges vergessen: Die Bestsellerautorin Eleonora Meil wird am Mittwochabend eine Lesung in unserer Bibliothek abhalten. Sie ist in Pennygrave geboren und aufge-wachsen, lebt aber mittlerweile in der großen weiten Welt. Es hat mich drei Jahre gekostet, sie dazu zu bringen, hier eine Lesung abzuhalten. Bitte zieh das also durch. Lady Sophie wird dir helfen. Miss Meil ist außerdem eine erfahrene Autorin, also mach dir keine Sorgen. Aber sei nett zu ihr. Es wäre nicht schön, wenn der Liebling des Ortes verprellt wird. Ach, du machst das schon. Tut mir leid, dass ich dich jetzt so ins kalte Wasser werfen muss, aber ich weiß, dass ich dir das zutrauen kann. Miss Meil kommt am Dienstag um vierzehn Uhr zu einer kurzen Vorbesprechung. Die Kaffeemaschine ist in der Küche, ein Kuchen ist im Kühlschrank und Kekse sind im Schrank darunter. Bedient euch und macht es euch gemütlich.
Der Schlüssel für die Bibliothek ist ebenfalls im Nachttisch. Die Papiere der Bibliothek sind vor Ort in den Ordnern unter dem Verleihtresen, da musst du dich vermutlich ein bisschen einlesen. Es wäre mir sehr recht, wenn die Unterlagen die Bibliothek trotzdem nicht verlassen würden. Im Gegensatz zu meinem Cottage hat die Bibliothek eine Alarmanlage. Den Code dafür findest du übrigens auch im Nachttisch. So, ich hoffe, jetzt habe ich nicht noch etwas Wichtiges ver-

gessen. Vielen Dank noch mal, dass du so spontan für mich einspringst. Das mit deiner Entlassung tut mir leid, aber ich freue mich wirklich sehr über den dadurch entstandenen positiven Nebeneffekt.
Ich wünsche dir eine wundervolle Zeit in Pennygrave. Pass gut auf mein Häuschen und die Bibliothek auf, am allermeisten aber auf dich selbst.

Es umarmt dich, deine Tante Lena.

Aha. Nun wusste sie wenigstens Bescheid. Typisch Tante Lena. Sie war schon immer ein bisschen chaotisch gewesen. Lag wohl in der Familie.

Mia sah auf und traf direkt den Blick von Miss Meil, die besorgt die Stirn runzelte. »Schlechte Nachrichten?«

»Ähem nein, nur ein Brief von meiner Tante.« Im selben Augenblick wurde Mia bewusst, dass Miss Meil vermutlich kein Wort von dem Geschriebenen verstanden hatte, obwohl sie die Buchstaben betrachtet hatte, denn der Brief war auf Deutsch verfasst. Für Mia, die zweisprachig aufgewachsen war, machte es keinen Unterschied.

»Gut, können wir dann die Lesung noch kurz besprechen?«

»Oh, ja, natürlich, entschuldigen Sie bitte.«

»Kein Problem.«

In der folgenden halben Stunde gingen die beiden Frauen den Ablauf der Lesung durch. Schnell bestätigte sich, dass Miss Meil äußerst konkrete Vorstellungen davon hatte. Im Prinzip erklärte sie lediglich, was Mia zu tun hatte und diese machte sich entsprechende Notizen. Nach knapp dreißig Minuten hatte Mia ein klares Bild davon, wie der morgige Abend ablaufen würde und die Autorin packte zufrieden ihre Unterlagen ein. Mia bot an, eine Flasche Wein zu öffnen, was Miss Meil dankend annahm.

»Ach, das ist nun endlich ein gelungener Moment an diesem seltsamen Tag«, sagte die Besucherin und seufzte zufrieden, als sie sich mit dem Weinglas in der Hand rückwärts in die weichen Kissen sinken ließ.

»Das können Sie laut sagen«, erwiderte Mia lachend.

Am Morgen hatte sie ihre Wohnung in Deutschland verlassen und nun saß sie in diesem gemütlichen Cottage in Cornwall und trank Rotwein mit einer Bestsellerautorin. Das Leben konnte wirklich verrückt sein.

»Ach, Sie werden Pennygrave lieben.« Miss Meil seufzte erneut und sah verträumt in ihr Weinglas, als verberge sich die Vergangenheit irgendwo unter der roten Flüssigkeit. »Ich war hier wirklich glücklich.«

»Warum leben Sie denn dann nicht mehr hier? Wenn diese Frage nicht zu persönlich ist.«

Miss Meil lächelte verklärt. »Nein, nein, das kann ich Ihnen gern beantworten. Am Anfang meiner Karriere habe ich noch in Pennygrave gelebt und geschrieben. Ich hatte nie vor, von hier wegzugehen, aber – ich weiß nicht, ob es den Spruch mit dem Propheten in Deutschland auch gibt ... «

»Ein Prophet gilt nichts im eigenen Land?«

»Ja, ganz genau. Dann verstehen Sie sicherlich, was ich meine. Es war wirklich seltsam. Von Kindesbeinen an war ich immer sehr beliebt hier. Ich habe mich wohlgefühlt. Ich hatte unzählige Freunde, war Klassenbeste und Schülersprecherin. Mein Leben war einfach toll. Dann habe ich angefangen zu schreiben. Die ersten nationalen Erfolge stellten sich ein, dann die internationalen. Bereits mit meinem zweiten Roman war ich sehr erfolgreich, auch im Ausland.«

»Das ist doch wunderbar.«

»Ja, sollte man meinen, nicht wahr? Aber im gleichen Maße, wie mein Erfolg wuchs, wuchs auch der Neid. Viele Menschen hier betrachteten mich plötzlich mit anderen Augen. Ich war immer eine von ihnen gewesen. Doch auf einmal schien ich nicht mehr dazuzugehören.«

»Aber wieso denn, wenn Sie nach wie vor hier in Pennygrave gewohnt haben?«

Miss Meil zuckte mit den Schultern. Der fröhliche Ausdruck auf ihrem Gesicht war einem wehmütigen gewichen. »Tja, das ist wohl die Sache mit dem Propheten. Man kann es nicht logisch erklären. Es ist einfach so.«

»Schade.«

»Ja, sehr.«

Eine nachdenkliche Pause entstand. Dann machte die Schriftstellerin eine wegwerfende Handbewegung, als könne sie ihre Gedanken verscheuchen wie eine lästige Fliege. »Zum Glück gibt es aber auch noch Menschen, die mich nach wie vor zu mögen scheinen. Das hoffe ich zumindest. Ich glaube nicht, dass ihre Tante die Lesung sonst organisiert hätte. Sie wird ja wohl vorher das Interesse abgefragt haben, oder?«

»Tut mir leid, das weiß ich nicht. Ich bin wie gesagt erst heute Morgen hier angekommen und stehe deshalb in der ganzen Sache noch vollkommen planlos da.«

Miss Meil lachte belustigt auf. »Ach, das macht nichts. Dafür sind Sie mir sehr sympathisch. Falls niemand kommt, werden wenigstens Sie da sein und mir zuhören, nicht wahr?«

»Auf jeden Fall«.

»Na sehen Sie, dann ist das Auditorium doch schon mal nicht leer. Notfalls lese ich eben exklusiv für Sie.«

»Ich denke nicht, dass es so weit kommen wird.« Mia meinte es ehrlich, denn Miss Meil war zweifellos eine sympathische, einnehmende Person. Sie konnte sich kaum vorstellen, dass jemand sie nicht mögen könnte. »Bestimmt lauern die Menschen von Pennygrave bereits darauf, Sie endlich wiederzusehen«, sagte sie aufmunternd.

Die Autorin verdrehte die Augen. »Ja, lauern ist genau das richtige Wort.«

»Wie meinen Sie das?«

Miss Meil beugte sich zu Mia, als wolle sie ihr ein Geheimnis verraten. »Ich glaube, ich werde beobachtet.«

Mia lachte auf. »Oh, das Gefühl kenne ich. Als ich hier aus dem Taxi gestiegen bin, hatte ich sofort das Gefühl, dass mich alle anstarren.«

»Ja, ganz genau. Sie starren mich an.«

»Na ja, also ehrlich gesagt kann ich das bei Ihrem Bekanntheitsgrad aber auch nachvollziehen. Werden nicht alle Stars ständig beobachtet? Vielleicht sind ja sogar ein paar Paparazzi nach Pennygrave gekommen.«

»Oh, Sie schmeicheln mir, meine Liebe.« In gespielter Verlegenheit legte Miss Meil eine Hand auf ihre Brust und lächelte anzüglich, wurde aber gleich darauf wieder ernst. »Nein, Paparazzi interessieren sich nicht besonders für Schriftstellerinnen in den besten Jahren, glauben Sie mir. Eher für jugendliche Schauspielerinnen. Die Blicke von Lesern, die mich erkennen, bin ich durchaus gewohnt. Das hier ist etwas anderes. Es sind missgünstige Blicke. Böse Blicke. Ich glaube sogar, dass ich verfolgt werde.«

»Wieso?«

»Tja, wenn ich das nur wüsste. Es ist einfach so ein Gefühl.« Es entstand eine kleine Pause, in der sich Mia zum ersten Mal während des Gesprächs unbehaglich fühlte.

Plötzlich lachte Miss Meil laut auf. »Ach was soll's, vielleicht ist es auch nur die Paranoia einer Frau, die sich zu viele Geschichten ausgedacht hat. Der gute Wein wird mich vergessen lassen.« Demonstrativ erhob sie ihr Glas, schwenkte die Flüssigkeit darin mehrfach im Kreis und trank sie dann in einem Zug aus. »So, und nun sollte ich mich auf den Weg machen. Sie sind ja noch jung, aber glauben Sie mir, ich brauche meinen Schönheitsschlaf, sonst sehe ich morgen früh zerknitterter aus als mein Bettlaken.« Sie lachte erneut, laut und sympathisch. Dann packte sie ihre Sachen zusammen und ging zur Tür. Die beiden Frauen verabschiedeten sich fast wie Freundinnen.

Wenige Stunden später hatte Mia ihre Sachen aus dem Koffer in den Schrank geräumt, sich umgezogen, frisch gemacht und lag nun mit angewinkelten Beinen in dem gemütlichen Bett im ersten Stock. Auf den Knien hielt sie den Ordner mit den Informationen über die Autorin, den sie von Miss Meil erhalten hatte. Genau die richtige Bettlektüre, denn die Begegnung mit der lebensfrohen Schriftstellerin hatte unweigerlich ihre Neugier geweckt.

Sie nippte an ihrem Pfefferminztee, den sie sich auf dem Schränkchen bereitgestellt hatte, und seufzte wohlig. Hier wirkte nicht einmal die pfirsichfarbene Blümchentapete kitschig, sondern behaglich und fröhlich. Kein Wunder, dass Tante Lena nicht mehr nach Deutschland zurückgekehrt war.

Mia ließ ihren Rücken in die weichen Kissen sinken und schlug den Ordner auf ihren Knien auf. Miss Meil hatte ganze Arbeit geleistet. Auf der ersten Seite befand sich ein tabellarischer Lebenslauf, auf der zweiten ein Fließtext, der die Informationen in ausformulierter Weise wiederholte. Offensichtlich hatte die Autorin nicht nur eine klare Vorstellung von der Lesung, sondern auch von den Informationen, die sie anderen von sich preisgeben wollte.

Miss Eleonora Meil war siebenundvierzig Jahre alt und, wie sie bereits selbst erklärt hatte, in Pennygrave geboren und aufgewachsen. Bereits in der Primary School hatte sie Lehrer und Freunde mit kleinen Geschichten erfreut und regelmäßig den Vorlesewettbewerb gewonnen. Die schulischen Erfolge führten sich in allen Bereichen auch auf den weiterführenden Schulen fort. Der Schulabschluss der Schriftstellerin war, wie erwartet, A-Level mit Bestnoten. Eine echte Überfliegerin offenbar. Anschließend Medizinstudium in Oxford, mit Stipendium. Danach arbeitete sie als Ärztin in England, Frankreich und den USA, kehrte aber immer wieder nach Pennygrave zurück, wo sie das Cottage ihrer bei einem Unfall verunglückten Eltern geerbt hatte. Im Alter von achtunddreißig Jahren schrieb sie ihren ersten Roman. Zwar keinen Bestseller, aber nun, wo Mia den Titel las, kam er ihr doch entfernt bekannt vor. Mit dreiundvierzig gelang ihr dann der Durchbruch. Ein Bestseller, der inzwischen sogar verfilmt worden war. Es folgten vierzehn weitere Romane, die allesamt auf der Bestsellerliste vertreten waren. Miss Meil war inzwischen hauptberuflich Autorin, arbeitete aber weiterhin unentgeltlich für Ärzte ohne Grenzen und war in verschiedenen Wohltätigkeitsvereinen aktiv, welche separat aufgelistet waren.

Wow. Beeindruckt sah Mia von den Notizen auf und blickte aus dem kleinen Fenster, das dem Bett direkt gegenüberlag. Die Dämmerung brach gerade herein und zeichnete ein herrlich buntes Farbenspiel an den Himmel. Angesichts der Leistungen von Miss Meil fühlte sich Mia auf einmal erschreckend klein und unbedeutend. Was hatte sie bisher schon zustande gebracht? Sie war vierunddreißig Jahre alt, lebte auf Kosten ihrer Tante in deren Cottage, um Babysitter für eine Bibliothek zu spielen. Ja, sie hatte auch studiert, aber doch eher mit durchschnittlichen Ergebnissen. Darüber hinaus hatte sie bisher nichts erreicht, womit es sich zu prahlen gelohnt hätte. Nicht einmal einen Mann oder Kinder konnte sie vorweisen. Wenn sie jetzt verunglücken würde, wie Miss Meils Eltern, würde sie nichts hinterlassen außer ein paar armseligen Habseligkeiten, die man bestenfalls noch auf dem

Flohmarkt verschleudern konnte. Sie hatte nichts von wirklichem Wert erschaffen. Nichts Bleibendes.

Bevor sie sich noch weiter in ihren trüben Gedanken verlieren konnte, kämpfte sie Neid und Traurigkeit nieder und zwang ihren Blick wieder auf die Inhalte des Ordners. Dem Lebenslauf beigefügt waren verschiedene Zeitungsartikel. Allesamt schwärmten sie in den höchsten Tönen von Miss Meils Handlungen und Erfolgen. Eine strahlende Ikone, diese Frau. Dennoch war sie bei ihrem Besuch keineswegs abgehoben oder arrogant gewesen. Kurz schossen Mia Miss Meils Worte durch den Kopf, dass diese sich beobachtet fühle. Vielleicht wollten diese Beobachter einfach nur ein bisschen an ihrem strahlenden Leben teilhaben. Ein Stück von ihrem Glanz miterleben, wenn auch nur passiv.

Mia lächelte. Sie freute sich schon auf die morgige Lesung. Vielleicht war das ja eine wunderbare Möglichkeit, von einer Frau zu lernen, die es im Leben zu etwas gebracht hatte, sowohl tatkräftig als auch menschlich.

Zufrieden mit ihrem ersten Tag in Pennygrave schloss sie die Augen und ließ sich von der entspannten Atmosphäre des Schlafzimmers in einen tiefen Schlaf tragen.

4

Sir William räusperte sich vorsichtig, als er den großen Salon betrat. Er wusste, wie sehr sich seine Mutter in ihren Gedanken verlieren konnte. Die Welt jenseits ihrer Erinnerungen schien dann für sie nicht mehr zu existieren. Nicht nur einmal hatte er sie durch eine unbedachte Berührung fast zu Tode erschreckt, weil sie nicht mitbekommen hatte, dass er überhaupt anwesend war.

Erneut räusperte er sich, dieses Mal etwas lauter.

Jetzt drehte sich Lady Sophie endlich um. Auf ihrer Stirn zeigten sich leichte Falten, die immer noch ein bisschen tiefer waren, wenn sie nachgedacht hatte.

»Was machst du denn noch hier unten, Mutter?«, fragte Sir William, während er zu ihr trat und ihr liebevoll die Hand auf die Schulter legte.

»Ach, ich kann nicht schlafen.«

»Bist du aufgeregt wegen deiner neuen Chefin?«

Lady Sophie nickte. »Was, wenn sie mich nicht mag?«

Er drückte seine Finger etwas in ihre Schultermuskulatur, die durch das viele Lesen wie immer verspannt war. Wohlig stöhnte die Adlige auf.

»Sie wird dich schon mögen, Mutter.« Sir William versuchte, zuversichtlich zu klingen.

Lady Sophie sah ihrem Sohn ernst in die Augen. »Sie meiden mich, William. Sie wissen, dass mit Ruperts Tod etwas nicht stimmt.«

»Fängst du schon wieder damit an?«

»Ich habe nie damit aufgehört.«

»Geh jetzt schlafen, Mutter. Morgen wird bestimmt ein anstrengender Tag für dich.« Liebevoll küsste er sie auf das Haar, drückte erneut ihre Schulter und ging dann aus dem Zimmer. Er wusste, er konnte ihr nicht helfen. Zumindest nicht so, wie sie es sich vorstellte.

»Ich kann nicht schlafen. Schon lange nicht mehr«, murmelte Lady Sophie, doch ihre Worte verklangen unkommentiert in dem riesigen, leeren Raum.

5

»Miss Midway?«

Erschrocken zuckte Mia auf ihrem Stuhl hinter dem Verleihtresen zusammen und blickte auf.

»Entschuldigen Sie bitte, ich wollte Sie nicht erschrecken.« Die ältere Dame lächelte verlegen. Mit einem schnellen Blick musterte Mia ihr Gegenüber. Sie mochte um die sechzig Jahre alt sein. Aus einem leicht faltigen, blassen Gesicht blickten sie wache, hellblaue Augen an. Die aristokratisch geschwungene Nase wirkte etwas zu groß zwischen den ansonsten eher filigranen Zügen. Von einem plötzlichen Gefühl der Ehrfurcht ergriffen, nahm Mia die strenge Ausstrahlung wahr, die durch eine enorm aufrechte Haltung, ein adrettes dunkelblaues Kostüm und einen strengen Dutt, der die grauen Haare nach hinten zog, noch verstärkt wurde. Alles an dieser Dame vermittelte Ordnung und Disziplin. Genau so hatte sich Mia immer eine Aufseherin in einem Gefängnis vorgestellt.

»Miss Midway?«, fragte die Dame erneut.

Mia nickte.

»Ach, das freut mich aber«, flötete die Fremde in einem Tonfall, der in seiner Leichtigkeit ihre strenge Erscheinung seltsam kontrastierte. »Ich bin Lady Sophie Gellam. Ihre Tante hat Sie mir angekündigt. Ich hoffe, wir werden gut zusammenarbeiten. Ach, wie schön, dass Sie hier sind. Herzlich willkommen in Pennygrave.«

Endlich gelang es Mia, ihre Verwunderung abzuschütteln. »Lady Sophie!«, rief sie erfreut. Schnell stand sie auf und streckte der eleganten Frau ihre Hand entgegen. »Es freut mich sehr, Sie kennenzulernen. Meine Tante hat mir bereits von Ihnen erzählt. Nicht viel, dafür war leider keine Zeit, aber dafür nur Gutes.« Sie grinste.

»Ach, wie herrlich. Haben Sie sich denn mit den Räumlichkeiten schon vertraut gemacht?«

»Na ja, vertraut gemacht ist vielleicht zu viel gesagt, aber ich habe mich zumindest schon mal ein bisschen umgesehen. Die Bibliothek ist ein bisschen größer, als ich erwartet hatte.«

Die alte Lady lachte herzlich. »In Pennygrave wird sehr viel gelesen, wissen Sie? Vermutlich, weil reale Abenteuer in diesem Fleckchen Erde eher eine Seltenheit sind. Ich selbst lese auch unheimlich viel und liebe es, mich von hier wegzuträumen.«

»Aber es ist doch wunderschön hier«, sagte Mia verwundert.

»Ja, durchaus, aber es ist dennoch recht beschaulich und ruhig, nicht wahr? Gerade die Jugend liebt es doch ein wenig abenteuerlicher. Sie werden es nicht glauben, aber unsere Jugendlichen hier zählen zu den aktivsten Lesern in der gesamten Grafschaft. Wir, also Ihre Tante und ich, geben uns viel Mühe, um die Lesekultur zu fördern. Wir haben unzählige Aktionen ins Leben gerufen und halten regelmäßig Veranstaltungen ab.« Der Stolz war Lady Sophie deutlich anzusehen.

»So wie die Lesung nachher?«

»Unter anderem, ja. Haben Sie sich den Saal dafür schon angesehen?«

»Das habe ich«, bestätigte Mia. »Sie haben bestimmt auch einen Ordner mit Anweisungen von Miss Meil erhalten, oder?«

Die Frage war als Scherz gemeint gewesen, doch Lady Sophie nickte ernst. »Ja, allerdings. Vor einer Woche schon. Ich habe auch versucht, alle Vorgaben akribisch umzusetzen.«

»Es sieht definitiv ganz wunderbar aus. Ich bin wirklich beeindruckt«, lobte Mia.

Der alten Dame war deutlich anzusehen, wie sehr sie sich über das ehrliche Kompliment freute. Da Mia nun wusste, dass diese alles nach Anweisungen organisiert hatte, war sie umso mehr beeindruckt von dem hübsch eingerichteten Raum. Zehn Stuhlreihen mit je zehn Plätzen pro Reihe waren akkurat aufgestellt worden, wobei genau in der Mitte ein Durchgang verlief. An beiden Seiten des großen Saals waren jeweils drei Stehtische aufgebaut, auf diesen wiederum standen kleine Blumengestecke mit lilafarbenen Grasnelken und weißen Schleifen. Ganz hinten im Raum befand sich ein Tisch mit Sektgläsern darauf. Wie Mia aus den Aufzeichnungen wusste, sollte es nach der Lesung einen kleinen Sektempfang geben. Bei diesem wollte sich die Autorin unter das Publikum mischen und sich direkt mit ihren Fans unterhalten. Sehr sympathisch, denn wenn man schon zu einer Lesung ging, war es doch toll, wenn man der Autorin nicht nur zuhören, sondern sie auch persönlich ein bisschen kennenlernen durfte. Außerdem stammte Miss Meil ja von hier. Vielleicht hoffte sie, unter den Zuhörern ein paar alte Bekannte zu treffen, mit denen sie im Anschluss noch ein bisschen über vergangene Zeiten quatschen konnte.

Ganz vorn, direkt neben dem Eingang, stand ein großer Tisch, in dessen Mitte ein Mikrofon platziert war. An diesem würde die Autorin sitzen und aus ihrem neuesten Roman lesen. Daneben wiederum befanden sich mehrere Stapel von Exemplaren auf der linken und rechten Seite des Tisches, sodass die Autorin während der Lesung wie ein Gemälde von ihren eigenen Büchern eingerahmt würde. Was für eine wirkungsvolle Inszenierung. Mia konnte es kaum erwarten, das Ganze live zu erleben.

»Na, dann wollen wir sie mal hereinlassen«, unterbrach Lady Sophie ihre Gedanken, drehte sich um und ging auf das gläserne Eingangsportal zu, das dem Verleihtresen gegenüberlag. Instinktiv wandte auch Mia ihren Blick zum Eingang und war überrascht, dass sich dort bereits eine größere Anzahl von Menschen versammelt hatte.

Irritiert warf sie einen Blick auf ihre Uhr. »Sind die nicht viel zu früh? Die Lesung beginnt doch erst in einer halben Stunde.«

»Ach, wissen Sie, das ist typisch für die Menschen von Pennygrave. Hier ist man lieber überpünktlich als zu spät.«

»Das muss ich mir merken«, murmelte Mia während Lady Sophie die große, gläserne Eingangstür öffnete. Die Gäste strömten herein wie Wasser, das durch Ritzen in einen Raum quillt. Beim Anblick der vielen Stühle im Lesungssaal hatte Mia noch über deren Menge geschmunzelt, doch die jetzige Situation entlarvte ihren Irrtum. Immer mehr Menschen traten ein und gingen schnurstracks auf den ausgeschilderten Lesungssaal zu. Das Interesse an Literatur war für so einen kleinen Ort in der Tat äußerst beeindruckend.

»Miss Melody Clearmont«, flüsterte Lady Sophie, als sie Mias Blick folgte. Dieser klebte neugierig an der alten Dame, die Mia bereits gestern gesehen hatte. Es war die betagte Schildkrötenlady, die sich auf einen Gehstock gestützt Schritt für Schritt in Richtung Lesesaal kämpfte. Dabei stieß sie wilde Flüche über die jüngeren Menschen aus, die einfach an ihr vorüberhuschten. »Wenn Sie jemals eine Nachricht in Pennygrave verbreiten wollen, ohne dafür ein Zeitungsinserat zu bemühen, dann sorgen Sie einfach dafür, dass Melody davon erfährt«, raunte Lady Sophie leise.

Mia nickte leicht und konnte sich ein Grinsen nicht verkneifen.

In diesem Moment trat eine andere ältere Frau neben Miss Clearmont und bot ihr einen Arm an, doch Miss Clearmont lehnte mürrisch ab.

»Irma Stanfield«, erklärte die Bibliothekarin. »Sie ist die wohl hilfsbereiteste Person hier im Ort. Liest leider so gut wie gar keine Bücher. Bestimmt möchte sie einfach nur Miss Meil sehen. Sie kennt sie von klein auf und hat sie immer wie ihre eigene Tochter behandelt. Und das dort ist Clara Clottingham«, fügte sie schnell hinzu, als sie sah, wie Mia den Blick einer ernst dreinblickenden Frau zuwandte. »Der gehen Sie lieber aus dem Weg.«

»Warum?«, flüsterte Mia, ohne den Blick von der Frau abzuwenden. Diese schien ungefähr im selben Alter zu sein wie Eleonora Meil, ansonsten gab es aber offenbar keinerlei Gemeinsamkeiten. Während Miss Meil eine positive Aura umgab, schien diese Clara Clottingham eine unsichtbare Mauer um sich herum errichtet zu haben. Mia fiel sofort auf, dass keiner der anderen Personen sie ansprach oder auch nur eines Blickes würdigte.

»Halten Sie sich einfach von ihr fern«, wiederholte Lady Sophie, ohne offenbar eine weitere Erklärung hinzufügen zu wollen. »Ah, und da kommt ja auch Nora. Hallo Nora«, rief sie der etwas nervös wirkenden Frau zu, die gerade durch die Tür trat. Als jene Lady Sophie erblickte, lächelte sie und erwiderte den Gruß, indem sie eifrig winkte. »So, und nun gehe ich mal lieber in den Saal. Können Sie bitte unseren Stargast in Empfang nehmen und in den Saal führen, wenn sie kommt?«

»Ja, natürlich. Soll ich sonst noch irgendetwas tun?«

»Nein, alles andere ist fertig. Meinetwegen kann es losgehen.« Lady Sophie klatschte freudig in die Hände und schritt dann würdevoll in Richtung des großen Saals, in den sich die Besucher noch immer hineindrängten. Was für eine faszinierende Frau. Es war bestimmt spannend, mit ihr zusammenzuarbeiten. Tante Lena hatte Mia schon erklärt, dass die Adlige etwas steif wirkte, ohne es im Geringsten zu sein, aber Mia machte sich immer gern ein eigenes Bild. So auch jetzt, da sie neugierig die Menschen musterte, die den Verleihtresen passierten. Dabei war nicht mit Gewissheit zu sagen, wer hier wen musterte, denn Pennygraves Einwohner waren offensichtlich ebenso neugierig auf die neue Bibliotheksleitung wie diese auf sie. Was folgte, war ein Austausch von Blicken ... die meisten freundlich, manche abschätzend, ein paar wenige sichtbar misstrauisch, sodass Mia beschämt den Kopf senkte. Endlich ebbte der Besucherstrom ab und Mia sah dabei zu, wie auch der letzte Gast im Lesungssaal verschwand.

Erneut warf sie einen Blick auf die Uhr. Es war bereits zehn Minuten vor sieben, doch von Miss Meil war noch nichts zu sehen. Vielleicht kam sie ja generell lieber knapp vor Beginn, um nicht schon vorher mit ihren Groupies aufeinanderzutreffen. Möglicherweise wollte sie sich auch nicht in ihrer Konzentration vor dem Auftritt stören lassen, das hörte man ja immer wieder von Künstlern. Trotzdem verspürte Mia eine schleichende Nervosität, die sich intensivierte, je mehr Sekunden verstrichen. Um ihre Hände irgendwie zu beschäftigen, betrachtete sie die Flyer, die auf dem Tresen auslagen, und schob sie wieder zu ordentlichen Häufchen zusammen. Dann sah sie erneut auf die Uhr ... noch zwei Minuten.

Sie spürte, wie die Aufregung ohne konkreten Grund in ihr wuchs. Was, wenn Miss Meil nicht auftauchte? Ach Unsinn, warum sollte sie ihrer eigenen Lesung fernbleiben? Das war schließlich eine gute Verkaufsmöglichkeit, von der Werbung mal ganz abgesehen.

Nervös beobachtete Mia, wie der Zeiger ihrer Armbanduhr unaufhörlich vorwärts rückte. Schließlich war es zwei Minuten *nach* sieben. Hatte Lady Sophie nicht vorhin erst behauptet, dass die Pünktlichkeit in Pennygrave zum guten Ton gehörte? Hatte ihr Aufenthalt in der weiten Welt Miss Meil etwa von dieser guten Sitte entfremdet?

Zehn nach sieben.

Lady Sophie streckte irritiert ihren Kopf aus der Tür des Lesungssaals. Mia zuckte hilflos mit den Schultern.

Mit gerunzelter Stirn kam die Bibliothekarin zu ihr. »Wir sollten wirklich langsam anfangen. Die Leute werden schon ungeduldig. Wo ist denn Miss Meil?«, flüsterte sie.

»Ich weiß es nicht«, erwiderte Mia. »Miss Meil ist noch nicht aufgetaucht.«

»Hm.« Nun warf auch Lady Sophie einen Blick auf ihre Armbanduhr. »Dabei ist es jetzt schon Viertel nach sieben. Das passt überhaupt nicht zu ihr.«

»Was machen wir denn jetzt?«

»Sie warten hier. Ich gehe rein und werde den Leuten etwas über Miss Meil erzählen. Als Einführung gewissermaßen. Vielleicht kann ich sie auf diese Weise noch ein bisschen hinhalten. Seltsam ist es schon. Äußerst seltsam.«

»Soll ich mal versuchen, sie anzurufen? Ihre Handynummer steht ja in dem Ordner.«

»Das ist eine prima Idee.« Lady Sophies Augen leuchteten kurz auf. »Gut, Sie rufen sie an und ich gehe wieder rein. Wenn sie kommt, schicken Sie sie sofort in den Saal.«

»Natürlich.«

Während Lady Sophie verschwand, um die Zuschauer hinzuhalten, wählte Mia Miss Meils Nummer. Es tutete. Das war aber auch schon alles. Mia legte auf und verglich die Nummer im Ordner mit der Telefonnummer, die sie eingetippt hatte. Sie stimmten überein. Erneut wählte sie, doch außer einem gleichmäßigen Freizeichen regte sich nichts. Nicht einmal eine Mailbox sprang an.

Eher beiläufig fiel Mias Blick auf die Adresse der Autorin, die ebenfalls in den Unterlagen vermerkt war. Ohne richtig darüber nachzudenken, tippte sie die Adresse in ihr Handy ein, schlug den Ordner zu, trat aus der Bibliothek und begann zu rennen.

Ihr Orientierungssinn war erfahrungsgemäß das Allerletzte, doch die Navigationsapp auf ihrem Smartphone lenkte sie unkompliziert zum eingegebenen Ziel.

Beim Anblick des kleinen Cottage musste sie unwillkürlich schmunzeln. Diese kleinen, verträumten Landhäuschen mit typisch englischem Charme waren einfach hinreißend.

Ein kurzer Blick auf die Uhr verriet ihr, dass es bereits zweiundzwanzig Minuten nach sieben war. Hoffentlich konnte Lady Sophie das ungeduldige Auditorium noch etwas hinhalten.

Mia drückte auf die Klingel und lauschte. Im Inneren des Gebäudes rührte sich nichts.

»Miss Meil?«, rief sie laut, und klopfte an die Eingangstür. »Ist alles in Ordnung bei Ihnen?« Mia wartete, doch es kam keine Antwort. Wiederholt klingelte sie, klopfte und rief den Namen der Autorin, doch eine Reaktion blieb weiterhin aus.

Beherzt lief sie schließlich um das Cottage herum. Vielleicht konnte sie ja durch ein Fenster ins Innere des Gebäudes spähen. In ihrer Magengegend breitete sich ein mulmiges Gefühl aus, während sie auf eine Terrassentür auf der Rückseite des Gebäudes zulief.

»Miss Meil?« Fest klopfte sie auch hier an. Dann schirmte sie mit den Händen die Sonne von ihren Augen ab, presste die Stirn an die kalte Scheibe und versuchte, hindurchzuspähen. Im Inneren blieb es unverändert ruhig. Aber da ... das Wohnzimmerfenster ... war das nicht offen? Schnell bog sie um die Ecke. Tatsächlich, das Fenster stand sperrangelweit offen.

Unbeholfen kletterte Mia durch das breite Fenster. »Miss Meil, ich bin es, Mia Midway«, rief sie währenddessen. »Entschuldigen Sie bitte, dass ich hier einfach so eindringe, aber wir vermissen Sie bei der Lesung und ich mache mir Sorgen um Sie. Sind Sie hier irgendwo? Miss Meil?«

Stille.

Schritt für Schritt wagte Mia sich weiter ins Innere des Cottage vor, hin und her gerissen zwischen beschämtem Zögern und dem Drang, Miss Meil so schnell wie möglich zu finden. Immer wieder rief sie den Namen der Autorin, aber je weiter sie in das fremde Cottage eindrang, desto unwohler fühlte sie sich. Nachdem sie im Erdgeschoss alle Räume leer vorgefunden hatte, wagte sie sich die schmale Treppe hinauf ins Dachgeschoss. Ihr gestiegener Puls machte sich bereits im Zittern ihrer Hand bemerkbar, als sie diese auf die kühle Klinke der ersten Tür legte und sie öffnete. In derselben Sekunde entfuhr ihr ein Schrei. Sofort stürzte sie zu der am Boden liegenden Autorin.

»Miss Meil? Miss Meil! Miss Meil, kommen Sie schon!« Im Schock rief sie immer lauter und rüttelte unkontrolliert an dem leblosen Körper. Wie aus weiter Ferne nahm sie plötzlich lautes Getrampel hinter sich wahr. Miss Meil lag doch vor ihr. Wer rannte denn da die Stufen herauf?

»Hände hoch und keine Bewegung!«

Erschrocken riss Mia die Hände nach oben. Der Schweiß brach ihr aus allen Poren.

»Pennygrave Police Departement! Stehen Sie auf und treten Sie von der Leiche zurück.«

Mia tat, wie geheißen. Plötzlich verwandelte sich der Boden in einen riesigen Wattebausch. »Leiche?«, fragte sie noch, dann wurde die Welt um sie herum schwarz.

6

Mrs Lampert seufzte. Die Polizei brauchte über eine Stunde, bis sie mal auf einen Anruf reagierte? Da konnte man ja nur hoffen, dass man selbst niemals in akute Not geriet. Die Person, die vorhin um das Cottage der Meils herumgeschlichen und aller Wahrscheinlichkeit nach sogar dort eingebrochen war, war längst über alle Berge. Das hatte sie mit eigenen Augen gesehen. Im Gegensatz zu den trotteligen Polizeibeamten war sie, Amelia Lampert, nämlich stets zur Stelle, wenn etwas Verdächtiges geschah. Zugegeben, wohin die Frau, die eben noch durch den Garten des Cottage geschlichen war, verschwunden war, wusste sie auch nicht. Sie war plötzlich wie vom Erdboden verschluckt gewesen. Aber dass die Person, wegen der sie zuvor die Polizei alarmiert hatte, das Grundstück längst wieder verlassen hatte, hatte sie noch genau beobachtet.

War ja mal wieder typisch. Auf die Polizei konnte man sich einfach nicht verlassen. Nichts als ein Haufen unfähiger Dorftrottel. Wer wusste schon, was diese Angela Angel nach ihrem Anruf getan hatte. Vermutlich hatte sie sich erst einmal die Nägel lackiert, bevor sie es für nötig befunden hatte, den Inspector zu informieren. Na ja. Sollten sie eben in ein leeres Cottage gehen. Das war nun nicht mehr ihr Problem.

Verärgert marschierte Mrs Lampert in die Küche und setzte eine Kanne Earl Grey auf. Wenn sie sich aufregte, konnte sie sowieso nicht schlafen.

7

»Also das sind die grünsten grünen Augen, die ich je in meinem Leben gesehen habe«, murmelte Mia benommen, als sie wieder zu sich kam.

»Und das ist der eigenartigste Satz, den eine Verdächtige je von sich gegeben hat«, antworteten die grünen Augen prompt. »Police Departement Pennygrave, ich bin Detective Inspector Mellony.«

Erst jetzt nahm Mia wahr, dass zu dem leuchtend grünen Augenpaar, das sie streng musterte, auch noch ein ganzes Gesicht gehörte. Dann begriff sie, dass sie noch immer auf dem Boden des Badezimmers saß, in dem sie gerade die Leiche von Miss Meil gefunden hatte.

»Da bin ich! Wo ist die Verletzte?« Aus dem Nichts stürmte ein vollständig in Weiß gekleideter Mann mit einer schwarzen Arzttasche in der Hand herein und kam direkt auf sie zu. Dann fiel sein Blick auf die am Boden liegende Miss Meil und er schüttelte bedauernd den Kopf. »Oh oh, Mellony. Da haben sie sich aber mal wieder so richtig vertan. Diese Dame ist nicht ohnmächtig, die ist vollständig hinüber.«

»Ich würde es begrüßen, wenn Sie derart pietätlose Scherze unterlassen würden«, konstatierte Inspector Mellony sachlich. »Die Dame, die ohnmächtig geworden ist, ist diese hier.« Er deutete auf Mia, die sich bei der Erwähnung ihrer Person in eine sitzende Position aufrichtete, während Inspector Mellony, der bis jetzt neben ihr gekniet hatte, ihr hilfsbereit die Hand reichte.

Der Herr in Weiß grinste, kniete sich dann aber vor ihr nieder, leuchtete ihr mit einer Stablampe in die Augen und fühlte anschließend den Puls an ihrem Handgelenk. »Sie haben Glück, dass ich gerade in der Nähe war. Wie lange war die Lady denn bewusstlos?«, fragte er.

»Sie können mich ruhig selbst fragen. Ich kann nämlich sprechen«, antwortete Mia harsch.

»In Ordnung. Wie lange waren Sie denn ohnmächtig, gute Frau?«

»Ich ... ich weiß nicht so genau. Fünf Minuten? Vielleicht?«, antwortete sie zögerlich.

»So viel dazu.« Der Arzt verdrehte die Augen. »Mellony, wie lang war sie ohnmächtig?«

»Ungefähr vierzig Sekunden.«

»Aha. Danke.« Er ließ ihr Handgelenk los. »Irgendwo gestoßen beim Fall?« Wieder richtete sich die Frage an den Inspector.

»Nein, ich konnte sie gerade noch auffangen.«

»Gut, dann haben Sie Glück gehabt, junge Frau. Es ist alles in Ordnung. Ich gehe dann wieder.«

»Stopp, nicht so schnell, Doc Kenzo. Würden Sie vielleicht die Güte haben, sich auch die Leiche einmal genauer anzusehen?«

»Aber selbstverständlich. Ob es sich offiziell um eine Leiche oder eine Verletzte handelt, wissen wir allerdings erst, wenn ein Arzt den Tod ordnungsgemäß festgestellt hat. Oh, wie praktisch, ich bin ja einer.« Ein schelmisches Grinsen entblößte seine strahlend weißen Zähne. Dann kniete er sich vor Miss Meil auf den Boden. Wenigstens verdeckte er auf diese Weise mit seinem Körper den ihren, sodass Mia nicht ständig das Gefühl hatte, dorthin starren zu müssen.

»So, ich stelle fest: Sie ist tot. Ich rufe dann mal die Kollegen, in Ordnung, Mellony?«

Detective Inspector Mellony nickte. »Das halte ich für eine ausgezeichnete Idee.«

Während Doc Kenzo telefonierte, nahm Mia dankbar ein Glas Wasser entgegen, das ihr eine junge Polizistin reichte. War die vorhin auch schon da gewesen? Vorsichtig trank sie einen Schluck. Dann betrachtete sie entsetzt den großen Blutfleck, der die weißen Fliesen verunzierte. »Was ist denn mit Miss Meil passiert?«, fragte sie leise.

»Das wollte ich eigentlich von Ihnen wissen«, erwiderte Inspector Mellony ruhig.

»Von mir?«, fragte Mia. »Aber ich habe nicht die geringste Ahnung!« Allein aufgrund des durchdringenden Blicks dieses Mannes hatte Mia sofort das Gefühl, sich verteidigen zu müssen. »Ich habe Miss Meil nur gesucht. Sie kam nicht zu ihrer Lesung, und dann habe ich sie hier gefunden«, brach es aus ihr heraus.

»Wie sind Sie hier hereingekommen?«

»Durch das Fenster im Wohnzimmer. Es stand offen.«

»Aha.« Der Inspector nickte der jungen Frau in Polizeiuniform zu, die einen kleinen Notizblock in der Hand hielt und das Gespräch offenbar protokollierte. Das Nicken des Inspectors quittierte sie mit einem verstehenden Lächeln und machte sich dann direkt weitere Notizen.

»Beginnen wir doch ganz von vorn. Wie heißen Sie denn?«, fragte Inspector Mellony seufzend. Bestimmt konnte er sich Besseres vorstellen, als an einem Freitagabend verwirrte Frauen zu befragen.

»Mein Name ist Mia Midway. Ich leite die Bibliothek hier in Pennygrave. Das heißt, ich leite sie vorübergehend, bis meine Tante wieder da ist.«

»Lena Midway?«

»Ja. Kennen Sie sie?«

»Jeder hier kennt Lena Midway.« Zum ersten Mal lächelte er. Offenbar hatte Tante Lena ein gutes Verhältnis zur hiesigen Polizei.

»Nun, Miss Midway, es fällt mir spontan schwer, Ihr Verwandtschaftsverhältnis zu Ihrer Tante oder Ihre Arbeit in der Bibliothek in einen sinnvollen Zusammenhang mit der Tatsache zu bringen, dass Sie hier eingebrochen sind.« Das Lächeln war wieder dem ernsten Blick gewichen, mit dem er sie von Anfang an betrachtet hatte.

»Eingebrochen? Ich bin doch nicht eingebrochen«, protestierte Mia empört.

»Ach, dann hat Miss Meil Ihnen also die Tür geöffnet und Sie hereingebeten?«

»Nein. Ich bin durch das Wohnzimmerfenster geklettert. Das sagte ich doch bereits.«

»Eben. Also sind Sie eingebrochen.«

»Das Fenster stand offen. Ich bin nur hindurchgeklettert, weil ich mir Sorgen um Miss Meil gemacht habe. Und zwar zu Recht, wie sich herausgestellt hat, oder etwa nicht?«

Inspector Mellony nickte kurz. »Miss Midway, wir wurden angerufen, weil sich eine Person unbefugten Zutritt zu Miss Meils Cottage verschafft hat. Dass wir Sie nun nicht nur auf frischer Tat beim Einbruch ertappen, sondern Sie auch noch mit Miss Meils Leiche vorfinden, übertrifft jedoch meine Erwartungen in einem nicht unerheblichen Ausmaß.«

»Dass Miss Meil tot ist, habe ich auch nicht erwartet«, wandte Mia ein. »Lady Sophie und ich haben sie in der Bibliothek vermisst. Miss Meil sollte nämlich um neunzehn Uhr eine Lesung dort halten. Zuerst dachten wir, dass sie sich nur verspätet, aber als sie dann gar nicht aufgetaucht ist, habe ich mir Sorgen gemacht. Da ihre Adresse in unserem Ordner stand, bin ich kurzerhand hierhergekommen, um zu sehen, ob sie Hilfe braucht. Ich habe mehrfach geklingelt und gerufen, aber sie hat einfach nicht reagiert.«

»Und da sind Sie nicht auf die Idee gekommen, die Polizei zu rufen, sondern sind einfach durch das Fenster eingestiegen?«

»Ja.« Mia stutzte. »Jetzt im Nachhinein kommt mir das auch blöd vor, aber in der Situation war es irgendwie logisch. Ich konnte ja nicht wissen, dass sie tot im Badezimmer liegt.«

»Wenn sie da überhaupt schon tot im Badezimmer gelegen hat.«

»Was soll das denn jetzt heißen?« Die plötzliche Erkenntnis stieg in ihr auf wie ein Strom glühender Lava. »Soll das etwa heißen, Sie denken, ich hätte sie umgebracht?!«

»Da kann ich Entwarnung geben. Die Dame ist seit mindestens einer Stunde hinüber.«

Gleichzeitig wandten Inspector Mellony und Mia ihre Köpfe Doc Kenzo zu, der diese Behauptung aufgestellt hatte.

»Es sieht ganz so aus, als hätte die Tote schlichtweg großes Pech gehabt«, erläuterte der Mediziner. »Allem Anschein nach ist sie gestürzt und mit dem Kopf genau auf diesem Türstopper hier gelandet.« Er hob einen kleinen Bücherstapel aus Messing hoch, der rötlich glänzte. Für eine Schriftstellerin vielleicht gerade exzentrisch genug. »Schlecht für die Tote, gut für die Verdächtige«, konstatierte Kenzo.

Aha, jetzt war sie also schon *die Verdächtige*. Das wurde ja immer besser. Dennoch atmete Mia innerlich auf.

Der Inspector hingegen wirkte fast ein bisschen enttäuscht. »Gut, Miss Midway, in dem Fall können Sie dann theoretisch gehen.«

»Theoretisch?«

»Praktisch begleiten Sie Constable Angel bitte auf das Revier, um Ihre Aussage vollständig zu Protokoll zu geben. Anschließend können Sie dann gehen. Allerdings droht Ihnen möglicherweise noch eine Anzeige wegen Einbruchs.«

Doc Kenzo entfuhr ein belustigtes Schnauben. »Also von Miss Meil ganz bestimmt nicht.«

»Bitte ignorieren Sie den morbiden Humor von Doc Kenzo. Ich meinte natürlich von der Nachbarin. Da diese den Einbruch beobachtet hat, steht es ihr frei, Anzeige zu erstatten.«

»Der dann aber wohl kaum nachgegangen werden wird, weil die Geschädigte selbst stark beschädigt ist.« Kenzo lachte über seinen eigenen Witz und zwinkerte Mia aufmunternd zu.

Über diese Art Scherz vermochte sie im Moment allerdings nicht zu lachen. Immerhin hatte sie gerade die Leiche einer Frau gesehen, mit der sie sich am gestrigen Nachmittag noch gut unterhalten hatte. Dankbar, diesen Ort endlich verlassen zu können, folgte sie Constable Angel nach draußen.

8

Zufrieden sah Mrs Lampert dabei zu, wie die Polizei gemeinsam mit der jungen Frau, die vorhin dort herumgestreunt war, das Cottage verließ. Die Beamten hatten zwar lange gebraucht, um anzurücken, hatten jetzt aber wenigstens jemanden festgenommen. Offenbar war die junge Frau ebenfalls ins Cottage eingebrochen. Zwei Einbrüche an einem Tag - diese Schriftstellerin musste ja großartige Schätze besitzen. Neugierig saugte sich Mrs Lamperts Blick an der jungen Frau fest. Es musste die Neue sein, diese Nichte von Miss Midway, wie Melody ihr am Telefon berichtet hatte. Hübsch sah sie aus, das musste man ihr lassen, obwohl sie angeblich Deutsche war.

Seufzend stützte Mrs Lampert ihren Kopf in die Hände. Dann gefroren ihre Gesichtszüge. War das etwa ein Leichenwagen, der dort vorfuhr? Ja, kein Zweifel. Die Fahrzeuge des einzigen Bestattungsunternehmens im Ort waren unverkennbar. Mit weit aufgerissenen Augen sah sie dabei zu, wie eine mit einem Tuch bedeckte Leiche aus dem Cottage getragen und in den schwarzen Wagen geschoben wurde.

Schwer atmend griff sie zum Telefonhörer. Sie war nicht die einzige Person in Pennygrave, die noch immer über ein altmodisches Schnurtelefon verfügte, dessen Kabel sie sich nun nervös um den Finger wickelte. Das Freizeichen ertönte, aber niemand nahm ab. Schade. Sie hätte doch zu gern gewusst, was ihre Freundin bei Miss Meil gewollt hatte. War es um die Lesung gegangen? Ach richtig, die Lesung! Bestimmt war sie dort.

Mrs Lampert legte auf.

Erneut trat sie zum Fenster und sah hinaus. Das Cottage der Meils lag nun in tiefem Frieden, umrankt von Gestrüpp, das über die Jahre des Leerstands gewachsen war. Hinter den Fensterscheiben suchte sie nach einer Bewegung, aber die Menschen waren offenbar allesamt verschwunden und mit ihnen auch der Trubel, den sie mitgebracht hatten.

Nachdenklich setzte sich Mrs Lampert an ihren Computer und fand schnell, wonach sie gesucht hatte. Dann druckte sie das neue Bild aus, betrachtete es kurz und hängte es an die Wand zu den anderen.

9

Es war bereits zwanzig Minuten nach neun, als Mia das Polizeirevier von Pennygrave verließ, doch angesichts der sich überschlagenden Ereignisse hatte sie jegliches Zeitgefühl verloren.

»Einen Kaffee?«

»Lady Sophie? Was machen Sie denn hier?« Trotz ihrer Überraschung hätte es keinen Menschen gegeben, den Mia in diesem Moment lieber gesehen hätte. In der linken Hand hielt Lady Sophie eine Thermoskanne und mit der rechten streckte sie ihr einen Alubecher entgegen, der einen betörenden Duft verströmte. Dankbar nahm Mia den Becher entgegen. Sie trank einen großen Schluck. Dann riss sie erschrocken die Augen auf und hustete.

»Das ist doch kein Kaffee«, rief sie, während sie dem Brennen des ersten Schlucks nachspürte, der sich unaufhaltsam seinen Weg durch ihre Speiseröhre fräste.

»Doch, das ist schon Kaffee ... mit einem kleinen Schuss, eben.« Lady Sophie grinste schelmisch.

»Also ich weiß ja nicht, wie geübt Ihre Geschmacksnerven sind, aber meines Erachtens ist das eher ein Schuss mit einem kleinen Kaffee«, korrigierte Mia. Dann grinste sie ebenfalls und nippte erneut an dem Alubecher, dieses Mal aber bedeutend vorsichtiger. »Oh, das tut wirklich gut. Tausend Mal besser als Kaffee. Was machen Sie denn überhaupt hier?« Mit schiefgelegtem Kopf betrachtete sie ihre neue Bekannte, die wie gewohnt stocksteif, aber bis über beide Ohren grinsend vor ihr stand. Die Erkenntnis traf sie wie ein Schlag. »Oh mein Gott! Mist, ich habe total vergessen, Ihnen Bescheid zu geben. Oh nein, das tut mir schrecklich leid. Lady Sophie: Miss Meil ist tot!«

Lady Sophie winkte lächelnd ab. »Kein Problem. Inspector Mellony hat in der Bibliothek angerufen und Bescheid gegeben. Allerdings waren da ohnehin schon fast alle gegangen, außer Melody, Nora und Mrs Clottingham. Die haben die Sektvorräte geplündert und gewartet; Mrs Clottingham, weil sie nicht einsah, dass sie umsonst gekommen war, Nora, weil sie sich Sorgen um Eleonora gemacht hat und Melody, weil sie auf eine Schlagzeile gehofft hat. Das war vielleicht ein komisches Trio, kann ich Ihnen sagen.« Lady Sophie verdrehte die Augen. »Besonders nach dem Anruf des Inspectors herrschte natürlich großer Aufruhr. Während Melody versucht hat, alle Einzelheiten des Gesprächs zwischen mir und Inspector Mellony aus mir herauszuquetschen, war Mrs Clottingham der Meinung, dass Miss Meil endlich bekommen habe, was sie verdiene. Noch während diese vor sich hingekeift und kein gutes Haar an Miss Meil gelassen hat, ist Nora heulend in meinen Armen zusammengebrochen. Schrecklich. Sie waren all die Jahre sehr eng befreundet, wissen Sie.«

»Mrs Clottingham und Nora?«

»Nein, Nora und Miss Meil natürlich. Zu Schulzeiten waren sie die besten Freundinnen. Absolut unzertrennlich. Bis Miss Meil dann von hier weggezogen ist. Ich glaube, Nora hat die Trennung nie so ganz verkraftet. Dass ihre beste Freundin nun endlich, nach all den Jahren wieder zurückkommt und dann stirbt, noch bevor sie sich treffen können, muss furchtbar sein. Sie steht vollkommen unter Schock, die arme Nora. Ich habe sie von Mrs Clottingham nach Hause bringen lassen. Die wird zwar weiterhin vor sich hinzetern, aber ich glaube nicht, dass Nora das in ihrer Trauer überhaupt mitbekommt.«

»Und was hat Mrs Clottingham für ein Problem mit Miss Meil?«

»Hm. Das weiß ich ehrlich gesagt auch nicht.«

»Das wäre jetzt aber wirklich interessant.«

»Wie meinen Sie das?«

Mia sah sich kurz um, als wolle sie sichergehen, dass niemand ihr Gespräch belauschte. Dann begann sie so leise zu sprechen, dass Lady Sophie unweigerlich näher rückte und neugierig ihren Kopf senkte, mit dem sie Mia normalerweise deutlich überragte.

»Lady Sophie, ich glaube, Miss Meil wurde umgebracht.«

»Was?« Mit entsetztem Gesichtsausdruck schnellte die Adlige zurück, sodass Mia erschrocken zusammenzuckte und knapp die Hälfte von dem Schuss mit Kaffee aus dem Alubecher schwappte.

»Oh nein, das tut mir schrecklich leid, ich bringe das wieder in Ordnung.« Unbeholfen wischte die alte Dame mit dem Zipfel ihrer Jacke an Mias Bluse herum.

»Ach, lassen Sie nur, das ist kein Problem.« Mia hatte wirklich keine Lust, sich um die Beschaffenheit ihrer Bluse zu kümmern, die ohnehin ein Schnäppchen aus dem Schlussverkauf gewesen war.

Lady Sophie hielt in der Bewegung inne. Erst jetzt schienen die Worte bei ihr anzukommen. »Ermordet?«, fragte sie erstaunt. »Aber warum denn ermordet?

Detective Inspector Mellony hat gesagt, Miss Meil hätte einen Unfall gehabt.«

»Ja.« Mia verdrehte die Augen. »Und ich bin mir sicher, dass er das auch glaubt. Aber als ich eben da drinnen saß ...«, sie deutete mit einer Hand auf das Revier, »... und drei Mal erzählen musste, wie ich Miss Meil gefunden habe, da kam mir irgendetwas komisch vor.«

»Dass sie Sie drei Mal dasselbe gefragt haben vielleicht? Das machen die Detectives immer so. Die wollen sehen, ob Sie bei Ihrer Geschichte bleiben oder sich in Widersprüche verwickeln.«

»Nein, das meine ich nicht.« Mia schüttelte nachdenklich den Kopf und suchte nach Worten, mit denen sie ihr ungutes Gefühl möglichst treffend beschreiben könnte. »Irgendetwas war seltsam an der Situation, verstehen Sie? Wie Miss Meil da lag. Der Arzt meinte zwar, dass sie gestürzt sei, aber für mich sah das nicht nach einem Sturz aus. Überhaupt nicht.«

»Warum nicht?«

»Ich weiß auch nicht genau. Ich glaube, wenn man stürzt, dann fällt man irgendwie ... natürlicher. Miss Meil – so, wie sie da lag – das sah irgendwie so drapiert aus, so künstlich. Also wenn ich ausrutschen und hinfallen würde, dann würde ich nicht so - wie soll ich sagen – so formvollendet auf dem Boden liegen.«

»Hm. Ich glaube ich weiß, was Sie meinen. Haben Sie das der Polizei gesagt?«

»Nein. Es ist mir ja gerade erst selbst klar geworden. Aber ehrlich gesagt glaube ich, dass weder Detective Inspector Mellony noch Constable Angel mich ernst nehmen würden, wenn ich ihnen sagen würde, dass die

Leiche falsch lag und ich deshalb glaube, dass Miss Meil ermordet wurde.«

»Ich weiß nicht. Versuchen Sie es doch einfach.«

»Meinen Sie wirklich?«

»Klar, was haben Sie denn schon zu verlieren?«

»Stimmt.«

Nach kurzem Zögern nahm Mia noch einen tiefen Schluck aus ihrem Alubecher und drückte diesen dann Lady Sophie in die Hand. Auf direktem Weg marschierte sie zurück ins Revier.

Constable Angela Angel saß an einem der Computer hinter dem Empfangstresen und tippte eifrig das Protokoll ab. Als sie Mia erkannte, runzelte sie fragend die Stirn. »Was vergessen?«

»Nein ... doch ... also nichts Materielles. Mir ist noch etwas eingefallen.«

»Oh.«

Constable Angel stand auf und trat an die Theke.

»Die Leiche lag irgendwie komisch da«, platzte Mia direkt heraus.

»Was meinen Sie mit *komisch*?«

Mia erläuterte ihr dasselbe, was sie wenige Minuten zuvor Lady Sophie geschildert hatte, bediente sich dabei sogar fast des gleichen Wortlauts, doch im Gegensatz zu der rüstigen Dame vertiefte sich die Skepsis in Constable Angels Augen mit jedem weiteren Wort.

»Und deshalb glauben Sie, dass Miss Meil ermordet worden ist?« Den ironischen Unterton in ihrer Stimme zu unterdrücken hielt die Polizistin wohl nicht für nötig.

Mia nickte.

»Denken Sie nicht, das wäre unseren erfahrenen Ermittlern aufgefallen? Doc Kenzo ist nicht erst seit gestern im Dienst, und Detective Inspector Mellony ist unglaublich begabt. Wir haben hier eine Aufklärungsquote von über neunzig Prozent.«

»Ich möchte wirklich niemandem zu nahe treten, aber vielleicht haben sie einfach nicht darauf geachtet«, wandte Mia vorsichtig ein.

Constable Angel kniff die Augen ein wenig zusammen und winkte Mia mit einer Geste näher zu sich. Als sich ihre Nasenspitzen fast berührten, atmete Constable Angel hörbar ein und verzog angewidert das Gesicht. »Haben Sie etwa getrunken?«

»Ja«, gab Mia unumwunden zu. »Aber nur einen winzigen Schluck. Meine Kollegin hat mir einen Kaffee mit Schuss mitgebracht auf den Schock hin.«

»Trinken Sie regelmäßig, Miss Midway?«

»Ob ich ... nein, natürlich nicht!«

»Gut.« Es entstand eine unangenehme Pause.

»Und jetzt?«, fragte Mia schließlich.

»Wie, und jetzt?«

»Na, werden Sie der Sache nachgehen?«

Constable Angel musterte Mia eingehend. »Ich werde Detective Inspector Mellony über Ihren Verdacht informieren«, sagte sie gleichgültig.

»Okay.«

»Okay.« Mit diesem Wort wandte sich die Polizistin wieder ihrem Computer zu. Das Gespräch war für sie offenbar beendet.

Obwohl sich Mia sicher war, das Richtige getan zu haben, fühlte sie sich, als hätte sie sich gerade vollkommen lächerlich gemacht. Unzufrieden mit sich und der Art, wie das Gespräch verlaufen war, trat sie erneut aus dem Revier.

»Und?«, rief ihr Lady Sophie schon von Weitem entgegen.

»Sie denkt, ich sei betrunken. Ich glaube nicht, dass sie meine Befürchtung auch nur annähernd ernst genommen hat.«

»Oh, das ist blöd.«

»Absolut.« Mia nickte traurig. »Was, wenn sie die Sache als Unfall abhaken, obwohl hier ein Mörder frei herumläuft?«

»Dann müssen eben *wir* herausfinden, ob sie wirklich ermordet wurde, und falls ja, von wem«, erklärte Lady Sophie als sei das eine vollkommen logische Schlussfolgerung.

»Ach ja? Und wie wollen Sie das anstellen?«

»Als Erstes gehen wir noch mal an den Tatort.«

Irritiert sah Mia ihre Kollegin an. Meinte sie das etwa ernst? Die Ankündigung einer Anzeige wegen Einbruchs schwebte noch immer über ihr wie ein Damoklesschwert. Es war bestimmt keine gute Idee, erneut in Miss Meils Cottage einzusteigen.

»Ach kommen Sie schon, vertrauen Sie mir.« Mit großen Kulleraugen sah Lady Sophie die Jüngere an. »Ich habe so viele Krimis gelesen, ich weiß genau, wie man bei Ermittlungen vorgeht. Wenn die Polizei uns nicht glauben will, dann müssen wir Beweise suchen. Außerdem fände ich es ganz nett, wenn wir zum *Du* übergehen könnten. Da ich definitiv die Ältere von uns beiden bin, biete ich das jetzt einfach mal an.«

»Wahnsinnig gern. Ich bin Mia«, sagte Mia und lächelte.

»Ich bin Sophie«, erwiderte die Adlige, drückte Mia wieder den Alubecher in die Hand und erhob ihrerseits die Thermoskanne. »Darauf trinke ich.«

Sie stießen an. Nicht besonders stilecht, aber dafür umso herzlicher.

»Und jetzt los. Wir haben Ermittlungen zu tätigen, meine liebe Mia.«

Schneller als Mia reagieren konnte, wurde sie von Lady Sophie zielstrebig auf einen Parkplatz geschoben. Vor einem nagelneuen Bentley machten sie halt. Die Lady entriegelte, hielt Mia die Tür auf und drängte sie auf den Beifahrersitz. Perplex ließ diese einfach alles geschehen.

Um kein unnötiges Aufsehen zu erregen, parkte Lady Sophie in einer kleinen Seitenstraße, sodass sie die letzten Meter zu Fuß zu Miss Meils niedlichem Cottage gehen mussten. Seltsam, dass man dem Gebäude nicht im Entferntesten ansehen konnte, was für eine Tragödie sich vor wenigen Stunden in seinem Inneren ereignet hatte.

Lady Sophies Abenteuerlust war ansteckend. Obwohl Mia ganz und gar nicht begeistert davon war, sich schon wieder in eine fragwürdige Lage zu bringen, umrundeten sie auf der Suche nach einer Einstiegsmöglichkeit mehrfach das Cottage.

Die Ernüchterung folgte auf dem Fuße, denn das Fenster, durch das Mia vor wenigen Stunden ins Cottage gelangt war, war jetzt geschlossen. Auch sonst war alles verriegelt. Als im Haus der neugierigen Nachbarin Mrs Lampert dann auch noch das Licht anging und ihr forschendes Gesicht hinter der Fensterscheibe auftauchte, war Mia endgültig bedient. Sie gaben auf.

»Das ist aber auch zu dumm«, schimpfte Lady Sophie, während sie in ihrem Bentley so gehörig aufs Gaspedal drückte, dass Mia unfreiwillig in den Sitz gepresst wurde. »Ich dachte, wir könnten direkt vor Ort ermitteln. Aber ohne weitere Spuren sieht es schlecht aus.«

»Wo fährst du denn eigentlich hin?«, fragte Mia, die erstaunt wahrnahm, dass Lady Sophie weder in Richtung ihres Cottage noch zur Bibliothek fuhr.

»Nach Hause«, erklärte Lady Sophie nüchtern.

»Aber mein Zuhause liegt doch in der anderen Richtung.«

»Du kommst natürlich erst einmal mit zu mir. Ich kann dich doch nach solch einem schrecklichen Abend nicht allein lassen«, erklärte Lady Sophie bestimmt, während sie den Wagen zielsicher durch die kurvige Landschaft steuerte.

In Mias Magen rumorte der Schuss mit Kaffee. Eigentlich war es ihr nicht recht, nun auch noch entführt zu werden. Viel lieber hätte sie sich in Tante Lenas kuscheliges Bett gelegt und geschlafen. Körperlich war sie hundemüde. Leider hatte die Erschöpfung aber noch nicht auf ihren Verstand übergegriffen. Dieser war hellwach und drehte sich immerfort im Kreis. War Miss Meil wirklich einem Verbrechen zum Opfer gefallen? Lief in Pennygrave ein Mörder herum? Und falls ja, hatte er es bewusst auf Miss Meil abgesehen oder drohte ihr selbst nun etwa auch Gefahr? Was, wenn der Mörder gesehen hatte, dass sie Miss Meils Leiche gefunden hatte?

Das laute Knirschen von Kies riss sie aus ihren Gedanken und ließ ihren Blick wieder klar werden. Erstaunt sah sie ein pompöses Herrenhaus vor sich aufragen. Sie hatte gewusst, dass es besonders in der englischen Grafschaft Cornwall einige dieser alten Herrenhäuser gab, doch ein solches nun in voller Lebensgröße und zum Greifen nah vor sich zu sehen, verschlug ihr regelrecht die Sprache. »Was machen wir denn hier?«, fragte sie baff.

»Na, ich wohne hier.« Lady Sophie kicherte. Mit selbstbewussten Schritten stieg sie aus dem Wagen und ging auf die weiße Freitreppe zu, die zum Eingangsportal führte. Mia folgte ihr, Augen und Mund vor Staunen weit aufgerissen. Im gleichen Moment, in dem sie die mit kunstvollen Schnitzereien verzierte Tür erreichten, öffnete sich diese und ein hagerer Herr in schwarzem Anzug stand vor ihnen.

»Guten Abend, Ihre Ladyschaft«, begrüßte er sie höflich.

»Guten Abend, Walter«, antwortete Lady Sophie freundlich, während sie ihm Handtasche, Hut und Mantel entgegenstreckte. »Das hier ist meine Freundin Miss Mia Midway. Bitte lassen Sie für sie das Gästezimmer mit der Lavendeltapete herrichten.«

»Sehr wohl, Mylady.«

Der Butler machte eine formvollendete Verbeugung, bevor er Mia die Hand entgegenstreckte, um ihr ebenfalls die Tasche abzunehmen, doch Mia war so in dem pompösen Anblick gefangen, dass sie die Geste missdeutete, die Hand des Butlers nahm und zur Begrüßung schüttelte. Walter überging den Fauxpas mit einem halb unterdrückten Lächeln während Lady

Sophie leise kicherte. Da Mia auch weiterhin keinerlei Anstalten machte, ihm etwas zu übergeben, verneigte sich Walter schließlich und schritt dann mit würdevoller Haltung von dannen. Unterdessen ließ Mia ihren Blick überwältigt durch die Eingangshalle schweifen. Eine breite Treppe führte auf der linken Seite nach oben und mündete in einer Galerie mit hölzerner Balustrade. Wie in den Schlössern, die sie aus Filmen kannte, hingen an den Wänden in regelmäßigen Abständen Porträts in schweren goldenen Rahmen.

»Meine Vorfahren und Verwandten«, erklärte Lady Sophie beiläufig.«

»Hier wohnst du?«

»Ja, hier wohne ich. Ist ein altes Familienerbe. Eigentlich viel zu groß für William und mich, aber so ein alter Kasten lässt sich schlecht verkaufen. Außerdem bin ich hier aufgewachsen und würde es nicht übers Herz bringen.«

»William, dein Mann?«

»William, mein Sohn.«

»Ah.«

Angesichts des ganzen Prunks war Mias Gehirn noch immer nicht in der Lage, weitere Informationen sinnvoll zu verarbeiten, weshalb sie nach diesem recht einsilbigen Informationsaustausch erst einmal schwieg. Wie eine Marionette folgte sie Lady Sophie in den großen Salon, der ihr Staunen lediglich auf das nächste Level beförderte.

»Darf ich dir einen Drink anbieten?«, fragte Lady Sophie grinsend, während sie die Vertäfelung einer

Wand öffnete, hinter der sich ein hohes Regal voller Spirituosen auftat.

»Gern. Martini, wenn du hast.«

»Aber natürlich.« Bereits im nächsten Moment reichte ihr die Hausherrin ein Glas, in dem eine grüne Olive schwamm.

Vorsichtig nippte Mia. »Ich komme mir ein bisschen so vor, als sei ich in einem Film gelandet«, konstatierte sie.

Lady Sophie lächelte verständnisvoll. »Ja, wenn man es nicht gewohnt ist, mag das alles hier sehr beeindruckend sein. Aber glaub mir, wenn man hier lebt, dann ist es auch nicht mehr als ein ganz normales Haus.«

»Das glaube ich dir nicht«, stieß Mia ächzend hervor und musste plötzlich lachen. Sie lachte und lachte und konnte sich gar nicht mehr beruhigen. Die gesamte Situation war derart absurd, dass es einfach aus ihr herausplatzte. Sie hatte doch nur eine Lesung abhalten wollen. Stattdessen hatte sie eine Leiche gefunden, war beinahe verhaftet worden, kurzzeitig unter Mordverdacht geraten und nun stand sie in dem vollkommen überdimensionierten Salon eines alten, englischen Herrenhauses und schlürfte Martini. Ein ordentlicher Lachanfall war gerade bescheuert genug, um diesen Ablauf verrückter Ereignisse zu krönen.

»Was ist denn hier los?«

Erschrocken verstummte sie und wandte sich peinlich berührt zu der sonoren Stimme um. In der Tür zum Salon stand ein Mann in weißem Hemd und einem eleganten hellgrauen Anzug. Er hätte wunderbar als Geheimagent getaugt, wenn diese Szene denn einem Film entsprungen wäre.

»Sir William, mein Sohn«, erklärte Lady Sophie und deutete stolz auf den jungen Herrn. Dieser lächelte würdevoll, kam auf Mia zu, nahm ihre Hand und platzierte einen gehauchten Kuss darauf. »Es freut mich sehr, Ihre Bekanntschaft zu machen, Mrs ...«

»Miss«, korrigierte Mia schnell. »Miss Mia Midway.«

»Miss Mia Midway«, vervollständigte er seinen angefangenen Satz. »Ein Name wie ein Lied. Es freut mich wirklich sehr.«

Hatte zuvor noch das pompöse Interieur des Raumes Mias Blick gefangen gehalten, so war es nun die Erscheinung von Sir William. Sie starrte ihn an, als sei er ein Stück Schokotorte und sie auf Diät. Was für ein Bild von einem Mann: Schlank und hochgewachsen, aber keineswegs hager, füllte er den Stoff des Anzugs perfekt aus. Seine breiten Schultern strahlten Kraft und Männlichkeit aus. Auch sein Gesicht war das eines Mannes, der mitten im Leben stand und genau wusste, was er wollte. Erste, zarte Falten zierten seine Stirn, ja, zierten, denn sie machten ihn keineswegs alt, sondern verliehen seinem Gesicht eine attraktive Reife. Daran vermochten auch die lebhaften dunkelblauen Augen nichts zu ändern, die spitzbübisch funkelten. Seine blonden Haare waren zu einem Pferdeschwanz zusammengefasst, aus dem sich eine Strähne gelöst hatte, die ihm locker ins Gesicht fiel. Schlagartig fiel Mia ein, an wen Sir Williams Erscheinung sie erinnerte ... an Brad Pitt in seiner Rolle als Tod in dem Film *Rendezvous mit Joe Black*.

»Was ist denn der Anlass für diese mitternächtliche Party?«, fragte Sir William nun an seine Mutter gewandt.

Diese reichte ihm mit selbstverständlicher Geste ein Glas mit Whisky. »Meine Freundin Mia hat heute eine Leiche gefunden.«

»Oh nein.« Ehrliches Mitgefühl spiegelte sich in seinem Ausdruck. »Geht es Ihnen gut? Kann ich etwas für Sie tun?«

Mia fiel so einiges ein, was dieser hübsche junge Mann für sie tun könnte, aber es wäre vermutlich eher unangebracht, einen solchen Wunsch offen zu äußern. Also beschränkte sie sich auf ein anzügliches Lächeln. »Nein, vielen Dank, es geht mir gut. Ich weiß auch ehrlich gesagt gar nicht, warum Ihre Mutter mich hergebracht hat. Ich könnte eigentlich zu Hause ...«

»Ach papperlapapp«, fiel ihr Lady Sophie ins Wort. »Erstens setzt der Schock nach einem solchen Erlebnis meist erst mit Verzögerung ein, da kann ich dich doch nicht allein lassen, und zweitens haben wir nun einen Mord aufzuklären.«

»Einen Mord?« Nun sah Sir William noch erschrockener drein, doch Lady Sophie ließ sich nicht beirren.

»Du hast ganz richtig gehört, mein Junge: einen Mord. Unsere Mia hier hat den Mörder beinahe auf frischer Tat ertappt. Jetzt wollen wir herausfinden, wer es war und warum er unsere liebe Miss Meil umgebracht hat.«

»Eleonora ist tot?« Entsetzt schlug sich Sir William die Hand vor den Mund. »Ermordet? Oh mein Gott, das ist ja furchtbar.«

»Ganz recht«, bestätigte Lady Sophie und wirkte dabei fast ein bisschen zu fröhlich. »Und wir werden herausfinden, wer sie umgebracht hat.« Mit einem Anflug von Stolz wies sie auf Mia und sich selbst und machte dann eine kunstvolle Pause, als erwarte sie Zustimmung oder gar Applaus von ihrem Sohn, dessen Blick noch immer entsetzt zwischen seiner Mutter und ihrem Gast hin und her schweifte.

Dann wandte er sich mit einem Ruck an Mia und sagte: »Miss Midway, es tut mir leid, meine Mutter schießt manchmal etwas über das Ziel hinaus.«

»Du brauchst dich gar nicht für mich zu entschuldigen, ich weiß ganz genau, was ich tue«, verteidigte sich Lady Sophie, noch bevor Mia etwas erwidern konnte.

»Ganz offensichtlich nicht«, widersprach Sir William und sah seine Mutter tadelnd an. »Wenn du wüsstest, was du tust, dann würde jetzt die Polizei den Mord an Eleonora untersuchen und ihr beide würdet längst im Bett liegen und schlafen. Miss Midway vermutlich sogar zu Hause in ihrem Cottage. Wenn dein Übereifer wieder einmal zugeschlagen hat, dann bin ich mir nicht einmal sicher, ob sie freiwillig hier ist oder ob du sie gezwungen hast, mitzukommen.« Er sah fragend zu Mia hinüber, doch diese zuckte nur mit den Schultern. Lady Sophie hatte die Zügel derart dominant in die Hand genommen, dass sie einfach alles hatte geschehen lassen, und inzwischen fand sie das nicht einmal mehr schlimm. Immerhin befand sie sich in einem wunderschönen Herrenhaus, wurde bedient und genoss die Anwesenheit eines unverschämt gut aussehenden Mannes.

»Es ist schon in Ordnung. Ich bin gern mitgekommen.«

»Siehst du?« Lady Sophies Augen funkelten triumphierend.

»Was ich sehe, sind zwei Damen, die vollkommen erschöpft sind und schlafen sollten, die aber stattdessen um ...«, er warf einen kurzen Blick auf seine Armbanduhr, »... Viertel nach elf in der Nacht noch im Salon Martinis trinken und Mörder fangen wollen. Also Mutter, manchmal frage ich mich wirklich ...«

»Und ich frage mich manchmal wirklich, warum du so ein Spießer bist. So habe ich dich nicht erzogen.« Lady Sophie lachte herzlich, kniff ihrem erwachsenen Sohn in die Wange und gab ihm dann ein Küsschen auf dieselbe.

Er entwand sich ihr verlegen. »Habe ich schon erwähnt, dass meine Mutter sehr zu Übergriffigkeiten neigt?«

»Du bist doch hier übergriffig«, protestierte Lady Sophie. »Unterbrichst einfach unsere Ermittlungen. Wenn du uns nicht die ganze Zeit aufhalten würdest, hätten wir vielleicht längst eine Spur.«

»Ich halte euch auf?«

»Ja.«

»Nein«, sagte Mia zeitgleich.

»Statt mich bei Mia schlecht zu machen, solltest du uns lieber helfen.«

»Mitten in der Nacht?«

»Noch sind die Eindrücke frisch«, mahnte Lady Sophie und wandte sich dann an Mia. »Jetzt erklär mir endlich mal, wie Miss Meil genau dagelegen hat.«

»Hm. Also, wie soll ich das beschreiben?« In Gedanken reiste Mia zurück zum Tatort und betrachtete die leblose Autorin auf dem Boden. »Sie lag auf dem Rücken«, begann sie langsam. »Den rechten Arm hatte sie angewinkelt, sodass die Hand neben ihrem Kopf lag. Der linke Arm lag ausgestreckt parallel zu ihrem Körper. Das rechte Bein war ebenfalls angewinkelt, das linke ausgestreckt. Genauso, wie man die Leichen aus Filmen drapiert, wenn man darstellen möchte, dass sie von einem Dach gesprungen sind. Wisst ihr, was ich meine?«

»Ich habe eine bessere Idee«, verkündete Lady Sophie. »William, leg dich mal bitte auf den Boden.«

Vermutlich war Sir William die verrückten Ideen seiner Mutter bereits gewohnt, denn er machte keinerlei Anstalten zu widersprechen, sondern zog sein Jackett aus und legte sich, wie geheißen, auf den Boden.

»So, Mia, und jetzt schieb ihn mal in die Position, in der Miss Meil lag«, verlangte Lady Sophie.

Im ersten Moment hatte Mia Hemmungen, den Adligen anzufassen, doch als dieser abwartend liegen blieb und Lady Sophie ungeduldig mit den Händen fuchtelte, nahm sie schließlich seinen Arm und bog ihn vorsichtig in einem neunzig Grad Winkel nach oben, bis die Position dem Bild ihrer Erinnerung entsprach. Auch mit seinen anderen Gliedmaßen verfuhr sie so. »Genau so hat sie dagelegen«, vermeldete sie, als sie letzten Endes mit der Position zufrieden war.

Lady Sophie zog ein Smartphone aus der Handtasche und fotografierte ihren am Boden liegenden Sohn. »Okay. Prima. Dann steh mal bitte auf William.«

Er tat wie geheißen.

Lady Sophie legte nachdenklich den Finger an die Nase. »Und jetzt rutsch mal aus und fall rückwärts auf den Boden«, forderte sie.

»Mutter!«

»Jetzt mach schon, oder soll ich das vielleicht ausprobieren und mir meine alten Knochen brechen? Oder etwa Mia? Das wäre doch sehr unhöflich, oder? Du musst ja nicht wirklich fallen, nur möglichst natürlich so tun als ob. Versuch es einfach. Wir müssen prüfen, ob die Position in der Miss Meil aufgefunden worden ist, realistisch ist, und dazu müssen wir wissen, in welcher Position du landest.«

»Wir könnten ja vielleicht ein paar Kissen auf den Boden legen, dann fällt er nicht so hart«, schlug Mia schnell vor.

Sir William lächelte dankbar und Lady Sophie willigte ein, sodass sie wenig später einen Bereich des Fußbodens mit weichen Kissen gepflastert hatten.

»Jetzt kannst du aber so richtig mit Schwung ausrutschen, mein Sohn«, ermutigte Lady Sophie ihn.

Sir William schlenderte gehorsam und vielleicht ein bisschen zu theatralisch durch den Raum. Dann bewegte er sich auf den Rand der Kissenfläche zu, tat, als würde er auf irgendetwas ausrutschen und ließ sich mit voller Wucht nach hinten in die Kissen fallen. Lady Sophie beobachtete den Vorgang mit zusammengekniffenen Augen und gerunzelter Stirn und auch Mia konzentrierte sich darauf, keine Einzelheit der Bewegung zu verpassen.

»Liegen bleiben«, schrie Lady Sophie, zückte ihr Handy und machte erneut ein Foto von ihrem auf dem Rücken liegenden Sohn. Seine Arme lagen seitlich mit wenigen Zentimetern Abstand neben seinem Körper. Die Beine waren nahezu gerade ausgestreckt. Ein rechter Winkel wie auf dem ersten Foto war weder bei seinen Armen noch bei den Beinen zu erkennen.

»Hm«, grummelte Lady Sophie. »Noch mal bitte, und versuch dieses Mal, die Arme im Fallen hochzureißen. Vielleicht hat sie sich ja erschrocken und hat die Arme nach oben gerissen.«

Sir William schlenderte erneut durch den Raum, rutschte aus und ließ sich auf die Kissen fallen. Dabei gab er einen schrillen Schrei von sich und riss wie verlangt die Arme nach oben.

Wieder zückte Lady Sophie ihr Handy und schoss ein Bild. Auch dieses stimmte nicht mit dem ersten überein, denn nun waren zwar beide Arme oben, jedoch war auch jetzt kein rechter Winkel erkennbar.

»Ich glaube, damit haben wir den eindeutigen Beweis«, erklärte Lady Sophie.

»Aber es gibt doch bestimmt noch viel mehr Arten, auszurutschen. Jeder Mensch reagiert doch anders«, gab Mia zu bedenken.

Kurzerhand schlenderte Lady Sophie zum Kissenstapel und ließ sich ebenfalls darauf fallen. Auch sie landete in einer anderen Position als die Leiche. Mia zögerte kurz, dann tat sie es ihr gleich. Obwohl sie es selbst unpassend fand, musste sie unwillkürlich lachen, als sie auf den weichen Kissen landete. Es war doch eine recht ungewöhnliche Methode der Wahrheitsfindung.

Mehrfach ließen sie sich abwechselnd auf die Kissen stürzen und immer wieder verglich Lady Sophie die

Bilder, doch keine Position stimmte mit der von Miss Meils Leiche überein.

»Siehst du«, sagte Mia. »Niemand landet beim Fallen so elegant. Ich weiß zwar nicht, ob das als Beweis für einen Mord genügt, aber mein Bauchgefühl sagt mir, dass es einer war.«

»Absolut.« Die Adlige nickte energisch. »Hier in Pennygrave treibt ein Mörder sein Unwesen, und wir werden ihn fangen, das garantiere ich dir.«

»Aber nicht mehr heute«, wandte Sir William ein, nahm seine Mutter bei den Schultern und machte Anstalten, sie vorsichtig aber mit Nachdruck aus dem Zimmer zu schieben. »Wir gehen jetzt alle schlafen und morgen früh sehen wir weiter. Miss Midway, soll ich Sie nach Hause fahren?«

»Ich habe Mia bereits das Lavendelzimmer herrichten lassen«, protestierte Lady Sophie.

»Miss Midway, soll ich Sie nach Hause fahren?«, wiederholte Sir William seine Frage mit fester Stimme.

Mia zögerte kurz. »Nein, nein. Ich denke, ich werde die Nacht über gern hierbleiben. Vielen Dank«, antwortete sie dann. Zugegeben, sie hatte ihre Entscheidung nicht ganz ohne Hintergedanken getroffen. Eigentlich hätte sie schon lieber zu Hause geschlafen, aber die Aussicht darauf, den attraktiven Sir William bereits am nächsten Morgen wiederzusehen, bereitete ihr ein Bauchkribbeln, das sie schon lange nicht mehr verspürt hatte.

»In Ordnung. Dann gehen wir jetzt bitte alle ins Bett wie erwachsene, vernünftige Menschen, einverstanden?« Sein Blick galt Lady Sophie, die schließlich klein beigab und nickte.

Sir William zog an einer Schnur, die neben der Tür des Salons hing. »Ein Überbleibsel aus vergangenen Jahrhunderten, aber zugegebenermaßen sehr praktisch«, erläuterte er ein wenig verlegen, während in der Tür bereits Walter auftauchte - trotz der inzwischen mitternächtlichen Stunde noch im Anzug.

»Walter, bringen Sie Miss Midway bitte auf ihr Zimmer«, bat Sir William höflich.

Walter verneigte sich. »Wenn Sie mir bitte folgen mögen.«

Schnell warf Mia ein flüchtiges »Gute Nacht« in den Raum und folgte dann dem Butler, der sich bereits auf den Weg zur Treppe gemacht hatte.

Als sie wenig später in einem antiken Himmelbett in einem vollkommen überdimensionierten Zimmer lag und sich in die Kissen kuschelte, zogen unweigerlich die Bilder des vergangenen Tages vor ihrem inneren Auge vorbei. Das Kribbeln in ihrem Bauch war übermächtig. Hier gab es ein Rätsel zu lösen und sie wusste genau, dass sie der Versuchung nicht würde widerstehen können.

10

Über den Rand ihrer Kaffeetasse hinweg betrachtete Theresa Morten ihren Mann, der konzentriert über ein Blatt Papier gebeugt dasaß. Immer wieder schrieb er etwas auf, schüttelte dann den Kopf und strich es wieder durch.

»Es ist lange her, dass dich eine Predigt so zur Verzweiflung gebracht hat«, stellte Theresa fest. »Darf ich fragen, was das Thema ist?«

Reverend Martin Morten blickte auf. Sein Gesichtsausdruck wirkte entrückt, so als seien seine Gedanken seinem Blick noch nicht gefolgt. »Eleonora Meil«, raunte er nachdenklich. »Eleonora Meil ist das Thema. Sie ist gestern verstorben. Ein tragischer Unfall, sagt man. Ich habe es heute Morgen in der Frühmesse von Melody Clearmont erfahren.«

»Ach, deshalb ist sie nicht zur Lesung erschienen. Das ist natürlich in der Tat eine gute Entschuldigung.«

Reverend Morten runzelte leicht die Stirn.

»Ich war gestern Abend in der Bibliothek«, fügte seine Frau erklärend hinzu, »wir waren alle ziemlich sauer auf Eleonora. Ich meine, es ist ja kein Geheimnis, dass sie sich für etwas Besseres gehalten hat, seit sie zu etwas Bekanntheit gelangt ist.«

»Etwas ist gut.«

Theresa verdrehte die Augen. »Okay, zu sehr viel Bekanntheit. Aber das gibt ihr noch lange nicht das Recht, uns alle zu versetzen. Wir dachten, sie hätte es sich in ihrer Arroganz vielleicht einfach anders überlegt. Hätte durchaus zu ihr gepasst. Aber wenn sie tot ist ...«

»Vergebung, Theresa … das ist es, was unser Herr vorlebte, predigte und von uns verlangt. Willst du es nicht wenigstens mal versuchen?« Er seufzte. Wie oft hatten sie diese Diskussion schon geführt?

»Pff«, schnaubte Theresa verächtlich. »Wenn jemand keine Vergebung verdient hat, dann dieses manipulative Miststück.«

Reverend Morten öffnete seine Augen noch etwas weiter und musterte seine Frau eingehend. »Also ich muss mich schon sehr wundern, meine Liebe. Ausgerechnet du.«

»Ja, ausgerechnet ich. Es tut mir leid, Martin, ich weiß, ich bin weiß Gott auch nicht fehlerlos, aber was diese Frau getan hat, das kann ich ihr einfach nicht vergeben.«

»Und vergib uns unsere Schuld, wie auch wir vergeben unseren Schuldigern.«

»Lieber lebe ich ewig mit meiner Schuld, als dieser Frau zu vergeben.«

»Du könntest es wenigstens versuchen. Mir zuliebe.«

»Ach Martin«, erwiderte Theresa und seufzte tief. Sie stand auf, ging zu ihm hinüber und zog seinen Kopf an ihre Brust. Zärtlich küsste sie ihn auf das weiche Haar. »Du bist einfach zu gut für diese Welt.«

»Oder ich hoffe einfach darauf, dass mir vergeben wird, wenn ich es einmal nötig habe«, murmelte er leise.

II

Mia erwachte durch das geschäftige Treiben eines Hausmädchens mit Schürze und Spitzenhäubchen, das die Vorhänge zurückzog und tatsächlich fragte, ob sie ihr beim Ankleiden helfen solle. Einen Moment lang fühlte sich Mia, als sei sie in einem vergangenen Jahrhundert gelandet, doch als sie im Badezimmer frische Unterwäsche, eine Zahnbürste, Handtücher und sogar ein eingelassenes Bad vorfand, begann sie, den ungewöhnlichen Service zu genießen. Die Ankleidehilfe lehnte sie zwar dankend ab, aber als sie sich von dem eifrigen Dienstmädchen zum Frühstück ins Speisezimmer führen ließ, fühlte sie sich frisch und ausgeruht, obwohl sie nur wenige Stunden geschlafen hatte. Höflich bedankte sie sich bei der jungen Frau, nach deren Namen sie zu ihrem Bedauern zu fragen vergessen hatte, und machte sich gemeinsam mit Lady Sophie über das leckere Frühstück her.

»Das ist ja wie in einem Hotel hier«, bemerkte Mia strahlend, als sie später feststellte, dass sogar der Tisch von einem Dienstmädchen abgeräumt wurde.

Lady Sophie grinste. »Ja, das ist einer der Vorteile, wenn man unverschämt reich ist. Ehrlich gesagt lässt sich so ein riesiges Haus auch gar nicht ohne Personal pflegen. Außerdem genieße ich es, nicht allein zu sein.« Mit einem Mal verfinsterte sich ihr Gesichtsausdruck. Dann schüttelte sie sich, als müsse sie einen dunklen Schleier abwerfen, und strahlte Mia wieder mit der gewohnten Lebensfreude an. »Und wie gehen wir heute vor? Mit unseren Ermittlungen, meine ich?«

Mia musste wider Willen die Spielverderberin geben. Schließlich hatten sie einen Job zu erledigen. Die Bibliothek musste geöffnet und die Spuren der gestrigen Lesung beseitigt werden. Dies sah auch Lady Sophie ein, und so brauste der Bentley nach dem Frühstück mit beiden Frauen an Bord auf direktem Weg in die Bibliothek.

Dort angekommen räumten sie zuerst den Saal auf. Dann etikettierte Mia einen Stapel neuer Bücher, woraufhin Lady Sophie diese nach und nach in die Regale einsortierte, da sie sich mit dem System besser auskannte. Damit würde sich Mia erst noch vertraut machen müssen. Es war schließlich erst ihr dritter Tag in Pennygrave, aber die Bibliothek, die überraschenderweise auch eine Art Buchhandlung war, liebte sie schon jetzt. Es war den Kunden erlaubt, sämtliche Bücher aus den Regalen nicht nur auszuleihen, sondern auf Wunsch auch käuflich zu erwerben. In diesem Fall musste das entsprechende Buch bestellt werden und das kam gar nicht so selten vor. Das, was die Bibliothek von einer gewöhnlichen Buchhandlung unterschied, war, dass die Bücher in den Regalen ausschließlich ausgeliehen wurden, während käuflich zu erwerbende Bücher pro Person bestellt wurden. Von dieser Möglichkeit schienen die Bürger von Pennygrave allerdings regen Gebrauch zu machen. Es gab sogar Menschen, die ein ausgeliehenes Buch zurückbrachten und sich das gleiche anschließend für den heimischen Bestand bestellten. Tja, in manche Geschichten verliebte man sich einfach und wollte sie für immer bei sich zu Hause im Regal stehen haben.

»Mist, vermaledeiter!«

Erstaunt hob Mia den Kopf und lauschte in Richtung Teeküche, aus der Lady Sophies Fluch gedrungen war. In diesem Moment streckte die alte Dame auch schon den Kopf aus der Tür. Ihre weiße Bluse war mit braunen Flecken bekleckert und klebte an ihrer Haut. »Diese bescheuerte Teekanne hat gerade das Zeitliche gesegnet. Der Henkel ist abgebrochen. Mistiger Plastikschrott«, schimpfte sie und zog mit den Fingerspitzen die nasse Bluse von der Haut. »Ohne Tee trete ich in den Streik, das sage ich dir. Zum Glück war er nicht mehr heiß. Ich gehe mich jetzt erst einmal umziehen.«

Überrascht sah Mia ihr nach, wie sie in einem der Gänge verschwand. Vermutlich hatte Lady Sophie sich hier irgendwo Wechselkleidung deponiert – was für eine geniale Idee. Außerdem musste sie nun noch eine neue Teekanne besorgen, und das äußerst schnell in Anbetracht dessen, wie gereizt Lady Sophie auf den drohenden Mangel reagierte. Vermutlich hatte sie sich die ganze Nacht mit Gedanken über Miss Meils Tod herumgewälzt und entsprechend schlecht geschlafen.

Kurz entschlossen stand Mia auf und schnappte sich ihre Handtasche. »Ich gehe mal kurz Tee besorgen«, rief sie in den Flur, in dem Lady Sophie verschwunden war.

»Danke«, kam es schlicht zurück.

Mia marschierte los.

Während sie sich durch die kleinen Sträßchen auf den Weg zur örtlichen Bäckerei machte, fiel ihr wieder einmal auf, wie idyllisch Pennygrave war. Einen Mord würde man hier zuletzt vermuten. Und doch hatte er stattgefunden. In einem dieser niedlichen Cottages aus unebenen Steinen und schiefen Reetdächern war ein

Mord geschehen, da war sie sich inzwischen absolut sicher. Einer der Menschen, der seinen Vorgarten so liebevoll mit bunten Blumen bepflanzt hatte, seinen Rasen hegte und die vorübergehenden Nachbarn grüßte, war offenbar ein kaltblütiger Mörder. Wie gruselig, dass im Ort keinerlei Veränderung sichtbar war. Die Menschen grüßten sich weiterhin freundlich, arbeiteten in ihren Gärten, gingen lächelnd vorüber oder waren geschäftig – die pure Idylle. Hatten die Einwohner von Pennygrave etwa nicht mitbekommen, dass Miss Meil tot war?

Nachdenklich erreichte Mia die Bäckerei, die sich mit einer Reihe anderer kleiner Geschäfte am Marktplatz in einer Reihe drängte. Als sie die Tür öffnete, verzog die Verkäuferin gerade empört das Gesicht und stemmte die Hände in die Hüften. »Aber so etwas können Sie doch nicht sagen, Mrs Clottingham«, schimpfte sie. Ein Schildchen an der Brust wies die Dame als Mrs Fairwell aus.

»Doch, doch, das geschieht ihr ganz recht. Hochmut kommt vor dem Fall«, zeterte die Kundin. In dem ärmellosen Blümchenkleid wirkte Mrs Clottingham wuchtiger als Mia sie von der Lesung in Erinnerung hatte. Ein überdimensionaler Hut, der eher zu einem Ausflug nach Ascot als in eine kleine Bäckerei gepasst hätte, zierte ihren Kopf. Ihr Gesicht war relativ jung, wie das einer knapp Fünfzigjährigen vielleicht, das altmodische Outfit und ihr verbitterter Ausdruck ließen sie allerdings mindestens zehn Jahre älter wirken.

»Guten Morgen, was darf es denn für Sie sein?«, fragte die Bäckerin nun freundlich und grüßte in Mias

Richtung, offenbar in dem Versuch, die zeternde Mrs Clottingham zu ignorieren, die ihre Ware bereits in einem Korb verstaut hatte und lediglich noch geblieben war, um ihre Meinung zu äußern.

Mias Gegengruß wurde unmittelbar von Mrs Clottingham unterbrochen. »Miss Midway … Sie haben sie doch gefunden, nicht wahr? Stimmt es, dass sie im Bad ausgerutscht ist?«

Mia nickte vorsichtig.

»Jedem, wie er es verdient«, keifte Mrs Clottingham weiter. »Ich sage es ja immer: Wer Wind sät, wird Sturm ernten. Und dieser Sturm hat sie wohl jetzt aus dem Leben gepustet.« Sie lachte bitter auf.

»Was kann ich denn für Sie tun?«, fragte die Verkäuferin erneut.

»Zwei Earl Grey zum Mitnehmen, bitte.«

Mrs Clottingham ließ sich nicht beirren: »Tja, das Schicksal kennt eben keine Gnade. Wenn sie vielleicht ein bisschen freundlicher gewesen wäre, unsere Eleonora, und ein bisschen von ihrem hohen Ross herabgestiegen wäre, dann hätte das Schicksal sie vielleicht nicht stürzen lassen.« Sie seufzte theatralisch.

»Jetzt reicht es aber, Mrs Clottingham«, brauste Mrs Fairwell auf. »Wenn Sie Ihr Gift draußen auf dem Marktplatz versprühen, ist das Ihre Sache, aber belästigen Sie doch bitte nicht meine Kunden. Ein Mensch ist gestorben. Ein Mensch, den wir mochten. Das ist furchtbar. Und ich verbitte mir, dass Sie jetzt noch weiter über Miss Meil herziehen.«

Offenbar war es das erste Mal, dass Mrs Fairwell derartig der Geduldsfaden gerissen war, denn Mrs Clottingham wirkte so überrumpelt, dass sie den

Anpfiff erstaunt und vor allem schweigend über sich ergehen ließ. Es entstand eine kleine Pause, in der niemand so recht zu wissen schien, wie er sich verhalten sollte.

»Gemocht – dass ich nicht lache«, schnaubte Mrs Clottingham schließlich verächtlich und marschierte in Richtung Ausgang. Kurz vor der Tür wandte sie sich dann doch noch einmal um. »Ihr könnt euch gern alle was vormachen, aber ich werde bei eurer scheinheiligen Heiligsprechung nicht mitspielen, nur weil sie tot ist. Der Teufel hat sie geholt und vielleicht sollten wir lieber beten, dass er sie nicht zurückbringt«, schimpfte sie. Dann ging sie durch die Tür und stampfte wütend auf die Straße hinaus.

»Oder wir beten, dass er sie zurückbringt und gegen Mrs Clottingham eintauscht«, murmelte Mrs Fairwell leise.

Mia runzelte die Stirn.

»Entschuldigung, das war unangebracht.« Die Bäckersfrau hob die Arme. »Aber diese Frau treibt mich noch in den Wahnsinn mit ihrem Gezeter. Ich bringe sofort Ihre zwei Earls, Miss Midway.«

»Was hat sie denn gegen Miss Meil? Oder besser gesagt hatte?«

»Mrs Clottingham?« Die Bäckersfrau zog die Augenbrauen hoch. »Unsere liebe Clara hat gegen alle und jeden etwas. Bestimmt auch gegen mich und gegen Sie.«

»Gegen mich? Aber ich bin doch gerade mal drei Tage hier.«

»Das tut nichts zur Sache. Diese Frau kann andere Menschen einfach nicht ertragen. Und andere Menschen können sie nicht ertragen. Ich weiß nicht, wie der arme Vinnie das aushält.«

»Vinnie?«

»Ihr Ehemann. Die beiden sind schon seit ihrer Jugend zusammen. Der arme Mann. Sie lästert und schimpft von morgens bis abends und scheint sich nur dann gut zu fühlen, wenn sie andere niedermachen kann. Wirklich anstrengend. Wenn Sie meine Empfehlung hören wollen, dann bleiben Sie ihr möglichst fern. Sie vergiftet einem die Seele. Entschuldigung, das war auch von mir nicht besonders nett. Aber diese Giftspritze treibt mich an meine charakterlichen Grenzen.«

»Schon gut, ich verrate Sie nicht.«

Die Verkäuferin erwiderte ihr Lächeln. Dann nahm sie zwei Becher aus der Halterung, hängte zwei kleine Teesiebe darüber und löffelte aus einer nostalgischen Blechdose die Teeblätter hinein. Mit einem kleinen Mörser zerrieb sie die Blätter und übergoss sie dann mit heißem Wasser. Vor dem riesigen Regal wirkte die zarte Erscheinung Mrs Fairwells noch kleiner und zerbrechlicher als auf den ersten Blick. Eine Bäckerin nach Klischee war diese Frau ganz bestimmt nicht, sonst hätte sie mit üppigen Rundungen und vor allem breiten Hüften aufgewartet. Stattdessen war sie ein nahezu zartes Persönchen von geradezu filigraner Schönheit, lediglich der Schwung und Elan, mit dem sie sich bewegte, verriet, dass in dieser niedlich wirkenden Frau jede Menge Power steckte.

Mias Blick fiel jetzt auf den Ständer mit Tageszeitungen, besser gesagt auf die Titelseite. *Ein Tod wie er im Buche steht*, lautete die Schlagzeile. Sie nahm die Zeitung aus dem Ständer und las den Aufmacher.

Die in Pennygrave aufgewachsene und inzwischen weltweit berühmte Autorin Eleonora Meil wurde am gestrigen Abend tot in ihrem Cottage aufgefunden. Nachdem sie nicht zu einer Lesung erschienen war, hatte eine Organisatorin der Veranstaltung nach ihr gesucht, Miss Meil aber nur noch leblos in deren Badezimmer vorgefunden. Ein tragischer Unfall, der zudem eine gewisse Ironie aufweist, denn in ihrem neuesten Bestseller beschreibt Miss Meil ausgerechnet, wie eine Frau in ihrem Badezimmer tödlich verunglückt. Näheres dazu auf Seite drei.

Unwillkürlich blätterte Mia zu Seite drei.

PENNYGRAVE. Nach dem tragischen Tod der beliebten Autorin Eleonora Meil steht der Ort unter Schock. Die berühmte Schriftstellerin wurde am gestrigen Abend tot in ihrem Badezimmer aufgefunden, wo sie unglücklich gestürzt war. Eingeleitete Rettungsmaßnahmen kamen zu spät. Eleonora Meil verstarb noch am Unfallort.
Die international bekannte Autorin war in Pennygrave aufgewachsen und erfreute sich bereits in ihrer Kindheit größter Beliebtheit. Als Schülersprecherin setzte sie sich früh für die Belange ihrer Mitmenschen ein und engagierte sich später in unzähligen gemeinnützigen Vereinen. Auch wenn Miss Meil schließlich dem Ruf ihres Talents folgte und Pennygrave verließ, kehrte sie doch immer wieder an

den geliebten Ort ihrer Kindheit zurück, wo sie jederzeit mit offenen Armen empfangen wurde. Ein großer Verlust für die Leserwelt und ein herber Schlag für die Einwohner von Pennygrave, die ihre geliebte Ehrenbürgerin nun zu Grabe tragen müssen.

»Wollen Sie die auch?«, fragte Mrs Fairwell und deutete auf die Zeitung.

Mia bejahte.

»Honig, Zitrone oder Milch in den Tee?«

»Zitrone bitte.«

»Das macht dann sechs achtzig, bitte.«

Das Geld wechselte die Besitzerin, Mia klemmte sich die Zeitung unter den Arm, nahm die Becher in die Hand und verließ mit einem freundlichen Gruß den Laden.

Auf dem Bürgersteig angekommen, wandte sie sich noch einmal um und sah durch die Scheibe in die Bäckerei. Mrs Fairwell stand hinter der Theke über die Tageszeitung gebeugt und schüttelte immer wieder den Kopf. Ein eigenartiges Bild. Bevor sich Mia jedoch näher mit ihren Gedanken auseinandersetzen konnte, streifte ihr Blick eine Frau, die schluchzend auf einer der Bänke saß, welche in Form eines Rondells auf dem Marktplatz angeordnet waren. Auf ihrem Schoß hielt sie ebenfalls eine aufgeschlagene Tageszeitung. Mia kannte sie: Es war Nora Wells, sie war gestern auch bei der Lesung gewesen. Sofort verspürte Mia den Drang, sich neben die Weinende zu setzen und sie zu trösten. Dass sie bisher noch nicht ein einziges Wort mit dieser Frau gesprochen hatte und sie sich entsprechend gar nicht kannten, spielte dabei keine Rolle. Es war wie eine Zwangshandlung. Schnell wandte sie den Kopf ab, heftete ihre Augen auf die Straße und zwang sich, weiterzugehen. Schließlich wartete Lady Sophie auf ihren Tee und war durch den Teein-Mangel gewissermaßen auch in Not. Kaum hatte sie Nora passiert, wurde diese von einem so heftigen Schluchzer geschüttelt, dass Mia sich instinktiv zu ihr umwandte. Sie ging die paar Schritte zurück, stellte die Becher auf der Bank ab und kramte in ihrer Hosentasche nach einem Taschentuch, das sie der schniefenden Frau reichte.

»Danke«, presste diese unter Tränen hervor. »Das ist wirklich nett von Ihnen, Miss Midway.«

Es war ein seltsames Gefühl, dass alle hier sie zu kennen schienen, obwohl sie sich ihnen bisher nicht persönlich vorgestellt hatte. Aber so war das wohl in einem kleinen Ort wie Pennygrave. Wenn jeder jeden kannte, fiel ein neues Gesicht sofort auf und ein neuer Name erreichte schnell Bekanntheitsgrad. Ohne es zu wollen, setzte sich Mia auf die Bank neben Nora Wells, während ihre Hand ihr einen der beiden Teebecher entgegenstreckte.

Erstaunt hob Nora den Kopf und sah Mia aus tränennassen Augen an. »Danke.«

»Gern. Kann ich sonst noch etwas für Sie tun?«

Nora schüttelte den Kopf und schluchzte wieder. Das war der Moment, in dem Mia hätte gehen sollen. Stattdessen legte sie tröstend den Arm um Nora und zog deren Oberkörper leicht zu sich. Die Weinende schmiegte sich vertrauensvoll an die Fremde. So saßen die beiden Frauen eine Weile lang da, als würden sie sich schon ewig kennen.

»Das ist einfach nicht fair, wissen Sie«, sagte Nora plötzlich. Dann schnäuzte sie sich einmal kräftig. »Elli war so ein guter Mensch. Ich kann einfach nicht glauben, dass das Leben so gemein sein kann. Ausgerutscht im Bad. Das ist doch kein Ende für so einen wundervollen Menschen.«

Mia musste sich auf die Zunge beißen, um Nora nicht zu korrigieren. Doch den Verdacht zu äußern, dass jemand Miss Meil umgebracht haben könnte, würde die Arme bestimmt nur in noch tiefere Trauer stürzen.

»Sie war so perfekt. Sie war immer mein Vorbild«, sagte Nora und heulte weiter. »Wir waren die besten Freundinnen, wissen Sie?«

»Ja, Lady Sophie hat es mir erzählt. Es tut mir wirklich leid. Miss Meils Tod, meine ich. Es muss schrecklich für Sie sein.«

»Schrecklich ist gar kein Ausdruck.« Wieder heulte Nora laut auf. »Wir waren mehr als Freunde, wissen Sie? Seelenverwandte, ja, das waren wir. Was die eine empfand, empfand auch die andere. Den Satz, den die eine begann, sprach die andere aus. Ich kann nicht glauben, dass sie einfach so gestorben ist, ohne dass ich etwas gespürt habe. Wir hatten sogar fast den gleichen Namen.«

Eleonora und Nora. Ja natürlich. Das war Mia bisher gar nicht aufgefallen.

Erneut wurde Nora von einem heftigen Weinkrampf geschüttelt.

»Soll ich irgendjemanden informieren, der sich um Sie kümmert? Verstehen Sie mich bitte nicht falsch, aber ich finde, dass Sie mit dieser Trauer nicht allein sein sollten, und ich muss eigentlich wieder los.«

»Nein, nein, ich komme schon zurecht, danke. Der Artikel. Es war nur der Artikel.« Kopfschüttelnd klopfte sie mit den Fingern auf das Papier. »Noch mal schwarz auf weiß lesen zu müssen, dass Elli tot ist, macht es irgendwie so – real. Das hat mich kurz aus der Bahn geworfen. Ich brauche nur einen Moment, dann habe ich mich wieder im Griff.«

»Wissen Sie was?« Noch bevor sie es aussprach, hasste sich Mia selbst für ihr weiches Herz. »Ich habe heute um sechzehn Uhr Feierabend. Möchten Sie dann nicht auf eine Tasse Tee zu mir kommen? Dann können Sie mir gern von Elli erzählen, wenn Ihnen das guttut. Manchmal muss man sich den ganzen Kummer einfach von der Seele reden.«

Geräuschvoll putzte sich Nora die Nase und sah Mia dann dankbar aus geröteten Augen an. »Das ist wirklich sehr nett von Ihnen, Miss Midway.«

»Mia.«

»Mia, ich bin Nora. Es freut mich sehr. Aber ich möchte Ihnen nicht zur Last fallen.«

Schnell winkte Mia ab, doch bevor sie protestieren konnte, lächelte Nora und nahm ihre Hand zwischen ihre beiden Handflächen. »Sie scheinen wirklich ein guter Mensch zu sein, Mia Midway. Aber es wäre mir nicht recht, wenn Sie mich nur aus Mitleid einladen und sich von mir den Abend verderben lassen. Ich mache Ihnen einen Vorschlag: Wir lassen den Tag vergehen und wenn Sie heute Abend immer noch Lust haben, Geschichten über Elli zu hören, dann können Sie gern zu mir auf einen Tee kommen. Dann zeige ich Ihnen die alten Fotoalben und erzähle Ihnen von meiner wunderbaren Elli. Und wenn Sie es doch nicht möchten, dann kommen Sie einfach nicht. Ich bin Ihnen in keinem Fall böse, keine Sorge.«

»Ich würde sehr gerne ein paar Geschichten über Miss Meil hören«, antwortete Mia sanft.

Nora strahlte über das ganze Gesicht. »Es würde mich außerordentlich freuen, aber ich bin wie gesagt nicht böse, wenn nicht.«

»Ich werde da sein«, versprach Mia. »So gegen siebzehn Uhr?«

»Perfekt.«

Endlich stand Mia auf, während Noras dankbarer Blick auf ihr ruhte. Lächelnd verabschiedeten sie sich voneinander.

Nachdem Mia einen neuen Earl Grey für Lady Sophie besorgt hatte, machte sie sich endlich auf den Rückweg zur Bibliothek.

»Wo warst du denn Tee holen? In China?« Lady Sophie hob den Blick und lachte, als sie Mia mit zerknirschtem Gesicht und zwei Bechern in der Hand hereinkommen sah.

»Sophie, es tut mir furchtbar leid, ich ...« In diesem Moment nahm sie erstaunt wahr, dass vor Lady Sophie eine gefüllte Tasse stand. Grinsend erhob die Adlige den dampfenden Tee und prostete Mia zu. »Eine Spende von Mrs Warrington. Sonst wäre ich schon längst Amok gelaufen.«

»Es tut mir ehrlich leid.« Zerknirscht stellte Mia den heißen Becher vor Lady Sophie ab. »Ich habe Nora Wells auf dem Marktplatz getroffen.«

»O je, habt ihr miteinander gesprochen? Die Arme muss ja völlig am Boden zerstört sein.« In Lady Sophies

Gesichtsausdruck spiegelte sich unverhohlenes Mitgefühl.

»Das kannst du laut sagen. Sie hat so schrecklich geweint, da musste ich sie einfach trösten.«

»Lieb von dir.«

Mia nahm einen Schluck und trat dann zu Lady Sophie hinter die Theke, wo sie auf dem Stuhl neben ihr Platz nahm. »Ja, das fand sie auch. Und hat mich direkt für heute Abend auf einen Tee eingeladen.«

»O je.«

»Warum o je?«

Lady Sophie grinste bis über beide Ohren. »Na ja, ich nehme mal an, sie will dir Geschichten von Eleonora Meil erzählen.«

»Ja. Aber woher ...«

»Weil sie nichts anderes mehr macht, seit die gute Eleonora Pennygrave verlassen hat. Als könne sie mit ihren Geschichten einen Teil von ihr hier in Pennygrave behalten. Aber das funktioniert natürlich nicht. Es war schrecklich für Nora, als Eleonora weggezogen ist. Ihr Tod muss für sie wirklich die Hölle sein. Wobei ... vielleicht ist das gar nicht so schlecht.«

Entsetzt starrte Mia ihre Kollegin an, die nachdenklich den Zeigefinger an die Lippen gelegt hatte.

»Also ehrlich Sophie, das finde ich jetzt echt ein bisschen fies.«

»Wieso?« Lady Sophie blinzelte, als hätte Mia sie aus einer Trance erweckt, begriff dann das Missverständnis und machte eine wegwerfende Handbewegung. »Nein, ich meine doch nicht, dass es gut ist, dass Nora leidet, sondern dass es vielleicht gar nicht schlecht ist, dass du bei ihr zum Tee eingeladen bist. Dann kannst du sie ein bisschen aushorchen.«

»Aushorchen? Wieso?«

»Na, über Eleonora. Ob sie Feinde gehabt hat. Ob sie in letzter Zeit mit jemandem gestritten hat. Ob sie Probleme hatte. Schließlich suchen wir doch nach einem Mörder, oder? Wir werden diesen Fall lösen, das garantiere ich dir, und dann werden wir das diesen dämlichen Polizisten so richtig unter die Nase reiben.«

»Was hast du denn gegen die Polizisten hier? Die waren doch eigentlich ganz nett.«

»Nett schon. Aber sie haben keinen Sinn für heimtückische Verbrechen. Da müssen die Herrschaften noch eine ganze Menge von uns lernen.«

Mia lachte.

»So, und nun, da unsere Ermittlungen offiziell beginnen, möchte ich gleich mal eine erste Verdächtige aufs Tableau bringen.«

Erstaunt zog Mia die Augenbrauen nach oben. Wo hatte Lady Sophie denn so schnell eine Verdächtige her?

Wie sich herausstellte, war ihr diese nahezu zufällig in den Schoß gefallen. Bei Lady Sophies Verdächtigter handelte es sich nämlich um keine Geringere als Merla Warrington, eine fünfundsiebzigjährige Dame, eben jene, die Lady Sophie vor wenigen Minuten erst mit einer Tasse mitgebrachten Tees aus ihrer Thermoskanne gerettet hatte. Dieser Umstand dürfe aber keinesfalls die ermittlerische Urteilsfähigkeit beeinflussen, wie Lady Sophie vehement versicherte. Sie bestand darauf, die betagte Dame den Kreis der Verdächtigen eröffnen zu lassen. Dass eine Fünfundsiebzigjährige ihre liebe Not haben müsste, eine deutlich jüngere und zudem sportliche Gegnerin zu überwältigen, ließ sie als Einwand nicht gelten.

Misstrauisch lauschte Mia den Ausführungen der Kollegin. Mrs Warrington leide unter einer Art Verfolgungswahn. Alles, was geschehe, beziehe sie in irgend-einer Art und Weise auf sich selbst. So auch den Umstand, dass Eleonora Meil quasi über Nacht berühmt geworden war. Mrs Warrington, so erzählte Lady Sophie, sei der festen Überzeugung, dass Eleonora Meil sich ihre Geschichten nämlich gar nicht ausgedacht, sondern aus den Erlebnissen Mrs Warringtons abgeleitet habe. Zu diesen existierten angeblich Aufzeichnungen, Notizen, welche die Autorin in unermüdlicher Beobachtung und Recherche bezüglich Mrs Warringtons Leben erstellt habe. Die alte Dame war sich sicher, von Eleonora Meil über Jahre, ach was, Jahrzehnte hinweg akribisch beobachtet worden zu sein.

»Und hältst du das für möglich oder glaubst du, die alte Dame spinnt einfach ein bisschen?«, fragte Mia schließlich, nachdem Lady Sophie eingehend begründet hatte, dass dieser Verfolgungswahn Mrs Warrington eindeutig zu einer Verdächtigen mache.

»Ich bin mir nicht sicher.« Nachdenklich tippte Lady Sophie mit der Spitze ihres rechten Zeigefingers immer wieder an ihre Unterlippe, eine Geste, die sie stets dann auszuführen schien, wenn sie sich besonders konzentrierte. »Kann sein, dass sie sich das alles nur zusammenspinnt, aber ich würde auch nicht ausschließen, dass etwas Wahres dran ist und sie einfach nur maßlos übertreibt. Das ist ja oft so. Auf diese Weise entstehen schließlich Gerüchte, Sagen und Legenden. Einen wahren Kern gibt es doch meistens.«

Lady Sophie trat an den PC und tippte irgendetwas. Kurz darauf begann der Drucker zu rattern und sie ging hinüber, um das Blatt herauszunehmen. Triumphierend wedelte sie damit durch die Luft. »Komm mit«, forderte sie Mia auf.

Das schelmische Grinsen auf ihrem Gesicht machte Mia neugierig. Zielstrebig huschte Lady Sophie durch eine Tür, die links hinter der Theke abging und die Mia bisher noch überhaupt nicht bemerkt hatte. Hinter der Tür befand sich ein winziger Raum, an dessen Wänden reihum Regale voller Ordner standen. Plötzlich drehte sich Lady Sophie um, zwinkerte verschmitzt und bückte sich dann, um in der Mitte des Raumes einen etwa anderthalb Quadratmeter großen Teppich vom Boden wegzuziehen. Staunend betrachtete Mia den dicken, eisernen Ring, der darunter zum Vorschein kam. Lady Sophie zog daran und deutete mit einer präsentierenden Handbewegung auf eine Treppe, die sich unter der Luke auftat. Noch immer schweigend stieg Mia hinter Lady Sophie hinunter in die Dunkelheit.

»Wo sind wir denn hier?«, fragte sie verblüfft.

»Im Gedächtnis der Bibliothek«, hauchte Lady Sophie bedeutungsschwanger. »Hier unten befinden sich alte Handschriften, Tagebücher der Einwohner von Pennygrave, alte Kirchenbücher und Taufregister. Alles, was an Büchern in einer Gemeinde eben so anfällt und es nicht ins Stadtarchiv im Rathaus geschafft hat.«

Neugierig sah sich Mia um. Einige der Bücher sahen wahnsinnig alt aus. Sie hob die Hand und berührte behutsam einen der Buchrücken, dessen Leder sich glatt und abgegriffen anfühlte. »Ist das ein offizieller Raum?«

»So halb«, erwiderte Lady Sophie schmunzelnd. »In den Bauplänen des Hauses ist der Raum natürlich verzeichnet, aber seine Nutzung liegt so weit zurück beziehungsweise war niemals offensichtlich, sodass eigentlich niemand mehr von seiner Existenz weiß.«

»Das ist ja nicht zu fassen«, flüsterte Mia, der es angesichts der in papierne Seiten gepressten Vergangenheit die Sprache verschlug.

»Ja, nicht wahr?« Lady Sophie strahlte. »Ich liebe diesen Ort. Und genau deshalb bin ich auch der Meinung, dass dies hier unsere Zentrale werden sollte.«

»Zentrale?«

»Für unsere Ermittlungen. Es wäre doch blöd, wenn wir unsere Recherchen oben auf der Theke ausbreiten würden, wo sie jeder sehen kann, oder meinst du nicht?«

Mia nickte stumm.

»Na siehst du. Und hiermit fangen wir an.« Aus dem Nichts schob Lady Sophie eine lange Pinnwand auf Rollen in den Raum. Daran heftete sie mit einer Reißzwecke das Blatt Papier, das sie kurz zuvor aus dem Drucker genommen hatte.

»Merla Warrington«, erklärte sie das Foto. »Unsere erste Verdächtige.«

»Brauchen wir denn so ein Board überhaupt?«, fragte Mia skeptisch, während sie näher an die Wand herantrat, um das Gesicht von Mrs Warrington eingehend betrachten zu können. »Ich glaube, ich kann mir auch so merken, wen wir verdächtigen.«

»Unterschätze niemals die Kraft der Visualisierung.« Lady Sophie hob belehrend den Zeigefinger. »Wenn der Fall erst so richtig kompliziert wird und es von Verdächtigen nur so wimmelt, wirst du mir noch dankbar dafür sein, dass wir an dieser Wand ein bisschen Ordnung ins Chaos bringen können.«

Es gab grundsätzlich nichts an Chaos auszusetzen. Um sich so richtig wohlzufühlen, brauchte Mia sogar stets ein bisschen davon. Aber da das sicherlich nicht ihre beste Eigenschaft war, wollte sie das Lady Sophie lieber nicht auf die Nase binden.

»Jetzt können wir hier alles sammeln, was uns zu den jeweiligen Verdächtigen einfällt«, erläuterte Lady Sophie. Freudestrahlend präsentierte sie Mia einige Büroutensilien, die sie fein säuberlich in einem Schuber sortiert und zur Verwendung vorbereitet hatte. Wann hatte sie das nur alles geschafft?

»Das ist wirklich eine wundervolle Zentrale«, lobte Mia. Nachdenklich strich sie über das Foto von Merla Warrington und drehte sich dann abrupt zu ihrer Kollegin um. »Ich glaube, ich möchte direkt zwei weitere Verdächtige vorschlagen: Clara Clottingham und Nora Wells.«

Skeptisch runzelte Lady Sophie die Stirn. »Nora? Ist das dein Ernst? Clara kann ich gut verstehen, diese Frau hat so viel Bitterkeit in sich, dass ich ihr durchaus zutrauen würde, jemanden aus dem Weg räumen zu wollen. Aber Nora?«

»Ich würde niemanden ausschließen«, wandte Mia ein. »Wer weiß, vielleicht hat die gute Nora ja ein

Motiv, auf das wir bislang bloß noch nicht gekommen sind. Ich kann ihr ja heute Abend mal unauffällig auf den Zahn fühlen.« Sie lächelte, während sie spürte, wie ihre Wangen zu glühen begannen.

»Ich wusste es!«, rief Lady Sophie auf einmal triumphierend und strahlte über das ganze Gesicht. »Ich wusste doch, dass hinter deiner verklemmten Fassade eine Frau mit Power und Spürsinn steckt.«

»Ich habe eine verklemmte Fassade?«

»Oh, tut mir leid, das war nicht böse gemeint.« Erschrocken presste Lady Sophie die Lippen aufeinander.

»Nein, nein, schon gut«, beruhigte Mia sie schnell. »Du findest, ich habe eine verklemmte Fassade? Echt jetzt?« Albern begann sie zu kichern.

Lady Sophie wand sich. »Na ja, irgendwie schon. Also nicht so richtig verklemmt, aber irgendwie wirkst du immer so verhalten. Nach dem, wie deine Tante dich dargestellt hat, hätte ich mir dich viel abenteuerlustiger und spritziger vorgestellt. Sie hat mir erzählt, du seist ein sehr lebenslustiger, manchmal sogar etwas verrückter Mensch, der gern mal Risiken eingeht. Lena hat behauptet, deine Neugier habe dich schon in so absurde Situationen gebracht, dass sie es nicht einmal erzählen möchte, weil sie nicht weiß, ob dir das vielleicht peinlich wäre ...«

Gute Tante Lena. Innerlich schickte Mia ein Dankeschön an sie, wo auch immer sie gerade sein mochte.

Lady Sophie schien es nicht zu bemerken. »... dabei liebe ich lustige Geschichten über alles, das weiß Lena ganz genau. Aber sie war nicht umzustimmen. Deshalb habe ich eigentlich gehofft, dass du mir vielleicht die lustigen Geschichten erzählen würdest oder, noch besser, dass ich vielleicht selbst einige mit dir erleben würde. Das Leben hier kann ganz schön langweilig sein, weißt du?«

»Das kann ich mir vorstellen.« Mia grinste.

»Hey, beleidige nicht mein geliebtes Pennygrave.« In gespieltem Ernst drohte ihr Lady Sophie mit dem Zeigefinger.

»Das war keinesfalls meine Absicht.« Lachend machte Mia eine beschwichtigende Geste. »Aber ehrlich gesagt bin ich genau deswegen hergekommen.«

»Weil es hier langweilig ist?«

»Im Prinzip ja. Ich dachte, ein Ort, an dem eigentlich nie etwas Außergewöhnliches passiert – was mir Tante Lena bei unserem Telefongespräch übrigens hoch und heilig versichert hat – so ein Ort wäre der perfekte Platz für mich, um mich ein bisschen zu erden.«

»Das verstehe ich nicht.«

»Na ja, ich dachte, gerade weil es in meinem Leben manchmal etwas zu chaotisch zugeht, würde es mir guttun, mal eine Weile an einem Ort zu leben, in dem die Langeweile mich vor mir selbst schützt. Ich bin erst vor Kurzem arbeitslos geworden, weißt du.«

»Oh, das tut mir leid. Das wusste ich nicht. Was ist denn passiert?«

»*Ich* bin passiert.«

Der fragende Gesichtsausdruck bewies, dass Lady Sophie nicht begriff, was sie damit meinte. Wie sollte sie auch, wenn sich Mia lediglich in Andeutungen verlor? Aber über ihren Rauswurf zu reden war nun mal nicht besonders angenehm. Eigentlich hielt sie es für besser, wenn die Menschen hier möglichst wenig über sie wussten. Als unbeschriebenes Blatt war ein Neuanfang sicherlich einfacher als wenn man bereits mit Vorurteilen belastet war. Lady Sophie durchbohrte sie regelrecht mit ihrem fragenden Blick.

Mia seufzte. »Du darfst es aber niemandem erzählen, versprichst du mir das?«

Die Adlige nickte bedeutungsvoll und erhob die Finger ihrer rechten Hand zum Schwur. »Ich schweige nicht nur wie ein Grab, ich *bin* das Grab, wenn es um deine Geheimnisse geht.«

»Okay. Also ehrlich gesagt, hat meine Tante nicht gelogen. Ich bin irgendwie mit dem Talent gesegnet, mich ständig selbst in Schwierigkeiten zu bringen. Würde ich mich einfach aus manchen Angelegenheiten heraushalten, würde wahrscheinlich überhaupt nichts passieren.«

»Hast du deshalb deinen Job verloren?«

»Ja.« Traurig senkte Mia den Kopf. Sie hatte nicht einmal die Möglichkeit bekommen, sich von ihren Schülern zu verabschieden oder irgendetwas zu erklären.

»Es war nach einem Elternabend auf dem Parkplatz«, begann sie. »Die Diskussionen mit den Eltern waren äußerst anstrengend gewesen, es war spät und ich war erschöpft. Als ich mein Auto aufschloss, sah ich durch Zufall durch die Scheibe des parkenden Wagens neben meinem. Hinter dem Steuer saß eine Frau und weinte. Das war der Zeitpunkt, an dem jeder vernünftige Mensch eingestiegen und weggefahren wäre. Ich nicht. Ich kann so etwas einfach nicht. Es war dieselbe Situation wie bei Nora heute. Wenn ich jemanden weinen sehe, muss ich einfach wissen, was los ist.«

»Das ist doch sehr fürsorglich von dir. Also ich finde das außerordentlich nett.«

»Das wäre es, wenn es mir wirklich um den Menschen an sich gehen würde«, erwiderte Mia zerknirscht. »Die Wahrheit ist aber, dass ich mich nicht aus Mitleid einmische, und auch nicht aus der guten Absicht heraus, der leidenden Person helfen zu wollen. Ich will schlicht und einfach wissen, was passiert ist. Hätte ich diese Frau nicht gefragt, was mit ihr los ist, hätte ich die ganze Nacht nicht schlafen können.«

»Also hast du sie gefragt.«

»Ja.« Hilflos zuckte Mia mit den Schultern. »Es war die Frau meines Chefs, unseres Schulleiters. Sie war der absoluten Überzeugung, dass er eine Affäre hat, und wollte deshalb dort warten, um nach dem Elternabend zu sehen, ob er sich mit dieser treffen würde.«

»Hat er?«

Dem Funkeln in Lady Sophies Augen nach zu urteilen war Mia nicht die Einzige, die ein Problem mit der Neugier hatte. Wieder zuckte sie mit den Schultern. »Er kam, stieg in sein Auto und fuhr davon. Allein. Seine Frau fuhr ihm hinterher, nachdem wir unsere Handynummern ausgetauscht hatten. Eine halbe Stunde später bekam ich eine Nachricht von ihr, dass er direkt nach Hause gefahren sei und sie jetzt gemeinsam noch ein Glas Wein tränken.«

Lady Sophie lachte laut auf. »Na, das ist doch prima.« Sie stutzte. »Aber warum bist du dann gefeuert worden? Das verstehe ich nicht.«

»Weil ich es einfach nicht lassen konnte, der Sache genauer auf den Grund zu gehen«, erwiderte Mia seufzend. »Ich habe in den folgenden Tagen und

Wochen genau beobachtet, was mein Chef tat und mit wem er sich traf. An manchen Tagen bin ich ihm sogar heimlich gefolgt. Total bescheuert, ich weiß«, fügte sie augenrollend hinzu, als sie Lady Sophie schmunzeln sah. »Ich konnte es einfach nicht lassen. Es war, als sei ich ein Hund, der einmal eine Fährte aufgenommen hat, und zu allem Überfluss führte sie zu einer niederschmetternden Erkenntnis: Er hatte nämlich doch eine Affäre. Mit einer bestimmt zwanzig Jahre jüngeren Frau. Sie trafen sich immer mittwochs um halb zehn an einem Parkplatz am Stadtrand. Er stieg zu ihr ins Auto und dann ging die wilde Knutscherei los. Damit war meine Neugier zwar befriedigt, aber dann kam leider mein zweiter Spleen dazu: mein Gerechtigkeitssinn. Ich hasse es einfach, wenn jemand ungerecht behandelt wird oder eine Situation ungerecht verläuft. Ich kann das nicht ertragen.«

»Das ist doch eigentlich etwas Gutes.«

Wie lieb von Lady Sophie, sie trösten zu wollen. »Eigentlich schon«, sagte sie traurig. »Ich habe ihn verpfiffen. Ich habe der Frau meines Schulleiters von der Affäre erzählt. Sie hatten daraufhin einen üblen Streit, und er hat sich bei ihr entschuldigt und versprochen, die Affäre sofort zu beenden.«

»Okay, das ist aber doch jetzt wirklich etwas Gutes«, stieß Lady Sophie schnell hervor.

»Wieder nur eigentlich«, antwortete Mia. »Denn mein Chef hat mich dann entlassen, weil er meinte, das Vertrauensverhältnis sei nun so schwer gestört, dass er nicht weiter mit mir zusammenarbeiten könne. Er hat mich mit sofortiger Wirkung suspendiert.«

»Okay, das ist wirklich übel.«

»Na ja, vielleicht war es im Endeffekt gar nicht so schlecht. Dafür bin ich jetzt hier.«

»Allerdings. Aber jetzt kann ich verstehen, dass du Hemmungen hast, Eleonoras Tod aufzuklären.«

Einen Moment lang schwiegen beide. Obwohl Mia niemals vorgehabt hatte, irgendjemandem in Pennygrave von ihrer Kündigung zu erzählen, fühlte sie sich jetzt seltsam erleichtert. Sie mochte Lady Sophie, die dem Alter nach ihre Mutter sein könnte, sich aber verhielt wie eine gute Freundin. Außerdem schätzte sie ihren Humor und ihre unbeschwerte Art, so als sei sie noch ein unreifer Teenager, gefangen im Körper einer erwachsenen Lady. Der Eifer, mit dem sie sich in die Ermittlungen gestürzt hatte, nachdem Mia auch nur den Verdacht eines Verbrechens geäußert hatte, war bemerkenswert.

„Und warum liegt dir so viel daran, den Mord unbedingt aufzuklären?«, fragte Mia unbeschwert.

Ein dunkler Schatten legte sich auf Lady Sophies Gesicht. Sie schluckte trocken und räusperte sich. In diesem Moment schrillte die kleine Hotelglocke oben auf dem Verleihtresen.

»Oh, ich hatte fast vergessen, dass wir ja auch noch einen Job haben«, trällerte die alte Dame betont fröhlich und huschte dann mit einem »Ich komme schon« die Treppe hinauf.

12

Erleichtert atmete Robert Wells auf, als er seine Frau auf das Haus zukommen sah. Sie war über eine Stunde fort gewesen, viel zu lange, um zwei Stück Kuchen aus der Bäckerei um die Ecke zu besorgen. Seine Gefühle steckten noch immer in einer Zwickmühle. Auf der einen Seite zerriss es ihm fast das Herz, Nora so am Boden zerstört zu sehen, auf der anderen Seite war er überglücklich, diese schreckliche Eleonora endlich tot zu wissen. Viel zu lang hatte diese Hexe Nora beeinflusst und sogar noch aus der Ferne ihre Ehe beeinträchtigt. Nein, es tat ihm kein bisschen leid um diese Person.

»Schatz, da bist du ja endlich«, begrüßte er seine Frau und nahm sie vorsichtig in den Arm.

Nora ließ es geschehen, erwiderte die Umarmung aber nicht.

»Möchtest du vielleicht einen Tee, mein Liebling?«

Sie antwortete nicht, sondern schluchzte nur in seinen Armen.

»Nora, Darling, du musst dich beruhigen. Ich weiß, Eleonoras Tod ...«

Mit einem Ruck riss sie sich los und funkelte ihn böse an. »Nichts weißt du! Überhaupt nichts!«, brüllte sie außer sich vor Wut. »Du hast nicht die geringste Ahnung, was mir Eleonora bedeutet hat. Das, was zwischen ihr und mir war, war stärker als alles, was zwischen uns beiden je sein könnte.«

»Aber Darling, sag doch so etwas nicht. Ich weiß, wir hatten ein paar schwierige Phasen, aber das war zum Teil auch ihre Schuld. Vielleicht können wir ja jetzt endlich wieder zueinanderfinden. Wir könnten wieder richtig glücklich werden.«

»Jetzt, wo sie tot ist, meinst du?«, keifte Nora verächtlich.

»So habe ich das nicht gemeint und das weißt du.«

»Doch, *exakt so* hast du es gemeint.« Und vielleicht hatte er sogar recht damit, fügte sie in Gedanken hinzu. »Lass mich einfach in Ruhe, Robert. Lass mich erst einmal trauern. Und bitte tu mir einen Gefallen und spar dir deine Heuchelei.«

Er senkte betreten den Kopf. Jedes Wort, das er jetzt sagen würde, wäre das falsche.

13

Entspannt wie schon lange nicht mehr saß Mia auf dem kleinen Bänkchen oberhalb der Klippen und sah hinab auf das Meer und seine Wellen, die sich an fantasievoll ausgebildeten Gesteinsformationen brachen. Nachdem sie das Archiv verlassen hatten, hatte sie keine Gelegenheit mehr gehabt, in Ruhe mit Lady Sophie zu sprechen, denn in der Bibliothek war heute die Hölle los gewesen. Als kurz vor Feierabend endlich etwas Ruhe eingekehrt war, war Lady Sophie plötzlich wie vom Erdboden verschluckt gewesen. Fast als hätte sie sich irgendwo versteckt. Auf den Schlag um sechzehn Uhr war sie dann plötzlich wieder aufgetaucht, hatte sich hastig verabschiedet und war verschwunden.

Während Mia der schäumenden Gischt lauschte, versuchte sie, sich die Situation im Bad von Eleonora Meil erneut ins Gedächtnis zu rufen. Was machte sie nur so sicher, dass es kein Unfall gewesen war? Irgendetwas war ihr aufgefallen, doch sie konnte beim besten Willen nicht greifen, was das gewesen sein könnte. Ja, die Fallposition stimmte nicht, das hatten sie in Lady Sophies Salon ausgiebig getestet, aber möglicherweise war Miss Meil auch nach dem Fall nicht sofort tot gewesen, sondern hatte sich noch bewegt und deshalb später in dieser seltsamen Position gelegen. Aus logischer Sicht sprach dies noch nicht zwangsläufig für einen Mord. Es musste also noch etwas anderes sein. Etwas Offensichtliches, das ihr Unterbewusstsein sofort erkannt hatte, worauf sie jetzt aber einfach nicht kam.

»Verzeihung, ist hier noch frei?«

Erschrocken drehte sie sich um und sah direkt in die dunkelblauen Augen Sir Williams, der sie freundlich anlächelte.

»Entschuldigen Sie bitte, ich wollte Sie nicht erschrecken«, sagte er schnell.

»Kein Problem, ich war nur so in Gedanken.« Mia erwiderte sein Lächeln. Was für eine angenehme Überraschung, auch wenn sie sich eigentlich hierher zurückgezogen hatte, um allein zu sein und nachzudenken.

»Ich möchte Sie aber wirklich nicht stören.«

»Nein, nein, das tun Sie nicht, wirklich, es waren keine wichtigen Gedanken«, unterbrach Mia ihn schnell. »Setzen Sie sich doch bitte.«

Lächelnd kam er ihrer Aufforderung nach. Sie rutschte ein Stück zur Seite, aber weil die Sitzfläche sehr kurz war, blieb der Abstand zwischen ihnen gering. Sein Aftershave roch herb und männlich und vermischte sich mit der salzigen Meeresluft. Unsicher richtete Mia ihren Blick geradeaus. Die Weite des Meeres vermochte ihren Herzschlag allerdings nicht zu beruhigen.

»Es ist wirklich schön hier«, sagte sie nach ein paar Minuten und ärgerte sich in derselben Sekunde, die fast andächtige Stille durchbrochen zu haben.

»Ja, nicht wahr? Ich komme oft hierher. Die Gedanken beruhigen sich, wenn man das Spiel der Wellen betrachtet.«

Intuitiv wusste sie, dass er sie ansah. Sein Atem war so nah, dass sie ihn an ihrer Wange spüren konnte. Oder war es der Wind?

Instinktiv wandte sie ihm das Gesicht zu. Sie hätte es besser gelassen, denn jetzt befanden sich nur noch wenige Zentimeter zwischen ihren Gesichtern. Wenn sie den Kopf nur ein bisschen nach vorne recken würde, dann könnte sie mit ihren Lippen ...

»Warum mussten Sie Ihre Gedanken denn heute beruhigen?«

... und warum musste sie immer mit irgendwelchen blöden Fragen die schönsten Momente zerstören? Sie hätte sich ohrfeigen mögen.

In Sir Williams eben noch entspannte Gesichtszüge, schlich sich etwas Hartes. »Eleonoras Tod«, sagte er leise und richtete seinen Blick wieder in die Ferne. »Ich wollte nachdenken. Mich an sie erinnern. Dazu schien mir hier ein guter Platz zu sein.«

»Oh.« Nun war ihre Neugier erst richtig geweckt. Gestern schon hatte sie den Eindruck gehabt, dass er zwar gefasst, aber auch sehr traurig auf Miss Meils Tod reagiert hatte. Außerdem nannte er sie beim Vornamen. Es wäre wirklich höchst interessant, welcher Art die Beziehung zwischen den beiden gewesen war. Hatten sie sich gut gekannt oder nur flüchtig? Waren sie vielleicht sogar ein Paar gewesen? Wobei der Altersunterschied eher nicht für Letzteres sprach. Sie wartete, zwang sich zu schweigen, aber er machte keinerlei Anstalten, das Thema weiter zu vertiefen.

»Ich hätte Miss Meil gern näher kennengelernt.« Ihre Worte waren leise, ehrlich und seiner Trauer hoffentlich angemessen.

»Ja, sie war eine tolle Frau«, antwortete er und blickte in die Ferne, als suche er ihren Geist irgendwo am

Horizont. Dann verzog sich sein Mund zu einem spitzbübischen Grinsen. »Sie konnte wirklich alle in den Wahnsinn treiben.«

»Es ist schön, wenn man sich mit einem Lächeln an jemanden erinnern kann.« Oh Gott, wo zauberte sie nur diese schnulzigen Floskeln her? Ihr Verstand schien seltsam vernebelt zu sein in Sir Williams Nähe. Dieser nickte nur und lachte plötzlich explosionsartig auf. Was hätte sie darum gegeben, an seinen Erinnerungen teilhaben zu können. Obwohl sie selbst neben ihm auf der Bank saß, während Miss Meil nicht einmal mehr unter den Lebenden weilte, fühlte sie sich ausgeschlossen. Ihr Gesicht verzog sich zu einer leidenden Miene, ohne dass sie es verhindern konnte.

Schlagartig wurde Sir William ernst und sagte: »Oh, ich wollte keineswegs den Eindruck erwecken, dass ich Eleonoras Tod lustig finde.«

»So habe ich das auch nicht aufgefasst.«

»Dann ist es ja gut.« Er holte tief Luft. »Es ist nur so, dass Eleonora wirklich eine ganz besondere Frau war. Sie wusste genau, was sie wollte, und hat das auch stets durchgesetzt. Das war nicht immer lustig für die Betroffenen, aber für die Außenstehenden durchaus.« Wieder lachte er. »Einmal wollte sie unbedingt den jährlichen Backwettbewerb gewinnen. Dabei ist – war sie – wirklich die schlechteste Bäckerin aller Zeiten. Sie fand nur den Pokal so hübsch. Den wollte sie unbedingt haben.«

»Und wenn Miss Meil etwas wollte ...«

»Ganz genau.« Er nickte bestätigend und grinste noch immer breit. »Der Hausfrauenverband hatte es geschafft, Patrick Gloster für die Jury zu gewinnen.«

»Patrick Gloster?« Beeindruckt riss Mia die Augen auf. »*Den* Patrick Gloster? Den Promikoch, mit der eigenen Fernsehserie?«

»Ja, genau den. Sie können sich vorstellen, wie aufgeregt alle waren. Besonders die Teilnehmerinnen. Als Eleonora dann verkündete, sie wolle mitmachen, haben die meisten über sie gelacht. Aber das ist ihnen schnell vergangen, als Eleonora den Pokal mit nach Hause genommen hat.«

»Was? Sagten Sie nicht, sie war eine schlechte Bäckerin?«

»Die schlechteste aller Zeiten, ja. Aber das hat sie nicht davon abgehalten, Patrick Gloster zu bestechen.«

»Oha.«

»Nicht finanziell. Irgendwie hat sie es geschafft, ihn glauben zu machen, dass sie sich ihm hingeben würde – also körperlich – wenn er sie zur Siegerin küren würde. Das hat er dann getan. Es gab einen riesigen Aufruhr bei den anderen Jury-Mitgliedern, die ganz klar Mrs Fairwells Kuchen am besten fanden. Doch Gloster hat sich davon nicht beeindrucken lassen. Er hat lediglich versichert, dass er nicht von seiner Meinung abrücken würde. Eleonoras Kuchen sei der beste, den er je auf einer solchen Veranstaltung gegessen habe, und er verstehe nicht, warum er sich überhaupt die Mühe mache, Teil einer Jury eines gewöhnlichen Backwettbewerbs zu sein, wenn man dann nicht auf seine renommierte Meinung höre. Es gäbe genügend andere Dörfer, die sich glücklich schätzen würden, seine Meinung zu hören. Darauf wussten die Leute nichts mehr zu sagen. Man war ja stolz auf den Ehrengast und wollte ihn auf keinen Fall verprellen. Daher haben alle geschwiegen und griesgrämig mitangesehen, wie Eleonora mit stolz geschwellter Brust den Pokal nach Hause getragen hat.«

»Na ja, sie hat ihn ja dann auch teuer bezahlt.«

Sir William schüttelte belustigt den Kopf. »Nein, genau das hat sie nicht. Den Pokal hatte sie ja jetzt und somit keinen Grund mehr, Patrick Gloster schöne Augen zu machen. Als er bei ihr aufgetaucht ist, um seinen *Lohn* einzufordern, hat sie ihn lediglich ausgelacht und eiskalt weggeschickt.«

»Ups. Und dann hat er sie auffliegen lassen?«

»Keineswegs. Er ist sozusagen unverrichteter Dinge von dannen gezogen. Über die Bestechung hat er kein Wort verloren. Wie hätte er das auch tun können? Damit hätte er ja nur sich selbst kompromittiert.«

»Oh Mann. Das ist ja eine wilde Geschichte.«

»Davon gibt es noch jede Menge. Wie gesagt: Eleonora wusste, was sie wollte, und bei dem Versuch, es zu bekommen, ging sie nicht gerade rücksichtsvoll mit anderen um.«

»Hm. Ich hatte eigentlich den Eindruck, dass sie recht beliebt hier war.«

»Das war sie ja auch. Zweifellos. Gerade ihre Kompromisslosigkeit hat ihr schließlich zu großem Erfolg verholfen und wurde von den meisten bewundert, nicht verachtet. Natürlich gab es immer wieder böse Zungen, aber die meisten waren der Meinung, dass man selbst schuld war, wenn man sich von Eleonora austricksen ließ. Eben, *weil* jeder wusste, wie sie war.«

»Was für eine außergewöhnliche Frau.«

»Ja, absolut. Ich hoffe, das klingt jetzt nicht respektlos, aber hätten Sie vielleicht Lust, mit mir zu Abend zu essen?«

»Oh nein.« Erschrocken sprang Mia auf.

»Entschuldigung, ich wollte nicht ...«

»Nein, nicht deswegen. Also nicht: *Oh nein, ich will nicht mit Ihnen abendessen.* Das würde ich sogar sehr gern.« Sie errötete leicht, während er sie verwundert ansah. »Ich meinte: *Oh nein, ich bin zu spät dran.* Nora Wells hat mich eingeladen, mir ein paar Geschichten über Eleonora anzuhören. Sie denkt jetzt bestimmt, ich hätte es mir anders überlegt.«

»Sie scheinen ja einen richtigen Narren an Eleonoras Vergangenheit gefressen zu haben. Oder liegt es etwa daran, dass Sie mit Ihrem neugierigen Näschen ein bisschen Detektiv spielen wollen?«

»Und wenn?« Ihr Tonfall klang härter als beabsichtigt, doch es ärgerte sie, dass Sir William sich so offensichtlich über sie lustig machte. »Sie können darüber denken, wie Sie wollen ...«, fügte sie schnippisch hinzu. »Ihre Mutter und ich sind überzeugt davon, dass Miss Meil umgebracht wurde. Wir werden alles daransetzen, die Umstände aufzuklären und den Mörder zu finden, und dazu brauchen wir keineswegs Ihre Erlaubnis.«

»Oh, Verzeihung.« Sein Tonfall triefte vor Ironie.

Gemein. Gemein und unangebracht.

»Und übrigens: Wenn Sie Miss Meil so gern gemocht haben, wie Sie behaupten, dann wundert es mich doch sehr, dass Sie nicht etwas mehr Interesse an der Aufklärung dieses Falls zeigen. Vielleicht haben Sie ja selbst etwas damit zu tun?« Das hatte sie eigentlich gar nicht sagen wollen.

Seine eben noch spöttisch verzogenen Mundwinkel begradigten sich abrupt und ein würdevoller Ernst überzog sein Gesicht. »Ich wollte mich keineswegs über Sie lustig machen, falls Sie das denken. Ich glaube schlichtweg nicht, dass Eleonora ermordet wurde. All die Jahre, in denen sie in Pennygrave gewissermaßen gewütet hat, wurde sie von niemandem umgebracht. Warum sollte es ausgerechnet jetzt jemand tun?«

»Vielleicht ist ja jemandem der Kragen geplatzt?« Mia konnte nicht verhindern, dass sie klang wie ein trotziges Kind. »Es gibt schließlich deutliche Hinweise. Sie waren doch gestern selbst dabei, als wir die Fallpositionen ausprobiert haben.«

»Ja. Allerdings könnte es auch sein, dass sich Eleonora nach dem Sturz noch einmal bewegt hat, oder nicht?«

Auf gar keinen Fall würde sie zugeben, dass ihr dieser Gedanke auch schon gekommen war. »Ihre Mutter ist davon überzeugt, dass wir es mit einem Mord zu tun haben«, argumentierte sie stattdessen. »Sie hat ja wohl ein bisschen mehr Lebenserfahrung als Sie, oder? Vielleicht hat sie auch die bessere Menschenkenntnis.«

»Meine Mutter übertreibt es lediglich mal wieder. Dass sie fest an einen Mord glaubt und diesen aufklären will, kann ich ihr nicht einmal übelnehmen. Seit dem Tod meines Vaters wittert sie überall Verbrechen. Ich glaube, in unserem Haus befindet sich die größte Krimi-Sammlung Cornwalls.«

»Ich verstehe nicht, was das eine mit dem anderen zu tun hat.«

»Ist ja auch egal. Lassen Sie sich von meiner Mutter nur nichts einreden. Sie hat ihre Gründe für das, was sie tut.«

»Und die wären?«

»Das fragen Sie sie besser selbst. Wollten Sie nicht los?«

»O verdammt.« Mia begann zu rennen.

»Es hat mich ehrlich gefreut, Sie wiederzusehen, Miss Midway«, rief Sir William ihr hinterher und sie konnte sich lebhaft vorstellen, wie er dabei bis über beide Ohren grinste. Was für ein unverschämter Kerl. Gestern, nein, eigentlich, bis er sich zu ihr auf die Bank gesetzt hatte, war er ihr noch richtig sympathisch gewesen. Aber nach diesem Gespräch? Wenn sie einen Mord aufklären wollte, dann war das ihre Angelegenheit. Für wen hielt der sich eigentlich?

So schnell sie konnte, rannte Mia den schmalen Weg zurück zum Dorf. Die malerische Landschaft flog unbeachtet in ihren Augenwinkeln an ihr vorbei, aber sie würde noch genügend Zeit haben, die schönen Fleckchen hier zu genießen. Jetzt hieß es erst einmal volle Konzentration auf das Ziel: Nora. Mia brannte darauf, von ihr mehr über Eleonora Meil zu erfahren, die offenbar bei jeder Person des Ortes einen ganz individuellen Eindruck hinterlassen hatte.

Atemlos kam sie wenige Minuten später vor dem kleinen Cottage zum Stehen, das Nora ihr beschrieben hatte. Der Vorgarten mit der Mischung aus purpurnen und gelben Blumen war unverwechselbar.

Mia ging den hübsch angelegten Weg zum Eingang entlang und klingelte. Die Tür öffnete sich. Wider Erwarten stand aber nicht Nora, sondern ein ungefähr fünfzigjähriger Mann vor ihr, das graue Haar zu einem adretten Seitenscheitel gezogen, was ihn reif und würdevoll wirken ließ. Die imposante Statur, mit der er Mia um mindestens zwei Köpfe überragte, kontrastierte seltsam mit seiner leicht gebückten Haltung, die ihn kleiner wirken ließ, als er in Wirklichkeit war. Auf seiner Stirn zeigten sich erste Falten und darunter blickte ein Paar traurige braune Augen hervor.

»Sie müssen Mrs Midway sein.« Es war mehr eine Feststellung als eine Frage.

»Miss Midway«, korrigierte Mia ihn. »Ist Nora da? Wir waren verabredet.«

»Meine Frau ist in ihrem Zimmer«, erklärte er. »Sie weint sehr viel, seit Eleonora tot ist. Ich kann sie kaum beruhigen. Vielleicht können Sie sie ja ein wenig aufheitern. Das wäre wirklich nett.«

»Ich kann es zumindest versuchen«, sagte Mia vorsichtig.

Mr Wells seufzte. »Ich muss gestehen, als ich von Eleonoras Tod gehört habe, war ich im ersten Moment erleichtert, denn ich dachte, das Ganze hätte nun endlich ein Ende ... Noras hilflose Versuche, sich an eine Freundschaft zu klammern, die schon längst einseitig geworden war. Ich dachte, jetzt würde sie endlich einen Schlussstrich ziehen können. Aber das Gegenteil ist der Fall. Seit gestern Abend sitzt sie nur noch in ihrem Zimmer, blättert alte Fotoalben durch und redet mit Eleonora, als säße sie neben ihr. Sie isst kaum etwas und hat auch nicht geschlafen. Ich weiß wirklich nicht mehr, wie ich ihr helfen soll.«

Am liebsten hätte Mia Mr Wells in die Arme genommen. Sein Anblick war Mitleid erregend und doch irgendwie rührend. Wieder einmal wurde Mia bewusst, dass Eleonora Meil nicht nur irgendein Fall war, den es aufzuklären galt, sondern dass sich hinter diesem Namen eine Frau mit einem Leben und einer Vergangenheit verbarg, die traurige Menschen zurückgelassen hatte.

»Ich werde sehen, was ich tun kann«, sagte sie sanft, woraufhin Mr Wells ihr einen dankbaren Blick zuwarf und sie mit einer kurzen Geste hinein bat. Nachdem er sie nach ihren Getränkevorlieben befragt und versprochen hatte, ihr einen Pfefferminztee zu bringen, wies er auf eine Tür am Ende des Flurs. Zaghaft klopfte Mia dort an.

»Geh doch einfach spazieren, Robert, du verstehst das nicht«, drang Noras Stimme aus dem Inneren des Raums.

»Ich bin es, Mia Midway«, rief Mia.

»Miss Midway!« Auch die Freude in Noras Stimme konnte Mia deutlich wahrnehmen und fand sie bestätigt, als sich wenige Sekunden später die Tür öffnete und eine strahlende Nora vor ihr stand. Ihre Augen waren jedoch derart gerötet und geschwollen, dass auch die unverhohlene Freude über Mias Besuch nicht verbergen konnte, wie schlecht es ihr in Wirklichkeit ging.

»Wie schön, dass Sie gekommen sind.« Erfreut zog Nora die Besucherin am Arm in das kleine Zimmer hinein.

Mia stutzte. Hoffentlich war ihr nicht anzusehen, wie sehr sie der Anblick schockierte. Das hier war kein Zimmer, in dem Erinnerungen aufgestellt waren, das war ein regelrechter Heiligenschrein. In dem ungefähr zehn Quadratmeter großen Raum war jeder Zentimeter der Wände und des Bodens mit Büchern, Zeitungsartikeln, Ordnern und Fotos bedeckt. Auf einem kleinen Sideboard stand ein schwarz gerahmtes Porträtfoto von Eleonora Meil und vor diesem waren drei brennende Teelichter angeordnet. Ein Trauerband war um die linke Ecke des Bildes geschlungen. Als sie den Blick unauffällig durch den Raum schweifen ließ, erkannte Mia Fotos aus verschiedenen Lebenssituationen. Miss Meil als Kindergartenkind, Miss Meil bei der Einschulung. Beim Erntedankfest als kleiner Kürbis verkleidet und beim Schulabschluss in Uniform. Miss Meil auf dem Spielplatz, im Schwimmbad und schließlich am Schreibtisch. Häufig befand sich Nora neben ihr. Auch wenn beide deutlich gealtert waren, konnte Mia die Gesichtszüge der erwachsenen Frauen ohne Weiteres den kindlichen Pendants zuordnen.

»Das war sie: meine Elli.« Mit schwärmerisch verzücktem Gesichtsausdruck deutete Nora auf die Ansammlung von Erinnerungen. »Suchen Sie sich ein Bild, einen Artikel, was immer Sie wollen, aus. Es gibt zu jedem einzelnen Teil eine Geschichte. Und ich bin mir sicher, Sie werden die Geschichten über Elli lieben. Sie war eine so bemerkenswerte, wunderbare, unglaubliche Frau.« Sie schluckte schwer. Tränen stiegen ihr in die Augen, doch sie machte sich nicht die Mühe, sie zu verbergen. Warum auch. Alles in diesem Raum verriet ihre Trauer.

»Es tut mir so leid für Sie«, sagte Mia leise.

»Danke.«

Noch bevor Mia überhaupt reagieren konnte, hatte Nora sich schon in ihre Arme geworfen und schluchzte lauthals. Instinktiv streichelte Mia ihr übers Haar und wartete ab, bis das Schluchzen verebbte.

»Entschuldigung«, schniefte Nora schließlich. »Es tut nur so gut, dass jemand Anteil nimmt. Das hat mich irgendwie überwältigt.«

Vorsichtig löste sich Mia aus der Umarmung. »Also, wenn ich richtig informiert bin, nimmt der gesamte Ort großen Anteil am Tod von Miss Meil«, versuchte sie zu trösten.

Nora schnaubte verächtlich. »Ja, vordergründig, aber in Wahrheit sind sie froh, dass es endlich wieder etwas gibt, worüber sie sich das Maul zerreißen können. Die perfekte Eleonora Meil, die zu blöd ist, nach dem Duschen unverletzt das Bad zu verlassen.«

»Das hört sich ja fast so an, als hätte Miss Meil Feinde gehabt«, hakte Mia sofort ein.

Nora runzelte die Stirn. »Feinde? Nein, ich glaube, so kann man das nicht sagen. Eher Menschen, die ihr den Erfolg missgönnt haben, und deshalb an jedem kleinen Fehler, den sie gemacht hat, ihre diebische Freude hatten. Schadenfroh, das sind sie.«

Diese Beschreibung war fast ein bisschen enttäuschend. »Können Sie sich vorstellen, dass es vielleicht trotzdem jemanden gegeben haben könnte, der ihr den Tod gewünscht hat oder sie vielleicht sogar, na ja, umgebracht haben könnte?«

»Elli wurde umgebracht?«

»Nein, das habe ich nicht gesagt.«

»Aber angedeutet. O Gott, meinen Sie das ernst? Haben Sie mit der Polizei darüber gesprochen? Ich dachte, es sei ein Unfall gewesen. Elli wurde umgebracht?«

Hinter ihrem Rücken schepperte es laut, sodass Mia erschrocken herumfuhr. In der Tür stand Mr Wells wie zu einer Statue erstarrt. Aus seinem Gesicht war alle Farbe gewichen. Schnell bückte sich Mia und griff nach dem Tablett, das scheppernd zu Boden gefallen war. Dann begann sie, die Überreste des Teegeschirrs aufzusammeln, das auf dem Fußboden zerschellt war und stapelte die Scherben vorsichtig auf dem Tablett, während sich auf den Fliesen ein großer braungrüner Teefleck ausbreitete. Nun kam wieder Leben in Mr Wells. Er bückte sich ebenfalls hastig und griff nach den Scherben.

»Lassen Sie nur, ich mache das schon. Es tut mir sehr leid, ich bringe Ihnen gleich einen neuen Tee«, murmelte er entschuldigend.

Im Gegensatz zu ihrem Mann bewegte sich Nora keinen Zentimeter. »Hast du das gehört, Robert? Miss Midway denkt, dass Elli umgebracht wurde?«

Mia hob den Kopf und betrachtete sein Gesicht. Die Reaktionen der Menschen verrieten oft mehr über sie als die Worte, die sie von sich gaben.

»Ich ... ich kann es nicht fassen«, stammelte Mr Wells. »Wie kommen Sie denn darauf, Miss Midway?«

»Na ja.« Mia zögerte einen Moment lang. Wie tief sollte sie sich in die Karten schauen lassen? »Als ich sie gefunden habe, sah alles nach einem Unfall aus, aber ehrlich gesagt glaube ich, dass es jemand absichtlich so aussehen lassen wollte.«

»Der Mörder?«, fragte Nora leise.

Mia nickte.

»Aber das wäre ja grauenhaft«, murmelte Mr Wells leise, der die Fassung noch immer nicht zurückerlangt hatte.

»Ja, das ist wirklich grauenhaft«, gestand Mia ein. »Deshalb haben Lady Sophie und ich beschlossen, der Sache auf den Grund zu gehen. Kann sein, dass wir uns täuschen und es doch ein Unfall war, aber wir wollen es einfach nicht bei der Ungewissheit belassen. Fällt Ihnen denn zufällig jemand ein, der als Mörder infrage kommen könnte?«

»Noah McCann«, sagte Nora wie aus der Pistole geschossen und ihr Mann nickte bestätigend.

»Ich hole schnell einen Lappen«, erklärte er dann und verschwand in Richtung Küche.

»Ich kann Ihnen ein Foto zeigen«, bot Nora an, wartete die Antwort aber nicht ab, sondern ging wieder ins Zimmer und nahm zwei Fotos von der Wand. »Hier, sehen Sie.« Sie hielt Mia, die ihr gefolgt war, das erste Foto entgegen und tippte mit dem Finger auf einen jungen Mann um die zwanzig. Er stand auf einem Baumstamm, der quer über einen Bach gelegt worden war wie eine Brücke. Neben ihm standen und saßen noch zwei andere junge Männer und drei junge Frauen, von denen Mia zwei eindeutig als Nora und Eleonora identifizieren konnte. Der junge Mann, den Nora als Noah McCann auswies, hatte ein hübsches Gesicht mit ebenmäßigen Gesichtszügen, aber eine sehr hagere Statur. Der Begriff *Milchbubi* schoss Mia durch den Kopf. Zart und weich, fast kindlich für sein Alter, aber dabei außergewöhnlich hübsch.

»Elli hatte was mit ihm«, erklärte Nora. »Es war der Abend unseres Schulabschlusses. Noah war eigentlich mit Sissi zusammen, aber das hat Elli nicht davon abgehalten, Noah zu verführen. Er hatte sie insgeheim schon lange angebetet, aber bis dahin nie eine Chance gehabt. Ich glaube, er hatte auch nicht erwartet, jemals eine zu bekommen. Sie war so etwas wie ein Popstar für viele Jungen. Begehrenswert, aber unerreichbar. Sissi hingegen war sehr bodenständig und hat ihn wirklich geliebt. Sie wusste auch sehr wohl, dass er eine Schwäche für Elli hatte, aber das hatten ja damals alle jungen Männer. Solange er ihr treu war, hat sie es ertragen.«

»Aber dann hat er sie mit Elli betrogen?«

»Ja, nach dem Abschlussball. Noah hat Sissi an diesem Abend einen Antrag gemacht. Danach war er plötzlich verschwunden. Sissi hat Noah gesucht, weil er ein bisschen zu viel getrunken hatte. Es wäre besser gewesen, wenn sie ihn nicht gefunden hätte. Noah und Sissi waren fünf Jahre lang zusammen, aber das alles hatte sich nach dieser einen Nacht erledigt.«

»Sissi hat die beiden erwischt?«

»In flagranti. In der Scheune. Mitten im Heu. Ich weiß bis heute nicht, warum Elli das getan hat. Vermutlich wollte sie einfach ihre Macht testen. Das hat sie gern getan. Vielleicht wollte sie sehen, ob sie Noah trotzdem haben könnte, obwohl er bereit war, sich durch die Hochzeit ewig an Sissi zu binden.«

Mia presste die Lippen zusammen. Es war bestimmt besser, Eleonora Meil nicht unbedingt vor Nora zu kritisieren, die sie wie eine Heilige verehrte, aber was Miss Meil da getan hatte, ließ die Schriftstellerin auf einmal recht unsympathisch erscheinen.

»O nein, jetzt haben Sie ein schlechtes Bild von ihr«, sagte Nora leise, als habe sie Mias Gedanken gelesen.

»Ein bisschen«, gab diese zu. »Ich habe ehrlich gesagt etwas gegen Männer, die ihre Frauen betrügen, und auch gegen Frauen, die sich in intakte Beziehungen drängen.«

»Das kann ich verstehen«. Nora nickte traurig. »Aber Noah wusste, wie Elli war. Er hätte sich einfach nicht darauf einlassen dürfen. Es war seine Schuld. Elli hat ihn ja nicht dazu gezwungen. Hätte er einfach nicht mitgemacht, hätte Elli ihn vermutlich in Ruhe gelassen und das Ganze wäre nie passiert.«

Nach der Beschreibung von Miss Meils Beweggründen für diese Tat stellte Mia das zwar infrage, doch auch das behielt sie lieber für sich.

»Sie glauben, deshalb kommt Mr McCann als Mörder in Betracht?«, fragte sie stattdessen. »Es ist wirklich eine schlimme Geschichte, aber sie liegt doch schon Jahre zurück.«

»Jahrzehnte, um genau zu sein«, korrigierte Nora sie. »Aber es geht um die Folgen, Miss Midway, es geht um die Folgen. Sissi hat sich sofort von Noah getrennt. Auch das ist Jahrzehnte her und er dürfte es inzwischen überwunden haben, aber das Problem ist, dass sich ab diesem Zeitpunkt keine Frau mehr auf Noah eingelassen hat. Diese Nacht, dieser eine Fehltritt mit Elli, hat ihn zum ewigen Junggesellen verdammt. Niemand will schließlich einen Mann, der am selben Abend der einen einen Heiratsantrag macht und mit der anderen ins Bett steigt.«

Mia runzelte die Stirn. »Das scheint mir trotzdem ein recht dünnes Motiv zu sein«, wandte sie ein. »Dass sich keine Frau aus Pennygrave mehr auf ihn einlassen will, kann ich ja verstehen, aber warum hat er sich nicht einfach außerhalb eine gesucht?«

»Oh, er hat durchaus versucht, einige Frauen außerhalb kennenzulernen. Das ging auch zunächst immer gut, genau so lange bis er sie hergebracht hat. Früher oder später hat ihnen dann jemand in Pennygrave die Geschichte von der Nacht mit Elli erzählt und dann war Noah wieder allein.«

»Und warum ist er nicht einfach von hier weggezogen?«

»Das kann er nicht«, sagte Mr Wells, der in diesem Moment mit einem neuen Tablett erschien, von dem er Nora und Mia jeweils eine Tasse Tee reichte, bevor er es auf dem kleinen Schränkchen abstellte. »Noah McCann ist der einzige Erbe der McCanns. Sie haben hier Landgüter, die zu bestellen sind. Wenn er Pennygrave verlassen würde, würde er damit eine Familientradition beenden. Das würde seine Eltern umbringen. Also bleibt er hier und lebt weiter ein einsames Leben.«

»Hm.« Mia nahm einen Schluck und nickte Mr Wells anerkennend zu. Das war mit Abstand der beste Pfefferminztee, den sie je getrunken hatte. Die Engländer schienen wirklich ein Händchen dafür zu haben. »Was war mit Miss Meil? Hatte diese Nacht denn keine Auswirkungen auf ihren Ruf?«

»Nein, wieso?« Nora schien ehrlich überrascht.

»Also ich finde es zwar nicht gut, aber in Deutschland ist es meistens so, dass Frauen mit vielen Affären schnell als, tja, wie soll ich das am besten ausdrücken ... als leicht zu haben verschrien sind.«

Nora zuckte unbeeindruckt die Schultern. »Bei Elli war das nicht so. Jeder wusste, wie lange Noah erfolglos versucht hatte, sie rumzukriegen, und jeder wusste, dass sie zwar ihren Körper gern einsetzte, um zu bekommen, was sie wollte, aber eben auch nur, um ihren Kopf durchzusetzen. Was sie tat, war immer ihr eigener Wille. Sie war niemals das Opfer. Elli war selbstbewusst und anbetungswürdig. Wie eine Amazone oder wie Königin Elisabeth. Eine selbstbewusste, strenge Monarchin, die mit den Männern und den Menschen spielen konnte. Ihre Art verlieh ihr Macht, so war das. Niemand hat sich über Elli das Maul zerrissen, nur über Noah und über Sissi, die Arme. Der ging es ganz schön schlecht damals.«

»Oh, das kann ich mir vorstellen. Hätte diese Sissi ...«

»Ratherford«, half Mr Wells aus.

»... Ratherford dann nicht auch ein Motiv?«

Nora schüttelte den Kopf. »Nein, eher nicht. Sissi ist inzwischen glücklich verheiratet und Mutter von vier Kindern. Für sie ist alles bestens gelaufen.«

»Hm, okay. Dann hätten wir also einen weiteren Verdächtigen«, überlegte Mia laut.

»Einen *weiteren*?« Mr Wells zog erstaunt die Augenbrauen nach oben. »Wer ist denn der andere? Oder gibt es etwa schon mehrere?«

»Das möchte ich lieber nicht sagen«, druckste Mia herum. »Ich möchte auch niemanden schlecht machen. Eigentlich geht es zunächst nur darum, Ideen zu sammeln.«

»Na ja. Also wenn Sie mich fragen, wäre Noah mein Verdächtiger Nummer eins, aber ich meine ja nur«, gab Nora etwas bissig von sich.

»Sein Motiv ist auf jeden Fall stark«, gab Mia zu. »Wir werden das bei unseren Ermittlungen berücksichtigen.«

»Ermittlungen?« Mr Wells blickte derart erschrocken drein, dass Mia einen Moment lang befürchtete, er würde dieses Mal die Teetasse fallen lassen, die er in der Hand hielt. »Sind Sie von der Polizei?«

Vehement schüttelte Mia den Kopf. »Nein, keineswegs. Ich bin vertretungsweise Bibliothekarin. Ermittlungen war vielleicht auch das falsche Wort. Es gab lediglich ein paar Ungereimtheiten beim Tod von Miss Meil, denen wir gerne auf den Grund gehen würden. Rein aus Neugier.«

»Da wäre ich aber vorsichtig«, warnte Mr Wells. »Die hiesige Polizei ist gar kein Fan davon, wenn man ihnen in die Parade fahren will.«

»Ach du wieder.« Nora winkte ab und zog ein verächtliches Gesicht. »Er ist Dolmetscher bei Gericht. Da muss man sich mit der Polizei gutstellen«, erklärte sie in Mias Richtung.

Auf einmal zog Mr Wells ahnungsvoll die Augenbrauen nach oben. »Sagen Sie nicht, dass das auf Lady Sophies Mist gewachsen ist.«

Fragend runzelte Mia die Stirn.

»Diese Frau ist besessen von Kriminalfällen«, ächzte Mr Wells. »Seit ihr Mann verstorben ist, wittert sie überall Verbrechen und geht der Polizei auch regelmäßig auf den Keks damit. Falls Lady Sophie Ihnen den Floh mit dem Mord ins Ohr gesetzt hat, lassen Sie es lieber sein.«

Mia wusste nicht recht, was sie darauf erwidern sollte. Ja, es stimmte, dass Lady Sophie sehr vehement gefordert hatte, den Mordfall zu untersuchen, doch es war nicht auf ihrem alleinigen Mist gewachsen. Außerdem war Lady Sophie eine freundliche, kluge Frau. Es ging Mia daher deutlich gegen den Strich, dass ihre Freundin von Mr Wells so negativ dargestellt wurde.

»Wir werden sehen. Vielleicht verläuft sich ja alles im Sande, und wir haben uns einfach nur getäuscht«, versuchte sie, die Situation zu entschärfen, bevor die Atmosphäre sich zuspitzen konnte.

»Da bin ich mir fast sicher«, antwortete Mr Wells. »Wenn Sie mich jetzt entschuldigen würden, ich habe noch zu arbeiten.« Mit diesen Worten und einem höflichen Nicken zog er sich zurück.

»Ach, machen Sie sich nichts draus.« Aufmunternd klopfte Nora Mia auf den Rücken, als sei sie diejenige, die Trost brauchte und nicht umgekehrt. »Wenn es um Polizei, Recht und Gerichte geht, ist mein Mann einfach ein bisschen komisch. Das liegt an seinem Beruf. Er hat einen Eid geleistet. Da ist er sehr pflichtbewusst. Aber ansonsten ist er ein wirklich lieber Kerl. Wollen Sie jetzt noch ein paar Geschichten von Elli hören? Deshalb sind Sie doch schließlich hergekommen, oder?«

Als Mia das Haus der Wells verließ, war es bereits dunkel und ihr schwirrte der Kopf von all den Geschichten, die Nora von sich und Eleonora Meil erzählt hatte. In jeder einzelnen Story war Eleonora die unumstrittene Heldin. Mia hatte noch nie einen Menschen wie Nora erlebt. Einen Menschen, der einen anderen derart selbstlos über alles andere und sogar über sich selbst erhob. Wenn Nora erzählte, wirkte es so, als sei Eleonora eine Göttin und Nora lediglich eine Dienerin, deren größte Freude es war, dieser Göttin zu huldigen. Dennoch wagte sie es nicht, Noras verklärtes Bild von ihrer Freundin in Zweifel zu ziehen. Interessant war lediglich die Frage, ob Eleonora Meil tatsächlich von den Menschen in Pennygrave derart geliebt und bewundert worden war, wie Nora behauptete, oder ob diese Darstellung lediglich deren Wunschvorstellung entsprang. Auf jeden Fall war Eleonora Meil eine Frau gewesen, die sich keinen Spaß hatte entgehen lassen. Von Jugend an war sie selbstbewusst und energiegeladen durchs Leben gegangen, hatte gewusst, was sie wollte und es sich auch genommen. In dieser Hinsicht hatten Noras Ausführungen die Darstellungen Sir Williams durchaus bestätigt. Trotzdem schien es so, als sei niemand ihr wirklich böse deshalb gewesen. Außer eben Noah McCann, dessen Leben nach einer Überdosis Eleonora zerstört gewesen war. Ansonsten schienen alle ihre Art respektiert zu haben. Miss Meils beruflicher Erfolg schien lediglich das logische Resultat ihres bisherigen Lebens gewesen zu sein. Außer Mrs Clottingham schien ihr den aber niemand missgönnt zu haben, und Mrs Clottingham missgönnte offenbar jedem alles, wie Nora augenrollend bestätigt hatte. Auch diese Eigenart schien in Pennygrave vollkommen akzeptiert zu werden. Insgesamt schien dieser Ort das Paradies für Menschen mit besonderen Schrullen zu sein. Was für ein schöner Ort zum Leben. Einmal mehr konnte Mia verstehen, dass ihre Tante Lena nicht mehr nach Deutschland zurückgekehrt war.

14

»Was ist denn, Mutter?« Noah McCann seufzte. Glaubte sie wirklich, dass er nicht bemerkte, wenn sie ihn von der Tür aus beobachtete?

Mrs McCann trat ein. »Ich habe eben von Clara erfahren, dass Eleonora Meil tot ist.« Falls sie den triumphierenden Tonfall in ihrer Stimme zu verbergen versuchte, war sie damit nicht besonders erfolgreich.

Er sah nicht einmal auf. Konzentriert heftete er das nächste Etikett auf die dafür vorgesehene Flasche. »Ich habe es heute Morgen in der Zeitung gelesen. Bist du jetzt endlich zufrieden?«

»Dass dieses Miststück tot ist? Ja, mehr als zufrieden.«

»Und das gibst du so unumwunden zu?«

»Warum denn nicht?«

Noah blieb ihr die Antwort schuldig. Dass Heather McCann Eleonora hasste, war ein offenes Geheimnis. Sie gab ihr die Schuld daran, bis heute noch nicht Großmutter geworden zu sein.

»Vielleicht solltest du mal zur Beichte gehen, Mutter«, raunte Noah.

»Wozu?«

»Ich meine ja nur.«

Heather McCann schnaubte verächtlich. »Vielleicht solltest *du* zur Beichte gehen, mein Sohn.«

Noah zuckte mit den Schultern. Während er das nächste Etikett auf eine weitere Flasche klebte, verließ Heather McCann den Raum. Noah war sich sicher, dass sie dabei bis über beide Ohren grinste.

15

»Da bist du ja endlich. Ich dachte schon, du kommst gar nicht mehr da raus.«

»Sophie?« Erstaunt nahm Mia die dunkle Gestalt wahr, die sich aus dem Gebüsch schälte. Die adlige Dame war komplett in Schwarz gekleidet, weshalb sie in der Dunkelheit nahezu mit der Umgebung verschmolz.

»Was machst du denn hier?«, fragte Mia irritiert.

»Komm mit, wir haben noch etwas vor«, raunte Lady Sophie leise, während sie Mia am Ärmel zupfte.

»Vielleicht habe ich ja schon etwas anderes vor«, wandte diese ein und löste Lady Sophies Hand selbstbewusst von ihrem Pulli. Mit einem Mal hatte sie Lust, ihre übergriffige Kollegin zu provozieren. Was glaubte die denn? Sie konnte doch nicht einfach so über sie bestimmen. Bisher hatte es Mia zwar kaum gestört, aber jetzt, wo sie Noras Geschichten von Eleonora Meil gehört hatte, reagierte sie geradezu allergisch auf den kommandohaften Tonfall. Auf keinen Fall würde sie Lady Sophies Nora werden, die sich ihren Wünschen stets fraglos unterordnete.

»Du hast etwas anderes vor?« Enttäuscht ließ Lady Sophie von ihr ab. Kurz schwieg sie, dann verzog sich ihr Mund zu einem süffisanten Grinsen. »Um diese Uhrzeit? In Pennygrave? Du verarschst mich doch?« Gellend lachte die alte Dame auf und presste sich dann erschrocken die Hand vor den Mund.

Nun musste auch Mia lachen. »Okay, ich habe nichts vor, aber ich würde es trotzdem begrüßen, wenn du mich fragst oder bittest, wenn du etwas von mir willst, anstatt mir einfach Befehle zu erteilen. Ich bin schließlich eine erwachsene Frau und treffe meine eigenen Entscheidungen. Auch wenn es sich nur um die Frage dreht, wohin ich nachts um elf noch gehen will oder eben nicht.«

»Tut mir leid. Ehrlich. Ich bin einfach so.« Zerknirscht war eine unzureichende Umschreibung für Lady Sophies Gesichtsausdruck. »Ich weiß, dass ich schrecklich anstrengend, übergriffig und kindisch sein kann. Aber ich kann einfach nicht aus meiner Haut. Wenn ich etwas will, dann habe ich einfach keine Zeit, Rücksicht auf die Befindlichkeiten anderer Leute zu nehmen. Das ist ein Fehler, ich weiß, und es tut mir wirklich leid. Wenn du möchtest, fahre ich dich einfach nur nach Hause.«

»Jetzt beruhige dich mal, so schlimm war es auch wieder nicht. Ich fände es nur gut, wenn du nicht einfach über mich bestimmst, sondern mich wie eine erwachsene Frau behandelst ... wie eine Partnerin und nicht wie dein ...« Sie hätte fast gesagt *Schoßhündchen*, entschied sich aber im letzten Moment für eine schwächere Variante, »... wie ein kleines Kind. Können wir uns darauf einigen?« Sie schenkte der Älteren ein aufmunterndes Lächeln.

»Ich werde es versuchen. Ich strenge mich richtig an, versprochen.«

Mia schmunzelte in Anbetracht des ehrlichen Eifers. »Was wolltest du denn eigentlich machen?«

»Dich abholen«, erklärte Lady Sophie nüchtern. »Ich habe hin und her überlegt. Wir müssen uns den Tatort noch mal genauer ansehen, da führt kein Weg dran vorbei. Ich bin bestens ausgerüstet und es ist mitten in der Nacht, die Gelegenheit ist also günstig. Du musst auch nichts tun, versprochen. Du siehst einfach weg und dann lasse ich dich durch die Vordertür rein.«

Mia zögerte. Es machte sie fast wahnsinnig, dass sie einfach nicht darauf kam, was an der Auffindesituation von Miss Meil so verdächtig gewesen war. Auf der anderen Seite wusste sie aber, dass sie es sich mit der Polizei hier auf keinen Fall verscherzen wollte. Besonders nicht nach dem, was Mr Wells vorhin über die örtlichen Behörden gesagt hatte. Apropos ...

»Sophie?«

»Ja?«

»Was hast du für ein Problem mit der hiesigen Polizei?«

Lady Sophie zuckte kaum merklich zusammen, doch Mia sah es sehr wohl. »Ich habe kein Problem mit der Polizei«, sagte sie zögerlich.

»Nein, vielleicht nicht, aber die Polizei hat offenbar ein Problem mit dir. Zumindest hat Mr Wells vorhin so etwas angedeutet.«

Lady Sophie schnaubte verächtlich.

»Ach, komm schon«, bettelte Mia. »Wenn wir Miss Meils Tod zusammen aufklären wollen, muss ich dir schon vertrauen können, und dazu solltest du mir etwaige Probleme mit den Gesetzeshütern nicht verheimlichen.«

Man sah Lady Sophie die Überwindung förmlich an. »Ich habe es vielleicht ein winziges Bisschen übertrieben«, gab sie schließlich kleinlaut zu. »Möglicherweise habe ich die Polizei das eine oder andere Mal zu viel herausgefordert.«

»Wie meinst du das?«

»Herausgefordert«, wiederholte Lady Sophie und hob unschuldig die Arme. »Ich wollte, dass sie ermitteln, in verschiedensten Fällen, die sich dann allerdings gar nicht als Fälle herausgestellt haben. Zum Beispiel waren im Kindergarten plötzlich Stofftiere verschwunden. Die kleine Leah hat es mir unter Tränen erzählt. Da bin ich zur Polizei gegangen und habe Anzeige wegen Diebstahls erstattet.«

»Aber das ist doch sehr nett von dir.«

»Ja, vielleicht. Nur, dass sich dann herausgestellt hat, dass die Stofftiere keineswegs gestohlen worden waren, sondern lediglich in Säcke verpackt und in die Reinigung gegeben worden waren, weil es einen Fall von Kopfläusen gegeben hatte. Inspector Mellony hat sich furchtbar darüber aufgeregt und gesagt, dass die Polizei wirklich Besseres zu tun habe, als ihre Zeit mit Läuseproblemen zu verschwenden.«

»Ups. Okay, aber das kann doch mal vorkommen.«

»Ja, das sehe ich auch so, aber ehrlich gesagt war das nicht das einzige Mal, dass ich die Polizei umsonst alarmiert habe. Wenige Wochen nach dem Kindergartenvorfall habe ich nachts die Polizei gerufen, weil ich der Meinung war, im Wald jemanden um Hilfe rufen zu hören. Sie sind sofort angerückt, eine komplette Mannschaft, und haben den Wald durchkämmt.«

»Und?«

»Es waren paarungswillige Katzen auf der Suche nach Freiern.«

»Ups.«

»Ja, ups. Das war schon ein bisschen peinlich. Aber lieber einmal zu viel als einmal zu wenig, dachte ich mir, und so habe ich wenige Tage später erneut die Polizei alarmiert. Cleopatra Fairwell, du müsstest sie kennengelernt haben, ihr gehört die hiesige Bäckerei ...«

Mia erinnerte sich an die freundliche Frau.

»Sie war eines Tages ganz übel zugerichtet. Ein blaues Auge, mehrere Hämatome. Sie hat behauptet, sie sei in der Backstube ausgerutscht, aber mir war vollkommen klar, dass es keine Möglichkeit gibt, so auszurutschen, dass die Verletzungen, die sie hatte, das Ergebnis davon sein könnten.«

»Häusliche Gewalt?«

»Ja, davon war ich fest überzeugt. Ich habe ihren Mann, Mr Fairwell, angezeigt und die Polizei gezwungen, zu ermitteln. Die waren nach den vorherigen Vorfällen gar nicht begeistert davon, aber nachdem Inspector Mellony in der Bäckerei gewesen und sich persönlich ein Bild von Mrs Fairwells Zustand gemacht hatte, gab er mir schließlich recht. Sie haben Mr Fairwell in Gewahrsam genommen und zwei Tage lang verhört. Er schwor Stein und Bein, nichts mit den Verletzungen seiner Frau zu tun zu haben.«

»Das kann aber nicht sein, oder?«

»Dachte ich auch und Inspector Mellony ebenfalls. Erst nach zwei Tagen tauchte Mrs Fairwell plötzlich im Revier auf und gab zu, gelogen zu haben. Die Verletzungen stammten tatsächlich nicht von einem Sturz in der Backstube.«

»Na, jetzt bin ich aber gespannt.«

»Mrs Fairwell – halte dich fest – ist von einem Pferd getreten worden.«

Verwundert riss Mia die Augen auf.

»Ja, da haben wir alle gestaunt«, sagte Lady Sophie. »Sie hat wohl heimlich Reitstunden genommen und das vor ihrem Mann verheimlicht.« Sie kicherte.

»Und deshalb ist die Polizei sauer auf dich? Weil du ein paar Verbrechen angezeigt hast, die keine waren?«

»Na ja, es waren ehrlich gesagt nicht nur ein paar.«

Mia runzelte fragend die Stirn.

»Zweiunddreißig im letzten Jahr«, gestand Lady Sophie kleinlaut.

Mia prustete, aber als sie sah, wie Lady Sophie beschämt zu Boden blickte, tat es ihr sofort leid. »Entschuldige bitte, aber das ist doch schon einiges.«

»Ich weiß«, gab Lady Sophie zerknirscht zu. »Ich kann Mellony auch nicht verübeln, dass er von mir genervt ist, aber nur, weil ich mich in der Vergangenheit ein paar Mal geirrt habe, heißt das doch noch lange nicht, dass es jetzt wieder so sein muss. Eleonora Meil wurde ermordet, da bin ich mir ganz sicher, und ich werde nicht eher ruhen, bis wir den Mörder überführt haben.«

Mia nickte. »Sagt dir der Name Noah McCann etwas?«

»Noah? Ja natürlich. Der Arme. Hat nach der Nacht mit Eleonora Meil nie wieder Fuß gefasst in der Damenwelt.«

»Nora meint, das könnte durchaus ein Mordmotiv sein.«

»Ja, ehrlich gesagt habe ich auch schon daran gedacht, aber ich wollte dich nicht mit zu vielen Verdächtigen überfordern.« Lady Sophie grinste. »Kommst du jetzt mit zum Tatort? Ich gehe nämlich mit dir oder ohne dich.«

Mias Zögern dauerte eine halbe Sekunde. »Ich komme mit«, bestätigte sie, woraufhin Lady Sophie ein lauter Jubelschrei entfuhr. In einem der Fenster zur Straße hin ging das Licht an, kurz darauf klapperte ein Rollladen. Schnell schnappte Lady Sophie Mia am Ärmel und zog sie hinter sich her zu ihrem Auto. Lachend landeten die beiden Frauen auf den Sitzen. Während sie mit dem Bentley durch die Sträßchen von Pennygrave jagten, verriet ihnen ein Blick auf die Uhr, dass es inzwischen schon kurz vor Mitternacht war.

Ein paar Minuten später parkten sie in einer kleinen Seitenstraße, wenige Meter von dem hübschen Cottage entfernt. Es lag in völliger Dunkelheit. Wie praktisch, dass die Straßenlaterne in nächster Nähe kaputt war. Schweigend und mit einem mulmigen Gefühl im Magen sah Mia dabei zu, wie Lady Sophie einen Rucksack aus dem Kofferraum nahm, ihn schulterte und ihr dann einen schwarzen Mantel reichte.

»Zieh den über.«

Mia tat wie geheißen und folgte Lady Sophie, die sich zielstrebig in die Richtung von Eleonora Meils kleinem Cottage bewegte. Während die agile Dame hinter der Gebäudeecke verschwand, drückte sie sich so weit wie möglich in die Büsche des kleinen Vorgartens, während sie darauf wartete, dass Lady Sophie ihr die Vordertür öffnen würde. Das Herz klopfte ihr dabei bis zum Hals. Dennoch war sie dankbar für die progressive Art, mit der die resolute Dame die Situation anpackte. Ohne Lady Sophie hätte Mia wohl niemals den Mut gehabt, den Tod Miss Meils genauer zu untersuchen, und dann hätte sie ewig mit dem seltsamen Gefühl leben müssen, indirekt beim Vertuschen eines Mordes geholfen zu haben.

Endlich öffnete sich die Tür und Lady Sophies triumphierendes Gesicht erschien in dem kleinen Spalt. Unruhig sah sich Mia um. In der Dunkelheit, die lediglich vom diffusen Licht einiger Straßenlaternen durchbrochen wurde, erschienen Gebäude, Straßen und Vorgärten grau in grau. Blieb nur zu hoffen, dass auch ihre eigene Gestalt sich in dieses Farbschema einfügte. Sie huschte den kurzen Weg bis zur Tür entlang und schlüpfte in das Innere des Cottage, wo sie einer zufriedenen Lady Sophie ins Gesicht blickte.

»Es war ganz einfach, ich habe ...«

»Ich möchte lieber gar nicht wissen, wie du hereingekommen bist«, unterbrach Mia sie schnell. Je weniger sie über Lady Sophies illegales Vorgehen wusste, desto besser. Ganz wohl war ihr noch immer nicht bei der Sache, auch wenn bis jetzt alles reibungslos geklappt hatte.

Zu ihrem Erstaunen zog Lady Sophie nun zwei Taschenlampen hervor, um deren Kopf sie jeweils eine schwarze Krause aus Tonpapier gebastelt hatte, um den Lichtkegel einzugrenzen.

»Geh du voraus. Ich habe keine Ahnung, wo die Leiche gelegen hat«, flüsterte sie dabei so leise, dass Mia nur die Hälfte der Worte verstand und sich den Rest zusammenreimen musste. Gehorsam schlich sie voran.

Wie schrecklich laut einfache Schritte sein konnten. In der vollkommenen Geräuschlosigkeit, die durch die Dunkelheit noch verstärkt zu werden schien, war jede ihrer Bewegungen zu hören, egal wie vorsichtig sie ihre Füße auch auf dem Boden aufsetzte. Dabei war es unnötig, so leise zu sein. Miss Meil war tot, das Cottage vollkommen leer. Gefährlich waren eher die Lichtstrahlen, die jemand von außen sehen könnte. Schweigend drangen die beiden Frauen weiter ins Innere vor. Einmal drehte Mia sich um, um zu sehen, ob Lady Sophie noch hinter ihr war. Diese schien das Schleichen wirklich perfektioniert zu haben, denn sie folgte Mia so dicht auf den Fersen, dass sie bei dem spontanen Stopp fast aufgelaufen wäre. Verärgert runzelte sie die Stirn und fuchtelte mit den Händen, um Mia vorwärts zu scheuchen. Diese gehorchte. Nun war nur noch die Treppe zu überwinden. Glücklicherweise knarrten die Stufen nicht, obwohl es sich um eine alte Holztreppe handelte, und sie gelangten ohne Zwischenfälle zur Badezimmertür. Vorsichtig drückte sie die Türklinke herunter und öffnete sie. Was für ein Glück, dass die Polizei von einem Unfall ausging, denn ansonsten wäre der Raum als Tatort bestimmt abgesperrt und versiegelt gewesen. Fast beiläufig spürte Mia, wie sich Lady Sophies schlanke Gestalt neben ihr in den Türrahmen quetschte und trat einen Schritt nach vorn, um Platz zu machen. Während sie auf den leeren Fliesenboden starrte, kamen mit der Wucht einer Lawine zuerst die Gefühle zurück: Der Schreck, der ihr tief in die Glieder fuhr und ihre Knie weich werden ließ. Das Erstaunen darüber, dass etwas Furchtbares geschehen war und sie einfach nicht in der Lage war, es zu begreifen. Die Hilflosigkeit angesichts der leblosen Miss Meil auf dem Boden.

Schnell blinzelte sie, um den toten Körper wieder vor ihrem inneren Auge verschwinden zu lassen, dabei war er noch nicht einmal schlimm zugerichtet gewesen. Es funktionierte. Das Bild Miss Meils wich wieder den leeren weißen Fliesen. Weiß? Na ja, nicht ganz, denn an der Stelle, wo Miss Meils Kopf auf dem Türstopper aufgeschlagen war, prangte noch immer ein dunkler Fleck auf den ansonsten makellosen Fliesen. Schnell wandte Mia ihren Blick ab und starrte wieder geradeaus, bereit, die Bilder erneut über sich hereinbrechen zu lassen. Wenn sie herausfinden wollte, was sie an der Leiche Miss Meils gestört hatte, musste sie sich an Details erinnern.

Sie schloss die Augen. Öffnete sie wieder. Sah Miss Meil in der Position vor sich liegen, die ihr gleich zu Beginn so seltsam vorgekommen war. Um den nackten Körper hatte sie ein Handtuch geschlungen, das jedoch nur ihre Körpermitte bedeckte, vom Po bis kurz über die Brust. Die Wassertropfen auf ihren freien Armen und Beinen mussten längst getrocknet sein, weiß Gott, wie lange sie schon dagelegen hatte, bevor Mia sie gefunden hatte. Nagellack. Der Gedanke schoss Mia durch den Kopf wie ein Pfeil. Miss Meil hatte Nagellack an den Finger- und Fußnägeln getragen. Schnell wandte sie ihren Blick zum Waschbecken hinüber. Dort stand das geöffnete Fläschchen. Schweigend ging sie hinüber, nahm es in die Hand und hob es triumphierend hoch. Lady Sophie runzelte die Stirn.

»Der Nagellack«, flüsterte Mia und sah, wie Lady Sophie ausatmete als habe sie vor Spannung die ganze Zeit die Luft angehalten. »Als ich Miss Meil gefunden habe, war sie fast nackt – sie war nur in ein Handtuch eingewickelt. Ist es nicht komisch, dass sie sich die Nägel lackiert und anschließend direkt duschen geht? Das macht doch überhaupt keinen Sinn.«

»Vielleicht hat sie sich einfach nur im Handtuch die Nägel lackiert«, meinte Lady Sophie achselzuckend. »Wenn ich meine Nägel lackiere, trage ich auch meist nur einen Bademantel.«

Enttäuscht nickte Mia. Lady Sophie hatte recht. Hatte sie sich vielleicht doch geirrt und ihr Verstand hielt nur etwas für seltsam, das vollkommen normal war?

»Der Türstopper, auf den sie gefallen ist«, flüsterte Mia nun. »Er ist weg!«

»Hat vielleicht die Polizei mitgenommen. Den brauchen sie bestimmt für die Akte. Wegen der Beschreibung des Unfallhergangs. Ich bin mir sicher, sie müssen zumindest ein Foto davon in die Akte legen und vielleicht kommt er auch in die Asservatenkammer.«

Na toll. Mia war sich so sicher gewesen, dass etwas nicht stimmte. So verdammt sicher. Es war mal wieder so typisch, dass sie sich sinnlos in etwas verrannte, nur um sich damit jede Menge Ärger einzuhandeln. Super, dafür hätte sie wirklich nicht extra nach England kommen müssen. Das hätte sie mit Sicherheit auch zu Hause ganz gut hinbekommen.

»Was ist denn?« Lady Sophie hielt die Augenbrauen misstrauisch zusammengekniffen.

»Ach nichts. Vielleicht habe ich mich einfach nur getäuscht«, gab Mia zu. »Vielleicht war es wirklich nur ein Unfall. Lass uns wieder gehen.«

»Nichts da, jetzt konzentrier dich mal richtig«, schimpfte Lady Sophie und überschritt dabei sogar ein wenig die gerade noch tolerierbare Lautstärke ihres nächtlichen Unterfangens. »Wenn ich in meinem Leben immer so schnell aufgegeben hätte, hätte ich es zu nichts gebracht, junge Lady. Du warst dir sicher, dass etwas nicht stimmt, also wirst du jetzt herausfinden, was es war.«

»Das sagte ich doch schon: der Nagellack. Das kam mir unlogisch vor. Aber das hast du doch inzwischen aufgeklärt.«

»Gar nichts habe ich. Ich habe lediglich eine Möglichkeit aufgezeigt, wie es gewesen sein *könnte*. Aber das heißt doch noch lange nicht, dass es auch so war. Dein Instinkt hat dir gesagt, dass hier etwas faul ist, und ich sage dir ganz ehrlich: meiner auch. Die ganze Situation stinkt zum Himmel. Aber nicht ich habe Eleonora hier liegen sehen, sondern du. Also reiß dich jetzt gefälligst zusammen und finde irgendeinen Beweis in deiner Erinnerung, denn ich habe keine Lust, morgen noch einmal herzukommen.«

Das saß. Schuldbewusst schloss Mia die Augen und starrte dann zum dritten Mal auf die leeren Fliesen, bereit, Miss Meils toten Körper erneut in ihrer Erinnerung entstehen zu lassen. Mia konzentrierte sich, Lady Sophie wartete. So verharrten sie eine ganze Weile.

»Das Handtuch!«, schrie Mia plötzlich und presste sich dann erschrocken eine Hand auf den Mund. Auch Lady Sophie zuckte kurz zusammen. Beide lauschten in die Stille hinein. Im selben Moment hörten sie ein Geräusch, das zweifellos nicht von ihnen stammen konnte, denn es ertönte aus dem unteren Stockwerk.

Ruckartig stieß Lady Sophie die vor Schreck erstarrte Mia weiter ins Badezimmer hinein, gerade so weit, dass sie selbst hinter ihr hineinschlüpfen und die Tür zuziehen konnte. Sie ließ sie angelehnt, vermutlich fürchtete sie das Geräusch, das ein vollständiges Schließen der Tür erzeugt hätte.

»Was war das?«, flüsterte Mia mit zittriger Stimme.

»Ich habe keine Ahnung.« Lady Sophie knipste ihre Taschenlampe aus. Mia tat es ihr gleich.

»Da war jemand«, raunte sie.

Nun flüsterte Lady Sophie. »Ich habe es auch gehört. Vielleicht der Mörder, der zurückkommt, um seine Spuren zu verwischen.«

Mia erstarrte. Während der Raum jetzt lediglich vom fahlen Mondlicht erhellt wurde und Mias Augen sich nur allmählich an die plötzliche Dunkelheit gewöhnten, marschierte Lady Sophie zielstrebig zu dem kleinen Badezimmerschränkchen und öffnete es vorsichtig. Freude erhellte ihr Gesicht, als sie einen Föhn herausnahm und triumphierend in die Höhe hielt. Dann ging sie wieder zu Mia zurück und drängte diese in Richtung Dusche. Mia ließ es geschehen und presste sich weiterhin ängstlich gegen die Wand.

Zufrieden nickte Lady Sophie und bedeutete ihr mit einer Geste, dort zu bleiben ... was absolut unnötig war, denn keine zehn Pferde hätten Mia dazu bringen können, ihre Position zu verlassen.

Lady Sophie sah sich kurz um, beugte sich dann in die Duschkabine hinein und ergriff eine Shampoo-Flasche, die dort auf der Ablage gestanden hatte. Mit Schwung schleuderte sie diese auf den Boden, sodass die Plastikflasche ein Stück weit über die Fliesen rutschte und dann mit einem Knall gegen die Wand donnerte.

War sie verrückt geworden? Nach dieser Aktion war wohl jegliches Verstecken, Schweigen und Schleichen umsonst. Tatsächlich: Schon hörte sie Schritte auf der

Treppe. Oh nein. Der Mörder war auf direktem Weg zu ihnen.

Lady Sophie positionierte sich dicht neben der Tür. Panik schnürte Mia den Atem ab, sodass sie einer Ohnmacht nahe war. Ihre Glieder waren wie gelähmt. Er würde kommen und sie umbringen, sie und Lady Sophie. Wäre sie bloß niemals nach England gekommen, dann wäre das alles nicht passiert. Sie würde noch immer auf ihrer Couch vor sich hinschmollen und Eis essen, doch sie wäre wenigstens am Leben. In Mias Augen flackerte die Angst, als sie begriff, dass die Schritte vor der Badezimmertür innehielten. Kurz darauf wurde die Tür aufgeschoben. Mia hielt den Atem an. Lady Sophie hingegen erhob die Arme mit dem Föhn in den Händen. Eine Silhouette drang ins Badezimmer ein und tastete nach dem Lichtschalter. Im selben Moment ließ Lady Sophie den Föhn mit Schwung auf den Kopf der Person niedersausen, die daraufhin kraftlos in sich zusammensackte.

»Ha«, rief die schlagfertige Lady triumphierend und knipste das Licht wieder an.

Auf dem Boden lag ein Mann, vollständig in Schwarz gekleidet. Seine buschigen dunklen Augenbrauen wuchsen an der Nasenwurzel fast zusammen und dominierten das Gesicht. Die zartgeschwungene Nase passte nicht wirklich dazu und auch seine Lippen waren überdurchschnittlich schmal und blass. Seine Augen waren geschlossen. War er ohnmächtig oder tot?

»Schnell, wir brauchen etwas, um ihn zu fesseln!« Um ihren pragmatischen Aktionismus war Lady Sophie wirklich zu beneiden. Während Mia die am Boden liegende Gestalt betrachtete, hatte Lady Sophie bereits ebenso schnell wie vorsichtig den Duschvorhang aus den Ösen gelöst und trug ihn auf den Armen neben den am Boden Liegenden.

»Hilf mir mal«, forderte sie Mia ungeduldig auf und breitete den Vorhang neben dem regungslosen Mann aus.

Ein Blick auf seinen sich hebenden und senkenden Brustkorb katapultierte Mia abrupt aus ihrer Erstarrung. Er atmete, das bedeutete, dass er lebte. Es war nur eine Frage der Zeit, bis er wieder zu sich kam und sie erneut angriff. Schnell trat sie neben Lady Sophie und ging in die Hocke. Wenige Worte und Blicke genügten. Mit vereinten Kräften rollten sie den reglosen schweren Körper in den Duschvorhang ein und umwickelten ihn anschließend mit einer dicken Schnur, wo auch immer Lady Sophie diese so plötzlich herbekommen hatte. Dann riss die Adlige die Schubladen des Badezimmerschränkchens auf, nahm einen Waschlappen heraus, rollte ihn zusammen und steckte ihn dem bewusstlosen Mann unbeholfen in den Mund.

»So, das hätten wir«, verkündete Lady Sophie mit einem Anflug von Stolz, als sie die Fesseln nochmals kontrolliert hatte.

Mia spürte Übelkeit in sich aufsteigen. Vor ihr auf dem Fliesenboden lag ein Mörder, eingewickelt in einen Duschvorhang und verschnürt wie eine Rindsroulade, und das fast an derselben Stelle, an der wenige Tage zuvor sein Opfer, Miss Meil, gelegen hatte.

»Gib mir mal bitte dein Handy«, forderte Lady Sophie.

Mia gehorchte und sah zu, wie ihre Freundin eine Nummer wählte.

»Hier ist Lady Sophie Gellam«, hörte Mia sie sagen. »Ich wollte Ihnen nur mitteilen, dass es sich beim Tod von Miss Meil um einen Mord handelt. Ja. Und ... bitte hören Sie mir erst einmal zu ... darf ich auch mal was sagen? Ja, ich weiß, dass es mitten in der Nacht ist. Aber wir haben den Mörder geschnappt. Sie können ihn abholen. Ja ganz genau. In Miss Meils Badezimmer.«

So absurd die Situation auch war, hätte Mia fast losgeprustet beim Anblick der telefonierenden Heldin, die mit stolz geschwellter Brust ihren Erfolg verkündete. Es machte ihr ganz offensichtlich einen unbändigen Spaß, die Polizei von Pennygrave auflaufen zu lassen.

»Ja, dann klingeln Sie den Detective Inspector eben aus dem Schlaf. Wie oft bekommen Sie denn bitte einen Mörder auf dem Silbertablett serviert? Schwingen Sie jetzt endlich Ihre Hintern hierher und holen Sie diesen Verbrecher hier ab, bevor er wieder zu sich kommt und uns angreift. Ich bin mir nicht sicher, wie gut unsere Schnürung hält.«

In diesem Moment begann sich der Mann im Duschvorhang leicht zu regen. Instinktiv trat Mia einen Schritt zurück.

»Da haben Sie es ... er kommt zu sich. Kommen Sie schnell her. Sofort!«, brüllte Lady Sophie. Dann legte sie einfach auf. »Wir können nur hoffen, dass sie schneller fahren als begreifen«, ächzte sie.

Mia betrachtete den am Boden Liegenden. »Kennst du ihn?«, fragte sie, ohne den Blick von ihm abzuwenden.

Lady Sophie schüttelte stirnrunzelnd den Kopf. »Nie gesehen, und ich habe ein verdammt gutes Gesichter-Gedächtnis, das kannst du mir glauben. Dieser Typ lebt mit Sicherheit nicht in Pennygrave.«

Der Mann blinzelte und blickte Mia und Lady Sophie an. Es dauerte eine Sekunde, dann schien er sich seiner Situation bewusst zu werden und riss panisch die Augen auf. Wie wild begann er zu zappeln und versuchte, irgendetwas zu rufen, doch seine Worte wurden durch den improvisierten Knebel erstickt.

Misstrauisch behielt ihn Lady Sophie im Blick und auch Mia hielt die Augen starr auf ihn gerichtet. Der Duschvorhang stellte sich als bessere Fessel heraus als gedacht. Wie ein Fisch auf dem Trockenen versuchte der nächtliche Eindringling das enge Textil zu lockern, war aber darin eingewickelt wie in einer Zwangsjacke.

Auf Lady Sophies Gesicht schlich sich nun ein Grinsen, als sie zu begreifen schien, wie gut ihr Plan funktionierte. »Ich freue mich schon darauf, dieses Mords-Päckchen der Polizei zu übergeben«, scherzte sie. Aus der Ferne näherte sich endlich Sirenengeheul und Mia atmete erleichtert auf, während Lady Sophie sich noch etwas mehr in die Brust warf.

»Ich gehe dann mal nach unten und öffne unseren Detectives die Tür«, verkündete die stolze Lady.

Mia blieb allein zurück. Sofort begann ihr Herz wieder schneller zu klopfen. Sie war von Natur aus nicht gerade mutig, und mit einem Mörder allein in einem Zimmer zu sein, war wirklich eine emotionale Herausforderung. Glücklicherweise dauerte es nicht lange, bis Lady Sophie wieder im Badezimmer auftauchte, im Schlepptau Inspector Mellony und

Constable Angel, an deren Gesichtern man die Überraschung förmlich ablesen konnte, als sie das verschnürte Menschenpaket auf dem Boden entdeckten.

»Sie können ihn direkt so mitnehmen«, vermeldete Lady Sophie stolz. »Wir haben ihn gewissermaßen auf frischer Tat dabei ertappt, wie er seine Spuren verwischen wollte.«

»Aha.« Inspector Mellony gab sich unbeeindruckt. Constable Angel hingegen blieb in der Tür stehen, ihr Blick wanderte unruhig zwischen dem am Boden Liegenden und den beiden Frauen hin und her.

»Bitte notieren, Constable Angel«, kommandierte Mellony, woraufhin diese schnell Block und Stift zückte.

Der Inspector warf Mia einen strengen Blick zu. »Miss Midway, richtig?«, fragte er.

Mia errötete. So direkt von seinen ungewöhnlichen grünen Augen fixiert zu werden, war äußerst unangenehm, obwohl sie gar nichts verbrochen hatte.

»Miss Midway, würden Sie vielleicht die Güte besitzen, mir zu erklären, welcher Art ihr mitternächtlicher Aufenthalt in diesem Grundbesitz ist?«

Mia fühlte sich, als habe man ihr einen Eimer Eiswasser über den Kopf geschüttet. Sie war nicht in der Lage, auch nur einen einzigen Ton hervorzubringen.

»Miss Midway?«

Lady Sophie eilte ihr zur Hilfe. »Miss Midway und ich sind hier, weil wir den Tatort noch einmal genauer untersuchen wollten. Miss Midway war sich sicher, dass etwas nicht stimmt und Miss Meils Tod kein gewöhnlicher Unfall, sondern ein eiskalter Mord war.«

Inspector Mellony warf ihr einen tadelnden Blick zu. »Lady Gellam, Ihre Auskunftsfreude in allen Ehren, doch es wäre mir recht, wenn jene Person meine Fragen beantworten würde, der ich sie stelle.«

Räuspernd versuchte Mia, die Worte durch ihre trockene Kehle zu treiben. »Es ist so, wie Lady Sophie sagt.« Warum quälte er sie denn so? Er konnte doch zufrieden sein, überhaupt eine Antwort zu bekommen. Stattdessen ignorierte er Lady Sophie und hielt seinen Blick unnachgiebig auf Mia gerichtet.

»Miss Midway, habe ich Ihnen nicht erst kürzlich unmissverständlich erklärt, dass Sie nicht in fremde Häuser eindringen dürfen? Ich werde Sie wegen Einbruchs festnehmen müssen.«

»Ich bin durch die Haustür hereingekommen«, verteidigte sich Mia in der Manier eines trotzigen Kindes, das zu Unrecht verdächtigt wurde.

»Das stimmt«, pflichtete Lady Sophie ihr bei. Anscheinend surfte sie noch immer auf ihrer Heldinnenwelle. Fehlte nur noch das passende Cape. »*Ich* bin durch das Wohnzimmerfenster eingestiegen, aber von Einbruch kann trotzdem keine Rede sein, es stand nämlich offen. Danach habe ich Miss Midway durch die Vordertür hereingelassen.«

»Nun, dann werde ich eben *Sie* festnehmen müssen«, erklärte Mellony an Lady Sophie gewandt. Statt wie Mia zu erröten oder sich in Ausflüchte zu ergehen, legte diese ein anzügliches Lächeln auf. »Na ja, Inspector Mellony, Sir, es ist doch so: Durch ein offenes Fenster in ein Haus einzusteigen, das niemand bewohnt, ist doch eigentlich gar kein richtiges Einbrechen, oder? Außerdem könnten Sie doch sicher ein Äugelchen zudrücken, in Anbetracht der Tatsache, dass wir Ihnen hier einen Mörder servieren, frei Haus sozusagen und noch bevor Sie überhaupt von dem Mord gewusst haben. Überlegen Sie doch mal, was Sie durch uns an Zeit und Arbeit gespart haben. Wie viele Steuergelder dadurch eingespart werden.«

Okay, das mit den Steuergeldern war vielleicht etwas zu viel des Guten, denn Inspector Mellony zog verächtlich einen Mundwinkel schief, doch im Prinzip hatte Lady Sophie recht.

»Wir werden sehen«, brummte der Beamte. Bis jetzt hatte er die verzweifelten Geräusche ignoriert, die der Mann am Boden von sich gab. Nun beugte er sich endlich über ihn und betrachtete dessen Gesicht, ohne jedoch den Knebel aus dessen Mund zu entfernen.

»Und das hier soll also der Mörder von Miss Meil sein?«, fragte er misstrauisch. Mia und Lady Sophie nickten gleichzeitig. Mellony legte bedeutungsvoll seinen Finger auf den Mund. Verstehend schwieg der Fremde und hörte sogar auf zu zappeln. Daraufhin entfernte der Inspector den Waschlappen aus dessen Mund. »Und Sie sind?«, fragte er dann.

»Peter Meil«, antwortete dieser prompt. Die Erleichterung in seiner Stimme war unüberhörbar. »Ich bin Eleonoras Onkel.«

»Ja, das würde ich jetzt auch behaupten«, rief Lady Sophie hämisch. Wieder legte der Inspector einen Finger auf seine Lippen, sah dieses Mal jedoch Lady Sophie dabei an. Diese machte eine abwinkende Geste, verstummte aber gehorsam.

»Ich bin Peter Meil«, wiederholte der am Boden liegende Mann wimmernd. »Bitte glauben Sie mir. Mein Ausweis befindet sich in meinem Portemonnaie. Linke Gesäßtasche.« Er zuckte, als wolle er danach greifen, doch er konnte sich nach wie vor keinen Zentimeter bewegen.

»Constable Angel«, forderte Mellony.

Constable Angel steckte sofort Notizblock und Stift ein und zog eine Waffe, die sie auf den angeblichen Mr Meil richtete. Während Constable Angel den Verdächtigen sicherte, begann Mellony damit, die Schnur zu lösen. Zum Glück machte der Überwältigte keinerlei Anstalten zu Flucht oder gar Angriff, sondern rappelte sich auf, blieb stocksteif stehen und streckte brav beide Arme in die Höhe. Mit einer bewundernswerten Ruhe griff Inspector Mellony in die Gesäßtasche des angeblichen Onkels und zog dessen Portemonnaie heraus. Er öffnete es und seufzte. »Es tut mir sehr leid, was Ihnen widerfahren ist, Mr Meil«, sagte er dann, den Ausweis des Mannes betrachtend. Anschließend schoss er einen Blick, scharf wie ein Pfeil, in Lady Sophies Richtung.

Ein Seufzer der Erleichterung entfuhr Peter Meil, als Constable Angel ihre Waffe auf Mellonys Zeichen hin wieder einsteckte, und er endlich die Hände herunternehmen konnte. »Ehrlich gesagt weiß ich noch immer nicht, wie mir hier geschieht«, sagte er. »Ich habe erst am Nachmittag vom Tod meiner Nichte Eleonora erfahren. Eine Nachbarin hat es in den Nachrichten gesehen und mich gefragt, ob das wahr sei. Ich konnte es nicht glauben. Da ich ihr einziger noch lebender Verwandter bin und einen Zweitschlüssel besitze, bin ich sofort hergefahren, um nach ihr zu sehen. Ist sie wirklich ... tot?«

Der Inspector nickte. »Mein aufrichtiges Beileid zu Ihrem Verlust, Mr Meil«, sagte Mellony ernst. »Es wundert mich, dass niemand zu Ihnen Kontakt aufgenommen hat. Normalerweise ist das ein ganz selbstverständliches Prozedere.«

Mr Meil nickte. »Ich danke Ihnen. Ich kann es noch gar nicht fassen.« Zur Bestätigung seiner Worte schüttelte er den Kopf. »Was soll ich denn jetzt tun? Ich habe doch gar keine Ahnung, was sie sich gewünscht hat. Wie sie beerdigt werden will und so weiter.«

»Ach, das ist ja ein hübsches kleines Theaterstück, das sie hier aufführen«, meldete sich Lady Sophie wieder zu Wort »Glauben Sie wirklich, dass Ihnen diese Nummer jemand abkauft? Selbst, wenn Sie der Onkel sind, sind Sie trotzdem der Mörder. Oder was hätten Sie sonst mitten in der Nacht hier zu suchen, außer dass Sie Ihre Spuren verwischen wollten? Außerdem haben Sie uns ja gerade selbst das perfekte Motiv genannt. Alleinerbe? Ich bitte Sie.« Sie schnaubte verächtlich.

Mia hingegen war Lady Sophies Verhalten nun doch langsam etwas peinlich.

»Ich wollte doch nur nach ihr sehen«, klagte Mr Meil. »Ich dachte, ich komme her und dann ist sie einfach hier und es stellt sich alles als Irrtum heraus.«

»Ach, mitten in der Nacht?«, rief Lady Sophie schnippisch.

Irritiert blickte Mr Meil zwischen Lady Sophie und Inspector Mellony hin und her. »Ich habe wie gesagt erst am späten Nachmittag von dem Unglück erfahren. Ich habe versucht, Eleonora anzurufen, doch es ging niemand ran. Da bin ich sofort losgefahren. Ich wohne in Cleensborough, wissen Sie? Das sind ein paar Stunden Fahrt.«

Lady Sophie runzelte die Stirn und kniff die Augen zusammen, als wolle sie Mr Meil direkt in den Kopf schauen. »Das ist ja so eine hübsche Geschichte. Sie gingen also davon aus, Miss Meil hier anzutreffen?«

»Ja, irgendwie schon.«

»Und warum haben Sie dann nicht geklingelt? Oder ist es bei Ihnen üblich, dass man einfach mit dem Zweitschlüssel in anderer Leute Häuser eindringt?«

»Besser als durch das Fenster«, murmelte Constable Angel, doch Lady Sophie war derart vertieft in ihr Verhör, dass sie den bissigen Kommentar gar nicht wahrnahm.

»Ich wollte sie nicht aus dem Schlaf klingeln«, verteidigte sich Mr Meil. »Ich wollte mich nach oben schleichen und sehen, ob sie in ihrem Bett liegt. Wenn ja, hätte ich ihr eine Nachricht vor die Schlafzimmertür gelegt, auf dem Sofa geschlafen und alles wäre gut gewesen.«

»Ach so, und warum dann die schwarze Kleidung?«

Mr Meil senkte traurig den Kopf. »Na ja, ich hielt es für angemessen ... für den Fall, dass an der Nachricht doch etwas dran sein sollte. Sie wissen schon.«

»Oh.« Nun wusste Lady Sophie auch nicht mehr weiter.

Mr Meil räusperte sich unsicher. »Jetzt, da ich alle Fragen beantwortet habe, dürfte ich da auch erfahren, wer Sie sind?« Er deutete mit dem Finger auf Lady Sophie und Mia.

»Zwei Möchtegern-Detektivinnen, die ständig versuchen, der Polizei ins Handwerk zu pfuschen«, antwortete Mellony mehr beiläufig als scherzhaft. Mia wäre am liebsten an Ort und Stelle im Boden versunken. Ganz im Gegenteil zu Lady Sophie. »Nein, das ist so nicht korrekt«, keifte diese. »Wir sind weder *möchtegern* noch *Detektivinnen*. Wir sind nur zwei vernünftige, kluge Frauen, die einen Mord erkennen, wenn die Polizei ihn übersieht. Zunächst einmal möchte ich mich bei Ihnen in aller Form entschuldigen, Mr Meil, aber wenn Sie erfahren, worum es geht, werden Sie verstehen, warum ich so hart mit Ihnen ins Gericht gehen musste. Es tut mir leid, wenn ich Sie beschuldigt oder beleidigt habe, aber bestimmt ist es auch in Ihrem Interesse, dass Ihrer Nichte Gerechtigkeit widerfährt.«

Statt einer Antwort nickte Mr Meil. Versöhnlich nahm er ihre ausgestreckte Hand in seine und drückte sie kurz. Beeindruckend, wenn man bedachte, dass er vor Kurzem nicht nur niedergeschlagen, sondern auch gefesselt und des Mordes beschuldigt worden war. Lady Sophie atmete leicht auf.

»Jetzt muss ich aber mal einhaken«, meldete sich Inspector Mellony zu Wort und sah Lady Sophie ernst an. »Könnten Sie mir mal bitte erklären, warum Sie so beharrlich davon ausgehen, dass Miss Eleonora Meil ermordet wurde?«

»Das kann ich, Inspector, das kann ich«, konstatierte Lady Sophie. »Oder vielmehr Mia kann es.« Ihre Behauptung fuhr Mia durch die Glieder wie ein Stromschlag. Wenn sie doch wenigstens etwas Zeit bekäme, um ihre wirren Gedanken erst einmal zu ordnen. Von ihren Gefühlen ganz zu schweigen. Doch das war ihr nicht vergönnt, denn alle vier starrten sie abwartend an. Im Versuch, sich dennoch etwas Zeit zu verschaffen, bückte sie sich, hob den Duschvorhang vom Boden auf und begann, ihn wieder an seinem ursprünglichen Platz aufzuhängen. Ganz selbstverständlich kam Mr Meil ihr zur Hilfe, wofür sie ihn mit einem dankbaren Blick bedachte. Die anderen schwiegen unerbittlich, in Erwartung einer Erklärung.

»Ich glaube, dass Miss Meil umgebracht wurde, weil es einfach unlogisch ist, wie sie dalag«, begann Mia zögerlich. »Das Erste, was mir komisch vorkam, war ihre Position, die war irgendwie unnatürlich. So, als hätte sie jemand so drapiert.« Ihr Blick wanderte flüchtig über die Gesichter. Constable Angel hatte wieder den Notizblock gezückt und schrieb konzentriert mit. Inspector Mellony und Mr Meil blickten lediglich interessiert drein, während Lady Sophie aufmunternd lächelte. Mia fasste sich ein Herz und fuhr fort: »Wenn jemand ausrutscht, dann liegen die Arme und Beine nicht so seltsam angewinkelt neben dem Körper. Außerdem lag Miss Meil auf dem Rücken, was auch durchaus Sinn machen würde, wenn sie ausgerutscht wäre, aber der Türstopper, auf den sie angeblich mit dem Kopf aufgeschlagen ist, hat sie doch seitlich am Kopf getroffen, oder?« Hilfesuchend sah sie zu Inspector Mellony hinüber. Allein beim Gedanken an den Gegenstand, der sich in Miss Meils Kopf gedrückt hatte, wurde ihr schlecht.

Zu ihrer Erleichterung nickte der Inspector verständnisvoll. »Doc Kenzo hat aber einen Unfall bestätigt.«

»Und ich möchte seine Kompetenz auch gar nicht infrage stellen«, lenkte Mia schnell ein. »Bestimmt hat er viel Erfahrung mit solchen Unfällen, aber es waren noch einige andere Dinge komisch.«

»Ach, und welche?«

»Das Handtuch!«, erklärte Mia. »Es war fest um Miss Meils Körper geschlungen. Müsste es sich nicht eigentlich gelöst haben, wenn sie wirklich ausgerutscht wäre? Also zumindest würde ich denken, dass ein Handtuch nach einem Sturz nicht mehr ganz so perfekt am Körper anliegt.«

»Vielleicht hat sie das Handtuch im Sturz festgehalten?«, wandte Mellony ein.

»Unwahrscheinlich, oder?«, rief Lady Sophie mit leuchtenden Augen. Obwohl sie gerade zum ersten Mal von der Handtuch-Theorie gehört hatte, schien sie begeistert von dieser neuen Erkenntnis zu sein. »Wenn man stürzt, sucht man doch mit seinen Händen Halt und versucht nicht, ein Handtuch in Position zu halten. Zumal niemand da gewesen wäre, vor dem Miss Meil sich hätte schämen können. Sie lebte schließlich allein.«

»Fahren Sie fort«, forderte Inspector Mellony Mia auf, im Versuch, Lady Sophies enthusiastischen Einwurf höflich zu übergehen.

Mia räusperte sich. »Sie war geschminkt.« Je mehr Details ihr aufzuzählen gelangen, desto ruhiger und sicherer fühlte sie sich. Auch Mellonys Miene verriet, dass er ihre Theorie nicht mehr für vollkommen abwegig hielt. Ermutigt durch den nonverbalen Zuspruch fuhr Mia schnell mit ihren Ausführungen fort. »Man schminkt sich doch nicht, bevor man duschen geht. Außerdem waren ihre Nägel frisch lackiert und ihre Haare frisiert, sogar Haarspray hat sie verwendet. So duscht niemand, das Wasser hätte alles ruiniert. Ich bin mir sicher, dass Miss Meil überhaupt nicht geduscht hat. Irgendjemand wollte es lediglich so aussehen lassen, um uns glauben zu machen, dass sie ausgerutscht ist.« Inzwischen war sie vollkommen ruhig. Mit einem vorsichtigen Augenaufschlag musterte sie Mellonys Gesicht, aber es verriet keine Regung. Hatte sie ihn überzeugt oder hielt er sie für eine dumme, überambitionierte, unverschämte Wichtigtuerin?

»Sie haben recht«, bestätigte er nach ein paar Sekunden. »Es ist mir ein Rätsel, dass uns diese Unstimmigkeiten nicht aufgefallen sind. Aber Sie haben vollkommen recht.«

Mia strahlte. Jedoch lange nicht so sehr wie Lady Sophie, die vor Stolz fast platzte.

»Dann werden Sie endlich ermitteln?«, fragte die Adlige und konnte sich einen gewissen Hohn in der Stimme nicht verkneifen.

»Das werden wir«, bestätigte Inspector Mellony. »Verlassen Sie bitte augenblicklich den Raum. Es handelt sich hierbei um einen Tatort.«

Erschrocken wichen die Frauen rückwärts aus dem Raum und auch in Peter Meils Gesicht zeichnete sich der Schrecken ab, bevor er langsam aus dem Bad trat.

»Auch Sie möchte ich dringend darum ersuchen, das Badezimmer nicht mehr zu betreten, geschweige denn es zu benutzen, solange die Untersuchungen nicht abgeschlossen sind«, erklärte der Inspector in Mr Meils Richtung.

Dieser zog erschrocken die Augenbrauen hoch. »Aber wie soll das denn gehen? Ich muss doch irgendwo …« Er sprach es nicht aus, doch jeder wusste, dass sich in diesem Badezimmer die einzige Toilette befand.

Der Kommissar zuckte unbeeindruckt mit den Schultern. Auf persönliche Befindlichkeiten konnte er offenbar keine Rücksicht nehmen.

»Sie werden natürlich erst einmal in meinem Haus wohnen.« Wie so oft machte sich Lady Sophie gar nicht erst die Mühe, ihren Vorschlag als Frage zu formulieren. Die Überraschung in Mr Meils Gesicht wurde noch größer und auch die anderen sahen Lady Sophie verwundert an. Alle außer Mia. Die ahnte bereits, worauf Lady Sophies Vorschlag hinauslaufen würde.

»Es ist ja wohl selbstverständlich, dass Sie in diesem Cottage vorerst nicht bleiben können«, erläuterte diese ihr Angebot und trat freundlich lächelnd einen Schritt auf den Mann zu, den sie erst kurz zuvor noch für einen gefährlichen Mörder gehalten hatte. »Mr Meil, es wäre mir ein persönliches Anliegen, Sie als meinen Gast zu betrachten, bis dieser Fall vollständig aufgeklärt ist. Sie können doch nicht allen Ernstes in Betracht ziehen, in einem Cottage ohne Badezimmer zu bleiben … noch dazu in einem, in dem Ihre Nichte umgebracht wurde. Wer weiß, vielleicht ist der Mörder noch nicht zufrieden mit seiner grausigen Tat und trachtet nun auch Ihnen nach dem Leben!«

»Sophie«, ging Mia scharf dazwischen. Lady Sophies gute Absichten in allen Ehren, aber in der Art und Weise, wie sie den armen Mann überrumpelte, ging sie mal wieder deutlich zu weit.

»Ich kann Sie natürlich nicht zwingen«, lenkte die resolute Dame ein, »aber es wäre mir eine Herzensangelegenheit. Insbesondere, nachdem wir Ihnen so unrecht getan und sie so schlecht behandelt haben, Mr Meil. Geben Sie mir eine Chance, mein schlechtes Gewissen etwas zu erleichtern, und seien Sie mein Gast. Glauben Sie mir, mein Haus ist groß genug.«

»O ja, das ist es definitiv«, rutschte es Mia heraus, doch Lady Sophie ließ sich nicht irritieren und hielt ihren Blick weiterhin fragend auf Mr Meil gerichtet.

»Nun, ich möchte Ihnen auf keinen Fall zur Last fallen«, antwortete Mr Meil zögerlich.

Lady Sophie winkte schnell ab. »Ach Papperlapapp, ganz im Gegenteil. Und Sie bekommen selbstverständlich ein Gästezimmer mit eigenem Badezimmer.«

Mr Meil wirkte noch immer verunsichert, doch schließlich nickte er zögerlich.

Gewann diese Frau denn immer? Das konnte ja heiter werden. Mia war sich sicher, dass Lady Sophies Angebot nicht aus reiner Gastfreundlichkeit resultierte. Irgendetwas führte sie im Schilde, und bestimmt würde sie schneller als ihr lieb war herausfinden, was das war.

16

»Vielen Dank, mein Junge.« Lächelnd überreichte Mrs Lampert John Johnson das vorbereitete Geldbündel. Er war der beste und zuverlässigste Gärtner, den sie jemals gehabt hatte. Genau wie sein Zwillingsbruder Jack kümmerte er sich absolut vorbildlich um alles, was ihm anvertraut wurde.

»Vielen Dank Mrs Lampert. Soll ich dann nächsten Mittwoch die Büsche im Vorgarten beschneiden, wie besprochen?« Er steckte das Geldbündel ein und wartete höflich ihre Antwort ab.

»Es bleibt bei Mittwoch«, bestätigte sie.

Er nickte kurz und ging dann mit seinem typisch wippenden Gang davon.

Mrs Lampert sah ihm lächelnd hinterher, bis sie seinen Schatten in der Ferne nicht mehr von der Dunkelheit unterscheiden konnte. Plötzlich erregte ein anderer Schatten ihre Aufmerksamkeit. Hatte sie sich getäuscht oder war das …?

Mit raschen Schritten trat sie auf die Straße und spähte über den Zaun. Tatsächlich. So schnell es ihr in ihrem Alter möglich war, hastete Mrs Lampert zurück ins Haus und griff zu dem alten Schnurtelefon auf dem Konsolenschränkchen.

17

Eine halbe Stunde nach dem Abschied von den anderen schloss Mia die Eingangstür von Tante Lenas Cottage auf. Sie war erleichtert, dass Lady Sophie nicht darauf bestanden hatte, dass auch sie wieder bei ihr übernachtete, doch nun, da sie und Mr Meil in dem schwarzen Bentley davongebraust waren, beneidete sie die beiden fast um ihre gegenseitige Gesellschaft.

Nachdenklich hängte sie ihre Jacke an den Garderobenhaken, zog ihre Schuhe aus und schlüpfte in die bequemen Gästepantoffeln, die Tante Lena in mehreren Größen zu besitzen schien. Dann ging sie ins Wohnzimmer und blieb ratlos in dem gemütlichen Raum stehen. Wäre sie doch nur mit Lady Sophie und Mr Meil gefahren. Bestimmt servierte Walter gerade eine beeindruckende Auswahl an Drinks im Salon. So einen könnte sie jetzt auch gut gebrauchen.

Suchend ließ sie ihren Blick durch das Wohnzimmer schweifen. Sie hatte keine Ahnung, ob Tante Lena gerne Alkohol trank, aber wer über so viele Gästehausschuhe verfügte, würde doch wohl etwas vorrätig haben, das er seinen Besuchern anbieten konnte, oder? Dort drüben, gleich neben dem Bücherregal, stand ein kleines Schränkchen mit hübschen Schnitzereien. Das sah doch verdächtig nach einem Schnapsreservoir aus.

Von neuem Elan erfüllt ging Mia hinüber und öffnete eines der geschnitzten Türchen. Bingo! Hübsch aufgereiht präsentierte sich eine Reihe von Spirituosen und Likören. Auf der Suche nach etwas Fruchtigem drehte Mia die Flaschen leicht, sodass sie die Etikette lesen konnte. Was ihr sofort ins Auge fiel, war, dass die meisten der Etikette dasselbe Design hatten. *McCann – Erlesenes aus Familientradition*, las sie stumm. Der McCann? Noah McCann?

Kurzerhand entschied sich Mia für einen traditionellen Ingwerlikör und nahm ihn aus dem Schrank. Im Regal daneben fand sie das passende Glas und goss sich auf dem Sofa sitzend etwas ein. Vorsichtig nippte sie. Was für ein Geschmack! Nicht zu süß und nicht zu beißend, das perfekte Aroma in einer ausgewogenen Mischung aus Alkohol und Frucht. Direkt nahm sie einen zweiten und einen dritten Schluck und ehe sie sich versah, war das Glas leer. Kurz zögerte sie, doch dann nahm sie die Flasche und schenkte sich erneut ein. Es war doch ohnehin niemand da, der sie dafür schief hätte ansehen können. Und nach diesen ereignisreichen Tagen durfte sie sich durchaus mal einen Drink genehmigen.

Mit dem Glas in der Hand ließ sie ihre Gedanken ziellos durch die Zeit schweifen. In was für einem urigen Fleckchen Erde war sie hier nur gelandet? Die malerischen, fast spießigen Cottages und die gepflegten Vorgärten verliehen dem ganzen Ort einen Hauch von Surrealität. Es fühlte sich fast so an, als sei man in einem dieser romantischen Liebesfilme gelandet, die einmal pro Woche zur Primetime liefen. Dazu kam, dass die Einwohner Pennygraves das Gefühl der Surrealität nur noch verstärkten, weil sie mit ihren einzigartigen Schrullen wirkten, als seien sie direkt dem Drehbuch eines überambitionierten Regisseurs entsprungen. Allen voran Lady Sophie, die ihre Schnüffelnase einfach nicht unter Kontrolle halten konnte. Sir William erinnerte dem Aussehen nach hingegen eher an einen Protagonisten aus einem Actionfilm. Melody Clearmont, das Ehepaar Wells, Merla Warrington und Clara Clottingham ... die wirkten ihrerseits wie aus einer Komödie gefallen, die arme Nora zwar eher aus einer tragischen, aber dennoch ... *Grotesk, aber liebenswert*, das war wohl die passendste Beschreibung für Pennygrave und seine Einwohner. In dieser kurzen Zeit hatten sie sich schon tiefer in Mias Herz eingeprägt als viele Menschen, denen sie in Deutschland tagtäglich begegnet war. Dieser Ort war etwas Besonderes, und obwohl offenbar gerade ein Mörder frei herumlief, fühlte sie sich seltsam wohl in Pennygrave.

Die laute Türglocke riss sie aus ihren Gedanken. Irritiert wanderte ihr Blick zu der antiken Standuhr auf dem Kaminsims. Es war kurz nach dreiundzwanzig Uhr. Wer klingelte denn bitteschön zu dieser späten Stunde? Eigentlich hatte sie überhaupt keine Lust, jetzt noch mit jemandem zu sprechen.

Es klingelte erneut. Es zu ignorieren war wohl hinfällig, denn der helle Lichtschein aus dem Wohnzimmer war deutlich zu sehen.

Seufzend gab Mia nach und schlenderte zur Haustür. Noch während sie ihre Hand auf die Klinke legte, durchfuhren sie mehrere Gedanken wie ein Stromschlag: Was, wenn es der Mörder war? Was, wenn er mitbekommen hatte, dass sie herausgefunden hatten, dass es sich bei Miss Meils Tod nicht um einen Unfall handelte, und er sie nun aus dem Weg räumen wollte, bevor sie ihm noch auf die Schliche kam? O Gott.

Es klingelte erneut.

»Wer ist denn da?«, rief Mia durch die schwere Holztür.

»Ich bin es ... William.«

Erleichtert öffnete Mia die Tür und sah direkt in das besorgte Gesicht Sir Williams.

»Entschuldigen Sie bitte die späte Störung, Miss Midway. Es tut mir wirklich leid und ich würde so etwas niemals tun, wenn es nicht absolut wichtig wäre.«

»Ist doch gar kein Problem. Ich war sowieso noch auf. Kommen Sie doch bitte herein, ich freue mich über Gesellschaft.« Zu ihrem Erstaunen musste sie nicht lügen. Der Gedanke an Sir Williams Gesellschaft ließ ihr Herz tatsächlich ein bisschen schneller schlagen.

Er trat ein und Mia deutete auf das kleine Regal mit den Gästehausschuhen. »Meinetwegen können Sie die Schuhe ruhig anlassen, aber angesichts dieses Arsenals an Gästehausschuhen glaube ich, dass es meiner Tante lieber wäre, wenn Sie sich hier bedienen.« Sie grinste verlegen, doch Sir William ging ganz selbstverständlich zu den Schuhen hinüber, wählte ein Paar in seiner Größe aus und schlüpfte hinein.

Mia lächelte erleichtert. »Darf ich Ihnen einen Drink anbieten? Ich kann mit Stolz verkünden, dass ich vor wenigen Minuten den Spirituosenschrank entdeckt habe.« Grinsend präsentierte sie ihr Glas. Sir William blieb ernst, nahm das Angebot aber dankend an.

»Miss Midway, haben Sie eine Ahnung, wo meine Mutter ist?«

Mia runzelte die Stirn. »Lady Sophie? Aber natürlich. Zu Hause.«

»Nein, da ist sie eben nicht.« Sir William schüttelte den Kopf und nippte erneut an dem Glas Whisky, das sie ihm gerade gereicht hatte. »Meine Mutter kann natürlich tun und lassen, was Sie will, aber für gewöhnlich sagt sie Bescheid, wenn sie länger außer Haus bleibt. Und da Sie aktuell ja in diesem vermeintlichen Mordfall herumschnüffeln, mache ich mir allmählich doch ein bisschen Sorgen, dass sie sich in Schwierigkeiten gebracht haben könnte.«

»Aber sie müsste wirklich zu Hause sein.« Mia spürte, wie sich ihr Puls beschleunigte. War Lady Sophie etwas zugestoßen? Warum war sie nicht zu Hause angekommen? Hatte sie vielleicht einen Autounfall gehabt? Bei ihrem Fahrstil wäre das nicht einmal so unwahrscheinlich.

»Wann haben Sie sie denn zuletzt gesehen?«

»Na, gerade vor maximal einer halben Stunde erst. Sie hat mich nach Hause gebracht und ist dann zu sich, also zu Ihnen, nach Hause gefahren.«

»Hm, okay.« Er überlegte. »Wenn meine Mutter Sie vor einer halben Stunde hergebracht hat und dann direkt nach Hause gefahren ist, könnten wir uns tatsächlich genau verpasst haben. Ungefähr um diese Zeit bin ich nämlich aufgebrochen und überall herumgefahren, auf der Suche nach ihrem schwarzen Bentley.«

»Na sehen Sie.« Innerlich war Mia mindestens genauso erleichtert, wie es Sir William äußerlich war.

»Kann ich mal Ihr Telefon benutzen?«

»Aber natürlich. Ich habe nur leider nicht die geringste Ahnung, wo es steht.« Suchend sah sich Mia um.

Sir William hingegen stand auf, ging zu einem kleinen Schränkchen und umschloss mit seinen Fingern den Griff. »Darf ich?«

»Bitte.«

Er öffnete das Türchen und nahm triumphierend ein Telefon heraus.

Überrascht riss Mia die Augen auf. »Woher wussten Sie denn ...?«

»Intuition und Menschenkenntnis. Wenn man sich ansieht, wie liebevoll und altmodisch hier alles eingerichtet ist, würde ein moderner Gegenstand wie ein Telefon die ganze Atmosphäre ruinieren. Dass Ihre Tante kein Telefon besitzt, käme mir aber unlogisch vor. Sie ist schließlich eine sehr moderne Frau. Also bin ich davon ausgegangen, dass sie es irgendwo in praktischer Reichweite und gleichzeitig unsichtbar verstaut hat.«

»Ach, jetzt ist mir klar, woher Ihre Mutter den Spürsinn hat.« Mia lachte.

Er deutete mit dem Zeigefinger unter das Schränkchen. »Außerdem sieht man hier das Telefonkabel aus der Wand kommen und im Schränk-chen verschwinden.«

»Oh.« Jetzt, wo sie den Kopf ein wenig neigte, konnte auch Mia das Kabel deutlich erkennen.

»Vielleicht sollten Sie mich mal mitnehmen zu Ihren Ermittlungen.« Sir William grinste und hielt dann fragend das Telefon in die Höhe. Als Mia zustimmend nickte, wählte er. An seinem Gesichtsausdruck war deutlich der Moment zu erkennen, als abgehoben wurde.

»Ja, Walter, hier ist Sir William. Ich wollte nur fragen, ob meine Mutter inzwischen zu Hause angekommen ist. Ja? Ist sie? Oh, sehr gut, dann bin ich erleichtert. Vielen Dank. Nein, auf keinen Fall. Und sagen Sie ihr auch nicht, dass ich angerufen habe, sonst macht sie sich wieder lustig über mich. Ja, vielen Dank ... Einen Herrn? ... Vielen Dank, Walter. Gute Nacht. Nein, Sie brauchen nicht aufzubleiben, bis ich da bin. Vielen Dank. Gute Nacht, Walter.«

Er legte auf. Einige Sekunden lang ruhte sein Blick fragend auf Mia, doch sie hielt ihm stand. Wenn er etwas wissen wollte, dann sollte er gefälligst fragen.

Das tat er dann auch prompt: »Wer ist der Herr, der bei uns übernachtet?«

Es war schwer einzuschätzen, ob Sir William neugierig, besorgt oder verärgert war. Dennoch konnte sie sich einen kleinen Scherz einfach nicht verkneifen. »Lady Sophies neueste Eroberung«, antwortete sie mit ernstem Gesichtsausdruck.

»Es tut mir leid, ich kann dieser Aussage nichts Belustigendes abgewinnen«, konterte Sir William ebenso trocken.

Was für eine Spaßbremse.

Mia seufzte geschlagen. »Es ist Mr Meil, der Onkel von Eleonora Meil«, erklärte sie wahrheitsgemäß. »Da das Badezimmer in Miss Meils Cottage von der Polizei als Tatort abgeriegelt wurde, konnte Mr Meil auf die Schnelle nirgendwo unterkommen. Ihre Mutter war so freundlich, ihm eines der Gästezimmer in Gellam Manor anzubieten. Ich finde das ehrlich gesagt sehr großzügig und sehr freundlich von Ihrer Mutter. Sie hätte Mr Meil auch einfach in ein Hotel schicken können.«

»Ein Hotel? In Pennygrave?« Sir Williams Mundwinkel zuckten belustigt. Doch dann legte er nachdenklich die Stirn in Falten. »Vermutlich hatte sie Mitleid mit dem armen Mann. Eine Romanze ist das auf keinen Fall. Der Tod meines Vaters ist zwar schon eine ganze Weile her, aber im Prinzip hat sie ihn bis heute nicht verwunden. Ganz sicher lässt sich meine Mutter nicht auf einen anderen Mann ein.«

Mia verkniff sich eine Erwiderung. Man blieb stets das Kind seiner Eltern, das hatte überhaupt nichts damit zu tun, wie alt man war. Verständlich, dass Sir William so reagierte. Lady Sophie war eine erwachsene Frau, die ihre eigenen Entscheidungen traf. Und wer glaubte, dass Liebe im Alter keine Rolle mehr spielte, der war gänzlich schief gewickelt. Warum sollte man sich mit sechzig, siebzig oder neunzig nicht auch noch nach Romantik sehnen? Nach einem Partner, der einen liebte und für einen da war? Warum hätte ausgerechnet die lebenslustige Lady Sophie nach dem Tod ihres Mannes allein bleiben sollen? Doch all das behielt sie lieber für sich. »Jetzt, da wir Ihre Mutter in Sicherheit wissen, möchten Sie vielleicht noch etwas mit mir trinken?«, bot sie stattdessen an.

»Eigentlich gern, aber ich muss noch fahren und ich möchte Ihnen auch wirklich nicht den Abend verderben. Ich habe Sie schon viel zu lange aufgehalten.«

»Aber das tun Sie doch gar nicht. Wirklich nicht.« Mia lächelte. Ein paar Sekunden lang herrschte vollkommene Stille. Sein Blick schien den ihren festzuhalten, sodass sie nicht in der Lage war, sich abzuwenden. Ein leichtes Brennen auf ihren Wangen verriet ihr, dass sie errötete. Wie peinlich. Innerlich rang sie um Worte, mit denen sie die Situation auflockern könnte, doch ihr fiel absolut nichts ein, nicht einmal etwas Unpassendes. Also schwieg sie und ließ zu, dass sein Blick sie weiterhin gefangen hielt und er ihr immer näher zu kommen schien, obwohl er sich keinen Zentimeter von der Stelle bewegte. Gleichzeitig fühlte sie sich eigenartig von ihm angezogen, sodass sie am liebsten zu ihm gegangen und seine Hände ergriffen hätte.

»Ach, was soll's, einen kleinen Schluck kann ich doch noch vertragen.«

Täuschte sie sich oder klang seine Stimme ein wenig rauer als zuvor? Überhaupt schien sich die Atmosphäre im Raum grundlegend verändert zu haben. War sie zuvor noch getragen gewesen von der Sorge um Lady Sophie, so lag nun plötzlich eine seltsame Spannung in der Luft. In den einzelnen Staubpartikeln brach sich das Licht, wodurch der ganze Raum vor Mias Augen flimmerte. »Sehr gerne. Darf es noch mal Whisky sein oder möchten Sie lieber etwas anderes ausprobieren?«

»Ich denke, ich bleibe beim Whisky«, bestätigte Sir William. »Der war wirklich ganz vorzüglich.«

Mia nickte zustimmend und schenkte sowohl ihm als auch sich selbst erneut das Glas voll.

Er räusperte sich verlegen. »Entschuldigen Sie, darf ich meine Jacke vielleicht irgendwo ablegen?«

»O Gott, aber natürlich, entschuldigen Sie bitte meine Unaufmerksamkeit. Wo ist nur mein Anstand geblieben? Geben Sie sie bitte her.«

Mia streckte den Arm aus, woraufhin Sir William seine Jacke auszog und ihr reichte. Während sie das Gewicht des weichen Kleidungsstücks auf ihrem Arm spürte, berührten sich für einen Moment ihre Finger. Dieser winzige Augenblick genügte, um Mias Körper komplett unter Strom zu setzen. Wie erstarrt spürte sie der Berührung nach, die schon längst vergangen war.

Sir William saß jetzt in eleganter Haltung auf dem Sofa und nippte an seinem Glas. Was für eine umwerfende Ausstrahlung. Dieses erotische Knistern, das von jedem Zentimeter dieser vor Männlichkeit strotzenden Schönheit ausging ... diese Eleganz, diese Würde, diese ...

»Miss Midway?«

Mia zuckte zusammen.

»Haben Sie irgendetwas, Miss Midway? Brauchen Sie etwas?«

Wenn Sie das nur wüsste. Vielleicht wurde ihr erst in diesem Moment klar, dass sie tatsächlich etwas brauchte. Dass ihr bisher immer etwas gefehlt hatte. Ein Mann, der auf ihrem Sofa saß und sie durch seine bloße Anwesenheit beeindruckte. Ein Mann wie Sir William. Ja, so einen könnte sie ganz bestimmt gebrauchen.

»Ich glaube, ein Glas Wasser würde mir guttun«, erklärte sie entschuldigend und fügte in Gedanken hinzu: *Ja, eiskalt und mitten ins Gesicht.* Tapfer lächelte sie und verließ das Wohnzimmer, um seine Jacke an die Garderobe zu hängen und sich ein Glas Wasser zu holen.

Kaum war sie im Flur angekommen, drückte sie wie von einer fremden Macht gesteuert ihr Gesicht in die

Jacke in ihren Händen und sog tief den herben Geruch des Mannes ein, der mit der größten Selbstverständlichkeit auf ihrem Sofa saß. Das war ja noch schlimmer, als den heißen Adligen anzustarren. Ihr Herz klopfte inzwischen so schnell, dass sie Bedenken hatte, ihr Kreislauf könne bei diesem Spielchen irgendwann nicht mehr mitmachen. Hilflos presste sie ihre Stirn gegen das kühle Glas der Küchentür. In diesem Moment klingelte das Telefon. War das etwa Walter, der zurückrief? Schnell hängte Mia die Jacke an die Garderobe und lief zurück ins Wohnzimmer. Das Telefon stand noch auf dem Tisch.

»Wollen Sie nicht rangehen?«, fragte Mia und deutete auf das klingelnde Gerät.

»*Ich*? Das ist doch *Ihr* Telefon.« Er reichte ihr den Apparat, doch als sie danach griff, verstummte das Klingeln.

»Wird schon nicht so wichtig gewesen sein«, winkte sie ab und gesellte sich zu ihm auf das Sofa. Obwohl zwischen Ihnen ein kleiner Höflichkeitsabstand geblieben war, war sein Sexappeal fast mit den Händen zu greifen. Seine Anziehungskraft war magisch.

Das schrille Klingeln des Telefons zerstörte den Moment vollkommen. Erschrocken zuckte Mia zusammen und griff nach dem kleinen Apparat. Dem Anrufer würde sie aber was erzählen. Nicht nur, dass er den erotischsten, seltsamsten und magischsten Moment zerstörte, den sie in den vergangenen Jahren erlebt hatte, nein, darüber hinaus war es auch schlichtweg eine Unverschämtheit, mitten in der Nacht auf dem Festnetzapparat anzurufen. Oder war es ein Notfall? War es Lady Sophie? War Mr Meil vielleicht doch nicht ganz so ungefährlich, wie er den Anschein zu erwecken versucht hatte?

»Hallo?« In Anbetracht der Situation entschied Mia, dass es genügte, das Gespräch anonym entgegenzunehmen.

»Miss Midway?« Die Stimme auf der anderen Seite der Leitung war weiblich und klang etwas brüchig. Krank oder vielleicht alt?

»Wer ist denn da?«

»Hier ist Mrs Lampert. Ich möchte bitte mit Miss Mia Midway sprechen.«

»Mitten in der Nacht?«

»Ja. Würden Sie sie bitte ans Telefon holen? Es ist wichtig.«

»Ich bin Mia Midway, Mrs Lampert, aber ...«

»Ich bin die Nachbarin von Miss Meil, Miss Midway«, klärte die Anruferin sie auf. »Ich habe eben beobachtet, wie sich eine dunkel gekleidete Gestalt hinter Miss Meils Cottage geschlichen hat. Da sie seit über zehn Minuten nicht mehr hervorgekommen ist, nehme ich an, dass sie über die Hinterseite ins Cottage eingebrochen ist.«

»Okay ...«, antwortete Mia zögerlich. »Und warum erzählen Sie mir das?«

»Na, Sie ermitteln doch in dem Fall, oder nicht?«

Oh Mann, die stille Post schien in Pennygrave wirklich einwandfrei zu funktionieren.

»Also eigentlich ermittelt die Polizei von Pennygrave in diesem Fall«, berichtigte Mia sie, überlegte aber in Gedanken bereits, wie sie wohl am schnellsten zu Miss Meils Cottage gelangen konnte, um den Einbrecher auf frischer Tat zu ertappen.

»Ach, die Polizei.« Mrs Lampert schnaubte verächtlich. »Das sind ein paar nette Menschen, zweifellos, aber von echten Verbrechen haben die doch keine Ahnung. Also, kommen Sie jetzt, oder was?«

»Ich komme, Mrs Lampert. Ich habe noch keine Ahnung, wie, aber ich komme.«

»Sehr gut. Beeilen Sie sich.«

»Danke«, sagte Mia noch, aber das laute Tuten in der Leitung zeigte an, dass Mrs Lampert bereits aufgelegt hatte.

»Wohin soll ich Sie fahren?«, fragte Sir William hilfsbereit.

»Würden Sie das wirklich tun?«

»Aber selbstverständlich. Wohin?«

»Zu Miss Meils Cottage bitte.« Sie musste das Angebot einfach annehmen, denn für falsche Höflichkeit blieb an dieser Stelle keine Zeit. »Alles andere erkläre ich Ihnen unterwegs«, fügte sie hastig hinzu, während sie schon auf dem Weg nach draußen war.

18

Lady Sophie war durchaus bewusst, dass ihre Augen verräterisch funkelten, während sie Peter Meil in die seinen sah. Es war lange her, zu lange, dass ihr Herzschlag auf die Anwesenheit eines Mannes reagiert hatte. Und doch verspürte sie sofort ein schlechtes Gewissen. Auch wenn sie sich inzwischen sicher war, dass Peter nichts mit dem Mord an seiner Nichte zu tun hatte, war ihre Seele doch nach wie vor gebunden an das Eheversprechen, das sie Lord Rupert Gellam vor achtundvierzig Jahren gegeben hatte. Schon damals war ihr bewusst gewesen, dass dieses eine, laut und voller Liebe ausgesprochene *Ja* sie lebenslang an ihren Ehemann binden würde. Bis dass der Tod sie schied und wie es aussah, auch darüber hinaus. Wie gern hätte sie Peter Meil ermutigt, sie zu küssen. Ihm ein Zeichen gegeben, dass er ihr näher kommen dürfe als bis zu dem Grad, zu dem es die Höflichkeit ihrer kurzen Bekanntschaft erlaubte. Wie gern hätte sie seine Hand ergriffen und an ihre Brust gelegt, um ihn mit ihrem schlagenden Herzen davon zu überzeugen, dass sie dem nicht abgeneigt war, was sie in seinen Augen erkennen konnte. Und doch war sie nicht dazu in der Lage. Als bilde der Ring, den sie noch immer um ihren Finger trug, eine unsichtbare Barriere, die alle männlichen Wesen von ihr abschirmte.

Verlegen lächelte sie. »Peter, ich danke dir für deine nette Gesellschaft, doch ich denke, ich muss jetzt wirklich zu Bett gehen.«

»Ach du lieber Himmel, natürlich, Sophie. Wie kann ich nur solch ein Banause sein, bitte verzeih mir. Du musst unendlich müde sein.« Der Schrecken in seinem Gesicht war echt, genauso wie das Bedauern in seinen Augen.

Peter Meil erhob sich. »Gute Nacht, meine Liebe. Und nochmals vielen Dank für deine Gastfreundschaft. Ich hoffe, ich kann mich irgendwann einmal dafür revanchieren. Auf welche Weise auch immer.«

»Oh, das ist ganz und gar nicht nötig«, versicherte Lady Sophie schnell, obwohl sie hoffte, er würde sich erkenntlich zeigen und ihr auch schon eine Weise vorschwebte, auf die das geschehen könnte. Finanziell hatte Peter nicht viel zu bieten, das machten die gestopften Löcher in seinen Socken offensichtlich. Nicht nur Walter hatte vorhin bemerkt, wie abgetragen sein Mantel bereits war. Dennoch hätte Lady Sophie nicht Nein gesagt zu etwas menschlicher Wärme und Zuneigung, da sie diese schmerzlich vermisste, seit Sir Rupert aus ihrem Leben verschwunden war.

»Ich läute nach Walter. Er wird dich auf dein Zimmer bringen«, erklärte sie traurig, während sie an der langen Schnur zog, die die Glocke betätigte. Sie wusste, dass dieser Abend anders hätte enden können. Ebenso, wie sie wusste, dass dies ihre Schuld war.

»Gute Nacht, Peter«, sagte sie sanft, während Walter den Raum betrat und sie ihn daraufhin verließ. Spätestens, wenn sie unter die dicke Decke ihres riesigen Bettes schlüpfte, würde sie diese Entscheidung bereuen.

19

Mit klopfendem Herzen betrachtete Mia Miss Meils Cottage, dem sie erst eine Stunde zuvor den Rücken gekehrt hatte. Ein seltsames Gefühl, schon wieder hier zu stehen, noch dazu in vollkommener Dunkelheit. Oder rührte das flaue Gefühl in ihrem Magen eher daher, dass Sir William hinter ihr stand, so nah, dass sie seinen warmen Atem in ihrem Nacken spüren konnte?

»Und jetzt?« Er flüsterte. Mia hatte ihm während der kurzen Fahrt alles so gut wie möglich erklärt ... dass sie von Anfang an das Gefühl gehabt hatte, dass mit Miss Meils Tod etwas nicht stimmte ... dass Lady Sophie sie sofort unterstützt hatte und sie tatsächlich Unstimmigkeiten entdeckt hatten, die einen Mord bestätigten ... dass die Polizei von Pennygrave nun tatsächlich in dem Fall ermittelte ... und dass Mrs Lampert sie darüber informiert hatte, dass sich eine dunkel gekleidete Gestalt vor wenigen Minuten Zugang zum Cottage verschafft hatte, und anzunehmen war, dass sie sich augenblicklich noch immer darin aufhielt.

William war in einer Geschwindigkeit hergerast, die dem Fahrstil seiner Mutter erschreckend Konkurrenz machte.

»Wir müssen da rein«, flüsterte Mia und bewegte sich ein paar Schritte nach vorn.

»Sind Sie verrückt geworden?« Er ergriff vorsichtig ihren Arm.

»Da drin ist ein Einbrecher, vermutlich sogar der Mörder von Miss Meil«, zischte Mia und riss sich unsanft los.

»Eben!« Sir William ließ seine Hand nach vorn schnellen, woraufhin er gerade noch einen Zipfel ihrer leichten Jacke zu fassen bekam und erneut versuchte, sie zurückzuziehen.

»Ich muss wissen, wer es ist«, raunzte Mia Sir William flüsternd an, während sie seine Hand abschüttelte. »Wenn Sie Angst haben, können Sie ja hierbleiben und auf mich warten. Ich lasse mir diese Chance jedenfalls nicht entgehen.«

»Das wird der da drin auch nicht. Wenn das wirklich der Mörder von Miss Meil ist, dann wird er doch alles daran setzen, nicht erkannt zu werden. Wahrscheinlich zögert er keinen Moment und bringt Sie auch direkt um. Das kann ich nicht zulassen.«

»Er wird mich doch überhaupt nicht sehen, ich will nur *ihn* sehen. Ich will wissen, wer es ist. Danach verkrümle ich mich sofort wieder und wir können meinetwegen die Polizei rufen.«

»Warum rufen wir die Polizei nicht sofort?«

Mia stockte. »Mit Ihrem Zögern verschwenden Sie nur wertvolle Zeit«, schimpfte sie dann. »Ich gehe jetzt da rein. Machen Sie, was Sie wollen.« Mit diesen Worten wandte sie sich von ihm ab und schlich durch den Garten zur Rückseite des Cottage. Sie hatte schon so eine Ahnung, wie der Einbrecher ins Gebäude gelangt war, denn Lady Sophie hatte ihr von dem kaputten Fenster erzählt.

Vorsichtig drückte Mia mit den Fingern gegen die Scheibe und tatsächlich ließ sie sich lautlos aufdrücken. Mit durchgestreckten Armen stützte sie sich auf dem Fenstersims ab, während sie ihr Bein hob, um es durch die Öffnung zu bugsieren. Plötzlich fühlte sie eine feste Berührung an ihrer Hüfte. Kurz erschrak sie, doch als zwei starke Hände sie stützten und mit Leichtigkeit durch das Fenster hoben, war ihr klar, dass Sir William entschieden hatte, sie zu begleiten. Ein zartes Lächeln durchbrach für eine Sekunde die Anspannung auf ihrem Gesicht, während sie fast lautlos im Inneren des Gebäudes auf den Füßen landete und sich umwandte, um ihm zu helfen. Unnötig, denn mit der Leichtigkeit und Eleganz einer Raubkatze schwang sich der Adlige durch das Fenster und kam geräuschlos neben Mia zum Stehen.

Sie schenkte ihm einen dankbaren Blick und wollte weiter ins Innere vordringen, doch er hielt sie erneut fest und schob sich an ihr vorbei. Als sie protestieren wollte, legte er ruckartig seinen Zeigefinger auf ihre Lippen. Die warnende Berührung fühlte sich an wie ein Stromschlag. Sir William nickte, als wolle er sie für ihren Gehorsam loben, drehte sich dann um und ging voraus.

Auf leisen Sohlen schlichen sie durch das Wohnzimmer. Fast gleichzeitig hielten sie inne und lauschten. Da war ein Geräusch! Und es kam eindeutig aus dem Zimmer am Ende des Flurs. Hektisch drehte Sir William seinen Kopf und suchte mit seinen Augen das Wohnzimmer ab. Dann trat er einen Schritt zur Seite und nahm einen Regenschirm aus einem Ständer. Wie schlau von ihm, sich zu bewaffnen. Ein Regenschirm war zwar kein Baseballschläger, aber immerhin besser als nichts. Suchend ließ auch Mia ihren Blick durch den Raum schweifen, bis er eine Ansammlung verschiedener Blumenvasen streifte, die ordentlich auf einer Kommode drapiert waren. Leise ging sie hinüber und wollte gerade nach der größten von ihnen greifen, da blieb sie mit dem Ärmel an einem der anderen Gefäße hängen und riss es versehentlich um. Wie bei einem Domino-Effekt polterte und krachte Porzellan über Glas, mehrere Behältnisse fielen zu Boden und zerschellten klirrend. Es war ein ohrenbetäubender Lärm. Vor Schreck stand Mia wie gelahmt inmitten des Scherbenhaufens, ihre rechte Hand noch immer ausgestreckt, weil sie nach der großen Vase greifen wollte, die nach wie vor auf ihrem Platz stand, als ob nichts geschehen sei. Sir William war vor Schreck zusammengefahren und eilte Mia zur Hilfe, um sie vor den noch immer herabstürzenden Vasen zu beschützen. Mit ausgestreckten Armen versuchte er, die Gefäße aufzufangen, doch eines nach dem anderen rollte herunter und ging zu Bruch. In diesem Moment sah Mia aus dem Augenwinkel, wie sich die Tür am Ende des Flurs öffnete, eine schwarze Gestalt herausschlüpfte, kurz in ihre Richtung sah und dann durch die Vordertür verschwand. Wild wedelte sie mit den Armen, um Sir William verständlich zu machen, dass sie hinterherrennen mussten, während sie versuchte, ihre Füße möglichst unversehrt aus den Scherben herauszubekommen.

»Haben Sie sich verletzt?«

»Die Tür ... der Mörder ... schnell!«, war das Einzige, was Mia herausbekam, während sie unkontrolliert fuchtelnd in Richtung Vordertür stolperte. Endlich schien auch Sir William zu begreifen, setzte ihr nach, riss die Eingangstür auf und stürzte hinaus. Ein heller Lichtkegel blendete beide, sodass sie sofort die Augen zusammenkniffen.

»Keine Bewegung, Polizei. Die Hände nach oben, damit ich sie sehen kann.«

Constable Angel.

Mia blieb stehen und hielt seufzend die Arme in die Höhe. Sir William tat es ihr gleich.

Wenige Minuten später saßen Mia und Sir William nebeneinander auf dem Sofa in Miss Meils Wohnzimmer, wo Inspector Mellony ihnen gegenüber auf einem Stuhl Platz genommen hatte und sie verärgert musterte. Constable Angel stand wie gewohnt etwas abseits und hielt Notizblock und Stift in der Hand. Es würde äußerst schwierig werden, den Kriminalbeamten die Situation glaubwürdig darzustellen, zumal der Inspector Mia nun bereits das dritte Mal in Miss Meils Cottage erwischt hatte.

»Miss Midway«, begann Inspector Mellony nach einer fast unerträglich langen Pause, in der sich alle Anwesenden lediglich abwartend angeschwiegen hatten. »Ich muss schon sagen, Ihr Verhalten stellt mich vor größere Rätsel als der eigentliche Kriminalfall.« Mit seinen Augen suchte er ihren Blick, doch sie sah betreten zu Boden. Inspector Mellony schwieg ein paar Sekunden, als wollte er ihr die Möglichkeit geben, sich zu seiner Aussage zu äußern, aber Mia verzog keine Miene. Lediglich Sir William holte tief Luft, aber Inspector Mellony hob sofort einen Zeigefinger, um ihm zu bedeuten, dass er schweigen sollte, und begann an Mia gewandt erneut zu sprechen: »Gut, Miss Midway. Da Sie sich offenbar nicht zu dem Vorfall äußern wollen, werde ich Ihnen einfach mal meine Sicht der Dinge darlegen: Sie kamen vor wenigen Tagen nach Pennygrave und haben am zweiten Tag Ihres Aufenthalts hier Miss Meils Leiche in deren Bad gefunden. Mir ist vollkommen bewusst, dass das kein schöner Willkommensgruß ist, aber das lässt sich nun einmal nicht mehr ändern. Was mir hingegen nicht klar ist, ist, warum Sie seither krampfhaft versuchen, auf eigene Faust herumzuschnüffeln. Erstens rate ich Ihnen nach so einer emotional traumatischen Erfahrung dringend davon ab, sich intensiver mit dem Leben der dahingeschiedenen Leiche auseinanderzusetzen, denn das könnte Ihr Trauma nur noch verschlimmern. Zweitens kann ich es weder leiden noch dulden, wenn mir jemand in meine Ermittlungen hineingrätschen will und das zum wiederholten Male, und drittens ...« Mia öffnete protestierend den Mund, doch Mellony hob wieder seinen Zeigefinger, woraufhin sie ihren Einwand hinunterschluckte. »Drittens, und das meine ich ganz ernst, liebe Miss Midway, befinden Sie sich rechtlich gesehen auf ganz dünnem Eis, wenn Sie glauben, Recht und Gesetz ignorieren zu können. Dazu gehört an allererster Stelle Ihr ständiges unbefugtes Betreten von polizeilich abgesperrten Gebieten. Ich hoffe, wir verstehen uns.«

Constable Angels Versuch, sich ein schadenfrohes Grinsen zu verkneifen, scheiterte kläglich.

»Darf ich jetzt auch mal was sagen?« Mia hatte nicht beabsichtigt, so trotzig zu klingen, doch Mellony ignorierte ihren Tonfall professionell und nickte.

»Also gut. Erstens habe ich kein Trauma vom Anblick von Miss Meils Leiche, sondern finde es lediglich wichtig, dass ihr Mörder gefunden wird, und wenn mein Verstand mir eine Lösung nahelegt, muss ich dieser ja wohl nachgehen. Zweitens möchte ich keinesfalls in Ihre Ermittlungen grätschen, sondern verfolge lediglich Spuren, die sich mir aufdrängen. Wenn Sie diese nicht erkennen, tut es mir leid. Und drittens halte ich mich überhaupt nicht illegal hier auf, denn Mr Meil hat mich gebeten, ihm ein Buch zu bringen. Er möchte das Cottage selbst nicht mehr betreten, seit er weiß, dass seine Nichte hier ermordet wurde. Ich habe mich bereit erklärt, ihm diesen Gefallen zu tun.«

Inspector Mellonys Blick durchdrang sie bis auf die Knochen. Dann verzogen sich seine Mundwinkel kaum merklich etwas nach oben. »Miss Midway, wir wissen doch wohl beide, dass drittens eine Lüge ist.«

Trotzig verschränkte Mia die Arme vor der Brust. »Und außerdem gibt es keine dahingeschiedenen Leichen. Das ist eine sinnlose Tautologie.«

Mellony grinste. »Ein Pleonasmus, um genau zu sein. Aber es liegt mir nichts ferner, als mich mit Ihnen über sprachliche Stilmittel zu streiten, Miss Midway. Das Einzige, was ich möchte, ist, dass Sie endlich nach Hause gehen, dort bleiben und mich und Constable Angel unsere Arbeit tun lassen.«

Bei der Erwähnung ihres Namens wuchs Angela Angel um mindestens drei Zentimeter.

»Viertens«, sagte Mia, die Bemerkung von Mellony gekonnt ignorierend, »viertens war in diesem Cottage gerade jemand. Sir William und ich haben genau gehört, wie er sich in dem Zimmer am Ende des Flurs zu schaffen gemacht hat.«

»Ach. Dann werde ich doch gleich mal nachsehen. Die Handschellen bereithalten, Constable.« Die Ironie, mit der Mellony nun zu Werke ging, ließ seine sonstige Professionalität verblassen. Er musste wirklich stinksauer sein.

»Sie brauchen sich gar nicht zu bemühen, er ist nämlich schon weg«, giftete Mia. »Wir waren gerade dabei, ihn zu verfolgen, als Constable Angel uns aufgehalten hat. Wäre sie nicht gewesen, hätten wir ihn ganz bestimmt eingeholt und überführt.«

»Miss Midway.« Der Tonfall, mit dem Inspector Mellony ihren Namen aussprach, war nicht nur lauter als sonst, sondern auch so kalt und schneidend, wie noch nie. »Wollen Sie ernsthaft behaupten, dass Sie nicht nur der Polizei *nicht* ins Handwerk pfuschen, sondern es sogar umgekehrt ist: Die Polizei behindert *Sie* bei Ihren Ermittlungen? Ist es wirklich das, was Sie sagen wollen?«

»Ja. Es soll nicht respektlos klingen, aber ja.«

Mellony schüttelte fassungslos den Kopf. »Also da fehlen mir wirklich die Worte.«

Mia wagte nicht, weiterzusprechen. Auch Sir William saß zwar aufrecht da, hatte aber den Kopf leicht eingezogen. Überhaupt war er die ganze Zeit über verdächtig still gewesen. Wie unfair, sie im Kampf mit dem kühlen Inspector so allein zu lassen. Wütend stieß Mia ihn mit dem Ellenbogen in die Rippen. Sofort zuckte er zusammen. Dann richtete er sich wieder auf und holte tief Luft.

»Mit Verlaub, Inspector Mellony, wenn ich auch etwas zu der Sache beitragen dürfte? Schließlich bin ich gemeinsam mit Miss Midway hergekommen.« Er sprach nicht weiter, saß nur da und wartete ab, ob Mellony ihm die Erlaubnis erteilte, seine Sicht der Dinge darzustellen. Schlau. Verhandlungstechnisch war dies sicherlich die diplomatischere und zielführendere Variante.

Tatsächlich bedeutete Mellony ihm nach kurzem Zögern mit einer Geste, dass er fortfahren solle. Und das ließ Sir William sich nicht zwei Mal sagen.

»Es ist wirklich so, wie Miss Midway sagt«, begann er vorsichtig. »Wir haben in dem Zimmer am Ende des Flurs verdächtige Geräusche gehört. Es ist der Person aber gelungen, durch die Vordertür zu entkommen. Constable Angel hat uns gerade dabei gestellt, wie wir ihr nachsetzen wollten. Da die flüchtende Person vollständig in schwarz gekleidet war und außerdem eine Skimaske trug, gehe ich wie Miss Midway davon aus, dass es sich entweder um einen Einbrecher oder vielleicht sogar um den Mörder von Miss Meil gehandelt haben muss.«

»Hm.« Inspector Mellony hatte seine Contenance löblicherweise wiedererlangt. »Vielleicht sollten wir dann einfach mal in besagtem Raum nachsehen. Vielleicht finden wir ja etwas, was Rückschlüsse auf die Identität der geflüchteten Person zulässt.« Er erhob sich. Mia und Sir William ebenfalls.

»Mit *wir* meinte ich eigentlich Constable Angel und mich«, erklärte Mellony harsch. Constable Angel konnte sich ein Grinsen mal wieder nicht verkneifen, während sie folgsam ihrem Chef den Gang entlang folgte.

»Kein Grund, mit den Augen zu rollen, Miss Midway«, wies Inspector Mellony sie zurecht, ohne sich umzudrehen. Dann öffnete er die Tür und schlüpfte in das verdächtige Zimmer, Constable Angel folgte ihm auf dem Fuße. Mia und Sir William blieben ihr so dicht auf den Fersen, dass sie fast aufgelaufen wären, als Constable Angel abrupt stoppte. Wenigstens hatte sie den Anstand, ihnen die Tür nicht direkt vor der Nase zuzuknallen, wobei sie vermutlich genau das am liebsten getan hätte. Auf Zehenspitzen mit vorgerecktem Kinn an ihr vorbeispähend konnte Mia erkennen, dass der Raum im Chaos versank. Entweder war Miss Meil die unordentlichste Person der Welt oder hier hatte jemand ganz ordentlich gewütet.

»Sieht ganz so aus, als hätte hier jemand etwas gesucht«, entfuhr es Mia.

Inspector Mellony drehte sich abrupt zu ihr um. »Vielleicht das Buch, das sie Mr Meil mitbringen sollten. Um was für einen Titel handelt es sich denn dabei?«, stichelte er.

Nachdenklich legte Mia den Finger an die Lippen. »Es tut mir leid. Im Zuge dieser emotional traumatischen Situation ist mir der Titel doch glatt entfallen.«

Inspector Mellonys Augen verengten sich zu schmalen Schlitzen. Dann kam er auf Mia zu und blieb dicht vor ihr stehen. Zu dicht. Während er sprach, waren ihre Gesichter nur wenige Zentimeter voneinander entfernt, doch Mia würde den Teufel tun und zurückweichen. Mellony hatte wirklich die grünsten grünen Augen, die sie jemals gesehen hatte. Ihr Herzschlag beschleunigte sich ganz automatisch.

»Seien Sie vorsichtig, wenn Sie mit meinen Waffen spielen, Miss Midway«, raunte Inspector Mellony. Er verharrte einen Moment. Mia schluckte trocken. Dann rückte er wieder von ihr ab und grinste breit.

War das nun eine Drohung gewesen oder machte er sich lustig über sie?

Erschrocken spürte Mia eine Berührung an ihrer Hand. Es war Sir William, der nach ihren Fingern gegriffen hatte, die seinen darin verschlang und leicht drückte. Zur Beruhigung? Mia erwiderte den Druck kurz, befreite ihre Hand aber dann aus seiner, da Mellony sie noch immer ansah.

»Was denken Sie?«, fragte er in Mias Richtung.

»Ich?«

Mellony nickte. Constable Angel schnaubte verächtlich.

Mia überlegte. »Wenn Sie mich fragen, hat hier jemand etwas ganz Bestimmtes gesucht und wusste, dass er nicht besonders viel Zeit hatte. Es musste also schnell gehen. Deshalb liegt hier alles kreuz und quer auf dem Boden verstreut. Der Mörder scheint alles herausgezogen zu haben und was er nicht brauchte, hat er kurzerhand auf den Boden geworfen.«

Constable Angel verschränkte die Arme vor der Brust und zog amüsiert die Augenbrauen nach oben. »Ach … und etwas genauer geht es nicht? Das Offensichtliche zu beschreiben ist ja schon ein bisschen lächerlich.« Von dem schnippischen Unterton in ihrer Stimme ließ sich Mia nicht beirren.

»Ich denke, der Mörder hat bestimmte Aufzeichnungen gesucht. Sehen Sie: Hier liegen ganz viele Blätter in Häufchen auf dem Boden. Als hätte jemand den jeweiligen Stapel an der linken Seite festgehalten und nur flüchtig an der rechten Seite durchgeblättert.

Es scheint um Inhalte zu gehen. Außerdem ist es äußerst auffällig, dass außer den Blätterstapeln nur Bücher auf dem Boden liegen, deren Buchrücken keine klare Beschriftung haben. Die Lexika stehen zum Beispiel unangetastet im Regal, obwohl links und rechts davon Bücher herausgezogen wurden, wie die Lücken eindeutig verraten, sehen Sie?« Sie ging zum Regal hinüber und stellte exemplarisch ein Buch aufrecht hin, das in eine entstandene Lücke gekippt war. Es war deutlich zu sehen, dass an diesem Regalplatz mindestens ein Buch fehlte. »Da der Mörder sich nicht sicher zu sein schien, ob das, was er suchte, sich in einem Notizbuch oder auf losen Blättern befand, scheint es sich um persönliche Aufzeichnungen zu handeln. Vielleicht ein Tagebuch, ein Testament oder etwas Ähnliches. Wobei Letzteres überflüssig wäre, da Mr Meil ohnehin der einzige Verwandte ist. Es sei denn, Mr Meil selbst hat hier alles durchwühlt, um sicherzugehen, dass er tatsächlich der Alleinerbe ist. Aber so abgebrüht wirkte er nicht auf mich. Eher vollständig überfordert mit der Situation.«

»Was durchaus auch an zwei Emanzen liegen könnte, die ihn geknebelt und gefesselt haben«, entfuhr es Mellony leise. »Entschuldigen Sie bitte, das war unangebracht.«

Mia überging den Vorwurf großmütig. »Sehen Sie mal, was ist das denn?« Wie eine Katze sprang sie auf die linke Seite des Regals, kniete sich auf den Boden und hob ein paar Bücher auf, die sie vorsichtig zur Seite legte. »Ist das etwa Blut?«

Inspector Mellony war bereits neben ihr, kniete sich nieder, griff nach ihrer Hand, mit der sie gerade den

Boden hatte betasten wollen, und hielt sie fest. »Nicht anfassen!«

Erschrocken wandte sie ihm den Kopf zu und blickte direkt in seine leuchtend grünen Augen. Er ließ ihre Hand nicht los. Ihre Blicke hatten sich ineinander verfangen. Ein paar Sekunden lang schien die Szene wie eingefroren.

»Der Fleck befindet sich auf dem Boden«, brummte Sir William.

Verlegen ließ Inspector Mellony daraufhin Mias Hand los und wandte seine Aufmerksamkeit wieder dem Fußboden zu. »Genaueres muss natürlich die kriminaltechnische Untersuchung feststellen, aber das sieht mir tatsächlich sehr nach Blut aus. Miss Midway, ich muss Ihnen meine Hochachtung für Ihre außerordentliche Beobachtungsgabe aussprechen, das muss ich schon sagen ...«

»Na, das haben Sie ja jetzt auch«, fiel ihm Sir William ins Wort und stellte sich so neben Mia, dass er eine Art menschliche Barriere zwischen ihr und Mellony bildete. Warum spielte er sich denn auf einmal so auf? Wenn sie es nicht besser wüsste, würde sie sagen, er sei eifersüchtig. Mia spürte, wie ihr Herz einen kleinen Sprung machte. Der Anlass für Eifersucht bei einem so hübschen Mann zu sein, war ja fast schon wieder schmeichelnd.

»Fassen Sie lieber nichts an«, befahl Inspector Mellony. »Ich denke, wir werden auch diesen Raum absperren und genauer untersuchen müssen.«

Nachdenklich betrachtete Mia den dunklen Fleck. »Glauben Sie, dass Miss Meil hier ... ich meine, halten

Sie es für möglich, dass Miss Meil in Wirklichkeit hier unten umgebracht wurde?«

»Mein Glaube spielt bei Ermittlungen keine Rolle«, antwortete Mellony trocken. Von dem Mann, der noch wenige Minuten zuvor durch die raue Schale des Kommissars geschimmert hatte, war nichts mehr zu sehen. Schade.

Constable Angel, die das gesamte Geschehen bis hierhin lediglich mit ihrem Mienenspiel kommentiert hatte, breitete jetzt die Arme aus wie eine Schafhirtin, die ihre Herde in eine bestimmte Richtung treiben wollte. »Wenn Sie nun bitte den Raum verlassen würden.«

Widerwillig kamen Mia und Sir William ihrer Bitte nach.

Kaum dass sie den Raum verlassen hatten, verabschiedete sich Inspector Mellony von ihnen und begann, mit seinen Kollegen zu telefonieren. Constable Angel hingegen machte sich gar nicht erst die Mühe, ihre Freude darüber zu verbergen, dass sie die beiden ungebetenen Schnüffler nun ganz offiziell nach draußen befördern durfte.

Die kalte Nachtluft wirkte wie eine ernüchternde Dusche, die dem Rausch der Ereignisse wieder die notwendige Klarheit verlieh.

Mia verdrehte genervt die Augen. »Sie können mich gern korrigieren, aber ich glaube, Constable Angel hat etwas gegen mich.«

»Das ist nicht zu übersehen. Genau so wenig wie die Tatsache, dass Inspector Mellony etwas für Sie übrighat.«

»Meinen Sie?«

Sir William sah sie durchdringend an. »Sie fühlen sich geschmeichelt.«

Mia zuckte verlegen mit den Schultern.

»Geht mich ja auch nichts an. Soll ich Sie nach Hause bringen?«

Sein plötzlich unterkühlter Tonfall irritiere sie. Dennoch nickte sie und schenkte ihm ein strahlendes Lächeln. »Das wäre wirklich sehr nett. Ich glaube, ich muss erst einmal meine Gedanken sortieren.« Sie gähnte herzhaft. »Und schlafen. Ich muss ganz dringend schlafen.«

20

»Wo zum Teufel kommst du denn jetzt her?«

Melanie McTrout erstarrte in der Bewegung. Es war nicht das erste Mal, dass Thomas sie in der Küche erwartete, während sie sich zu später Stunde noch ins Haus zu schleichen versuchte.

»Ich habe über Olivia Millers Brautkleid wohl die Zeit vergessen«, antwortete sie schnell. Der Blick, den sie demonstrativ auf ihre Armbanduhr warf, war überflüssig, denn sie wusste genau, dass es kurz vor Mitternacht war.

Thomas seufzte. »Ich finde es nicht gut, wenn du bis spät in der Nacht arbeitest. Das kann nicht gut für deine Augen sein.«

Als ob er sich Sorgen um ihre Augen machte. Sie wusste ganz genau, worum es ging. Trotz ihrer Erschöpfung bemühte sie sich um ein Lächeln, trat zu ihm und schlang die Arme um seine Schultern. »Lieb von dir, dass du dich sorgst, aber Olivia hatte noch einige Änderungswünsche, und sie heiratet doch schon nächste Woche.«

»Änderungswünsche? Dieses verzogene Gör.«

»Thomas. Es ist ihre Hochzeit. Sie will, dass alles perfekt wird. Kannst du das nicht verstehen?«

»Nicht, wenn meine Frau sich deshalb die Augen verdirbt. Du brauchst dein Augenlicht, wenn du weiterhin als Schneiderin arbeiten willst, das weißt du doch. Außerdem brauchen wir das Geld.«

Melanie seufzte. »Ja, das weiß ich. Du erinnerst mich ja täglich daran.« Instinktiv schloss sie die Augen in Erwartung einer Ohrfeige. Sie hatte sie verdient. Doch der Schmerz blieb aus. Vorsichtig blinzelte sie, öffnete ihre Augen wieder und sah mit Erstaunen, dass in den seinen Tränen glänzten.

»Es tut mir leid«, wimmerte er und stand auf.

»Aber es ist doch gar nichts passiert, Liebling«, hauchte sie. Und wenn schon. Fast bedauerte sie, dass er sie nicht geschlagen hatte. Vielleicht hätte der Schmerz ihr endlich das Schuldgefühl nehmen können, mit dem sie sich seit Jahren plagte.

»Ich möchte einfach nicht, dass du so spät in der Nacht noch auf der Straße bist. Anscheinend treibt hier ein Mörder sein Unwesen.«

»Ein Mörder?« Erfüllt von aufrichtigem Entsetzen riss Melanie die Augen auf. »Wie kommst du denn darauf?«

»Miss Clearmont erzählt es überall«, erwiderte Thomas ernst. »Angeblich wurde Miss Meil *ermordet.* Diese Neue, diese ... wie heißt sie noch ... diese Bibliothekarin ... Midway ...«

»Mia Midway?«

»Ja, genau die. Miss Midway und Lady Gellam schnüffeln wohl hier in der Gegend herum, weil sie den Mörder in einem von uns vermuten.«

»Hier in Pennygrave? Aber das ist doch absurd.«

»Ja, das finde ich auch. Aber du weißt ja, wie Miss Clearmont ist. Vermutlich ist es nur der übliche böswillige Tratsch. Trotzdem wäre mir wohler zumute, wenn du bei Einbruch der Dunkelheit zu Hause wärst.«

»Aber das Kleid ...«

»Ja, ich verstehe schon. Es genügt mir, wenn du es versuchst.«

Melanie senkte den Blick.

»Ich werde jetzt schlafen gehen«, sagte Thomas leise. Er trat zu ihr und strich ihr vorsichtig über das Haar.

»Ich komme auch gleich«, erwiderte Melanie traurig. Ihre Ehe hatte jeden Wert verloren, seit sie die Lüge lebte.

21

Am nächsten Morgen fühlte sich Mia so erholt wie schon lange nicht mehr. Obwohl die Nacht mal wieder unerwartet kurz gewesen war, hatte sie doch die wenigen Stunden tief und fest geschlafen wie ein Baby. Noch vor dem Weckerklingeln hatte Lady Sophie angerufen. Mia hatte schon befürchtet, sie wolle sie wegen des nächtlichen Alleingangs zur Rede stellen. Stattdessen hatte die Adlige vollstes Verständnis für Mias überstürzte Aktion gezeigt und vorgeschlagen, dass Mia bei Mrs Lampert nochmals genauer wegen der nächtlichen Gestalt nachhaken sollte, weshalb Mia nun um kurz vor zehn mit einem riesigen Blumenstrauß vor Mrs Lamperts Haustür stand, anstatt Lady Sophie in der Bibliothek zu helfen.

Vor Eleonora Meils Cottage standen ein Streifenwagen sowie zwei weiße Kastenwagen. Vermutlich war die Spurensicherung gerade damit beschäftigt, den Fleck in Miss Meils Büro genauer zu untersuchen.

Mit einem Ruck wandte Mia ihren Blick ab und drückte auf die Klingel. Wenige Sekunden später öffnete die verblüfft dreinblickende Amelia Lampert.

»Mrs Lampert, entschuldigen Sie bitte die Störung. Ich wollte mich nur ganz herzlich bei Ihnen für den Hinweis in der vergangenen Nacht bedanken.«

Ein Lächeln erhellte das faltige Gesicht der Zweiundachtzigjährigen und verlieh ihm etwas jugendlich Frisches. »Oh, das ist aber nett. Kommen Sie doch herein, Miss Midway. Kann ich Ihnen vielleicht eine Tasse Tee anbieten?« Sie nahm den Strauß entgegen und bedeutete Mia dann, ihr ins Innere des

Hauses zu folgen. War Mia noch vor wenigen Minuten aufgeregt gewesen, wie die alte Frau auf ihren überraschenden Besuch reagieren würde, so wurde sie nun derart vom Anblick des Flurs überwältigt, dass keine andere Empfindung mehr zu ihr durchdringen konnte. Sorgfältig angeordnet hingen an den Wänden mindestens zweihundert Fotos und Postkarten aus den verschiedensten Ländern der Welt. Unter jedem der Stücke stand der Name des Landes oder Gebietes, aus dem es stammte. Von Frankreich über Spanien, Russland, Kasachstan, über Japan, Rumänien und Australien bis hin zu afrikanischen Ländern war alles vertreten. Sogar ein Foto des Brandenburger Tors hing dort. Was für ein unglaublich reiches und aufregendes Leben musste Mrs Lampert geführt haben. Kein Wunder, dass sie im hohen Alter ihre Zeit damit verbrachte, am Fenster zu sitzen und die Umgebung auszuspionieren. Vermutlich war ihr einfach stinklangweilig. Wenn jemand derart abenteuerlustig war wie allein schon der Eingangsbereich nahelegte, musste es ja fast unerträglich sein, längere Zeit an ein und demselben Ort zu verharren. Die arme Frau. Vermutlich machte ihr Körper einfach nicht mehr so mit, wie er sollte, und verhinderte das Ausleben ihrer Reiselust.

»Pfefferminz oder Earl Grey?«

»Pfefferminz bitte.« Erst als sie feststellte, dass sie zwar Mrs Lamperts Stimme hörte, sie aber nirgendwo mehr sehen konnte, wurde Mia bewusst, dass sie vollkommen fasziniert im Flur stehen geblieben war. Wie unhöflich. Unwillig riss sie ihren Blick von den

Fotos und Karten los und folgte der Stimme weiter ins Haus hinein.

»Das ist aber eine schöne Überraschung, dass Sie mich besuchen kommen, Miss Midway«, trällerte Mrs Lampert fröhlich. Die Vorstellung von der verkniffenen alten Schachtel, die die Umgebung überwachte wie ein scharfer Hund, verflüchtigte sich zusehends und wich dem Bild einer einsamen alten Dame, die lediglich nach etwas Unterhaltung gierte. »Und dieser schöne Blumenstrauß – nein, das ist ja wirklich eine Freude. Da haben Sie aber wirklich ein Auge für schöne Dinge.«

»Oh, das Lob gebührt meiner Tante. Ich habe die Blumen aus ihrem Garten.«

»Dann hat Ihre Tante einen wunderbaren Geschmack. Ich war leider noch nie bei ihr. Sie hat mich einmal eingeladen, aber ich bin nicht mehr so gut zu Fuß, wissen Sie, und dann bin ich irgendwie nie dazu gekommen, sie zu besuchen.« Mrs Lampert drapierte die Blumen mit gekonnten Handgriffen in einer üppigen Vase und stellte diese auf den Küchentisch. »Hübsch sieht das aus«, lobte sie ihr Arrangement. »Eine wunderbare Frau, ihre Tante, das muss ich schon sagen. Versorgt mich regelmäßig mit Lesestoff. Da ich nicht mehr so mobil bin, hat sie mir vor Jahren schon die Regale in der Bibliothek abfotografiert. Anhand dieser Bilder kann ich dann jederzeit in Ruhe stöbern und mich bei ihr melden, wenn ich ein Buch ausleihen möchte. Miss Midway bringt es dann vorbei. Brachte, heißt das, aktuell ist sie ja leider unterwegs.«

»Oh, davon wusste ich gar nichts«, erwiderte Mia. »Also von Ihrer Abmachung. Wenn Sie mögen, kann ich Ihnen auch gern Bücher vorbeibringen. Ich habe schließlich die Leitung der Bibliothek übernommen, daher wäre das dann sowieso meine Aufgabe, nicht wahr?«

Mrs Lampert schmunzelte. »Das wäre wirklich nett von Ihnen. Es ist ja nichts los hier. Und seit mein Mann, Gott hab ihn selig, verstorben ist, ist es oft schrecklich still hier. Da schätze ich die Gesellschaft eines guten Buches. Aber diese Lady Gellam wollte ich einfach nicht fragen. Ein schreckliches Weib. Kommen Sie mit ihr zurecht?«

»Mit Lady Sophie? Aber natürlich.«

»Da muss ich mich aber sehr wundern. So eine fürchterliche Person. Aufdringlich, frech und übergriffig. Thront seit jeher da draußen in ihrem weltfremden Schloss und wollte nie etwas wissen von uns normalen Menschen.« Sie goss Tee in zwei Tassen und reichte Mia eine davon. Dann lief sie voraus in ein kleines Wohnzimmer. Mia folgte ihr schweigend. Es blieb ihr auch kaum etwas anderes übrig, denn Mrs Lampert hörte überhaupt nicht mehr auf, sich zu echauffieren. »Pöbel sind wir in den Augen der Gellams. Immer schon gewesen. Und dann kommt ihr Mann ums Leben und auf einmal meint sie, sie müsse Kontakt suchen hier im Dorf und sich überall einmischen. Da hat sie aber die Rechnung ohne uns anständige Leute gemacht. Bei uns wird sie auf Granit beißen. Genau wie ihr Sohn, dieser Schnösel.«

Unruhig trat Mia von einem Bein auf das andere. Plötzlich fühlte sie sich schrecklich unwohl. Die sprichwörtlichen offenen Arme, mit denen Mrs Lampert sie in ihrem Haus empfangen hatte, schienen sich allein bei der Nennung von Lady Sophies Namen unnachgiebig verschränkt zu haben. Einerseits verspürte Mia den Drang, Lady Sophie zu verteidigen, auf der anderen Seite war ihr vollkommen bewusst, dass sie sich von Mrs Lampert ja noch einige Informationen erhoffte, und die würde sie wohl kaum bekommen, wenn sie sich mit der toughen Frau anlegte. Doch wie sollte sie dieses Thema umschiffen, ohne sich dabei Schrammen an dem Eisberg zu holen, in den sich Mrs Lampert so plötzlich verwandelt hatte?

»Mrs Lampert, haben Sie die Gestalt erkannt, die gestern in Miss Meils Cottage eingebrochen ist?« Ja, warum nicht einfach mal mit der Tür ins Haus fallen?

Mrs Lampert hielt inne und musterte Mia, als müsse sie sich erst überlegen, ob sie den abrupten Themenwechsel einfach so hinnehmen konnte. Dann runzelte sie die Stirn und nippte einmal kurz an ihrem Tee.

»Ich glaube, dass es Merla Warrington war. Setzen Sie sich doch bitte.«

»Wie bitte?«

In ihrem Gedächtnis kramte Mia verzweifelt nach dem passenden Gesicht zu diesem Namen, doch ihre Erinnerung brachte lediglich das Bild zustande, das Lady Sophie im Keller der Bibliothek an die Pinnwand geheftet hatte.

»Entschuldigen Sie, vielleicht habe ich die falsche Person im Kopf, aber ist Merla Warrington nicht schon in einem betagten Alter?«

Mrs Lampert nickte erneut. »Fünfundsiebzig, um genau zu sein.«

Mia kniff die Augenbrauen zusammen. »Aber, Mrs Lampert, die Gestalt, die gestern in Miss Meils Cottage war, ist davon*gerannt*. Glauben Sie wirklich, dass Mrs Warrington noch in der Lage wäre, zu rennen? Mit fünfundsiebzig Jahren?«

»Oh, unterschätzen Sie die gute Merla nicht. Sie war Zeit ihres Lebens eine aktive Joggerin. Ich bin absolut sicher, dass sie noch immer flitzen kann wie ein junger Hase. Obwohl sie inzwischen nur noch auf dem Laufband trainiert. Der Arzt hat ihr wegen der Sturzgefahr von größeren Lauftouren in den weniger belebten Gegenden abgeraten. Aber glauben Sie mir, fit ist diese Frau auf jeden Fall noch.«

»Okaaaaay.« Mia zögerte und trank einen Schluck Tee.

»Ganz bestimmt war es Merla Warrington«, rief Mrs Lampert und fuhr plötzlich hoch, als hätte ein Gedanke sie zutiefst erschreckt. »Und wissen Sie was? Das war nicht das erste Mal. Am Morgen des Tages, an dem Miss Meil starb, ist sie auch schon um das Cottage herumgeschlichen. Es würde mich nicht wundern, wenn sie da auch schon im Haus gewesen wäre.«

»Mrs Warrington?«

»Ja, wer sonst?«

»Haben Sie vielleicht eine Ahnung, was Mrs Warrington in Miss Meils Cottage gewollt haben könnte?«

Mrs Lampert ächzte. »Was weiß denn ich? Ein bisschen müssen Sie sich schon selbst noch anstrengen. Ich rufe Sie schon nachts an, um Ihnen wertvolle Tipps zu geben, liefere Ihnen Mrs Warrington auf dem Silbertablett ... also wirklich, was verlangen Sie denn noch von mir?« Nun verschränkte die alte Dame unwillig die Arme vor dem Körper.

»Nein, nein, bitte verstehen Sie mich nicht falsch«, beschwichtigte Mia sie schnell. »Verlangen tue ich überhaupt nichts von Ihnen. Ganz im Gegenteil, ich bin Ihnen unglaublich dankbar für den gestrigen Tipp und auch dafür, dass Sie Mrs Warrington so klar identifiziert haben, das bringt uns einen ganzen Schritt weiter. Aber ich dachte, Sie kennen Mrs Warrington vielleicht näher und können daher hundert Mal besser einschätzen, was für ein Motiv diese Frau haben könnte, auf einmal in das Haus einer Mitbürgerin einzubrechen.«

Gut, diese Schmeicheleien waren hart an der Grenze zur Anbiederung, aber das war es wert, wenn Mrs Lampert sich dadurch nur besänftigen und zu weiteren Informationen hinreißen ließ.

»Nun ja, ich kenne Merla in der Tat recht gut. Wenn Sie mich so fragen, kann ich Ihnen durchaus ein Motiv nennen, das ich mir vorstellen könnte. Aber ich will ja nicht tratschen und auch niemanden anschwärzen.«

Hervorragend. Jetzt bloß keinen Fehler machen. »Aber das hat doch nichts mit anschwärzen zu tun, liebe Mrs Lampert. Wenn Merla Warrington in Miss Meils Cottage eingebrochen ist, dann muss sie dafür auch zur Rechenschaft gezogen werden. Insbesondere dann, wenn sie eine Mörderin ist, nicht wahr?«

»Miss Meil wurde ermordet?« Alle Farbe wich aus Mrs Lamperts Gesicht.

»Ich dachte, das wüssten Sie.«

»Woher denn?«

»Na, ich dachte, weil Sie ja die Umgebung so genau beobachten.«

Mrs Lamperts Gesicht blieb blass, doch ein Ausdruck der Empörung veränderte jetzt ihr Mienenspiel. »Na wenn schon, dann wurde Miss Meil eben ermordet, aber die gute Merla hat ganz sicher nichts damit zu tun. Sie ist vielleicht missgünstig und paranoid, aber zu einem Mord wäre sie bestimmt nicht fähig. Nein, das kann ich mir nicht vorstellen.«

»Hm. Gut. Aber halten Sie sie für körperlich in der Lage, jemanden wie Miss Meil ... also, Sie meinten doch, dass Mrs Warrington recht fit sei.«

»Zu einem Mord wäre sie nicht fähig. So etwas würde sie nicht tun.«

»Ja, das glaube ich Ihnen. Ich meine doch nur, rein theoretisch.«

»So etwas würde sie nicht tun.«

»Aber Sie sagten doch, Sie hätten sie auch am Tag von Miss Meils Tod um das Cottage herumschleichen sehen.«

»So etwas würde sie nicht tun.«

Da war nichts mehr zu machen. Mrs Lamperts Sturheit schien ihre Neugier offenbar noch zu übertreffen. Einen Moment lang herrschte Schweigen.

»Ich würde mich jetzt gerne etwas hinlegen.« Mrs Lamperts Gesichtszüge wirkten plötzlich streng. Mit einem Mal fühlte Mia sich ganz und gar nicht mehr willkommen hier. Die Frau, die sich so überschwänglich für den Blumenstrauß bedankt hatte, hatte mit der Mrs Lampert, die Mia jetzt mit einem billigen Vorwand hinauszukomplimentieren versuchte, nur noch wenig zu tun. Doch ein weiterer krampfhafter Versuch, sie noch mehr auszuquetschen wäre wohl unsinnig.

Langsam erhob sich Mia. »Aber natürlich, Mrs Lampert, bitte entschuldigen Sie. Ich habe Ihre Gastfreundschaft schon über Gebühr beansprucht.« Sie rang sich ein Lächeln ab. Wie gern hätte sie noch nähere Informationen bekommen, aber sie konnte die alte Frau ja schlecht dazu zwingen, damit herauszurücken. Allerdings gab es jemanden, der das konnte. Sollte sie Inspector Mellony informieren? Allerdings wäre der wohl kaum begeistert davon, dass Mia erneut auf eigene Faust ermittelt hatte.

Mia stand auf. »Mrs Lampert, ich danke Ihnen vielmals für den köstlichen Tee und für den Hinweis in der gestrigen Nacht. Ich hoffe, wir können Miss Meil Gerechtigkeit verschaffen.«

»Da wünsche ich Ihnen viel Glück, Miss Midway. Auf Wiedersehen.«

Zerknirscht ließ Mia sich zur Haustür geleiten. »Ach, und wenn ich Ihnen Lesestoff vorbeibringen soll, dann melden Sie sich einfach bei mir. Ein Anruf genügt. Ich bringe Ihnen die Bücher dann sehr gerne.«

»Vielen Dank, Miss Midway. Einen schönen Tag noch.«

»Ihnen auch.« In diesem Moment war die Tür bereits ins Schloss gefallen. Was war das denn bitteschön? Trotzdem war sie dankbar für die Informationen, die sie bis dahin von Mrs Lampert erhalten hatte. Da hatte Lady Sophie mal wieder den absolut richtigen Riecher bewiesen. An dieser Frau war wirklich eine Kommissarin verloren gegangen. Merla Warrington war also eingebrochen, und das nicht nur einmal. Das war ja mal ein Knaller. Diese Dame würden sie sich dringend vorknöpfen müssen. Eventuell konnten sie den Mordfall schon bald lösen.

22

Sissi Ratherford war es gewohnt, leise zu gehen. Wenn man einmal vier Kinder ins Bett gebracht hatte, wusste man, wie wertvoll es sein konnte, sich lautlos zu bewegen. Sissi hatte diese Kunst in den vergangenen siebzehn Jahren regelrecht perfektioniert. Auch jetzt nahm sie an, dass ihr Kommen unbemerkt bleiben würde, doch kaum dass sie den Vorraum der Brennerei betreten hatte, hob Noah den Kopf. In seinem Gesicht zeichnete sich Verwunderung ab, dennoch erkannte sie deutlich das Lächeln, das sich auf seine Lippen legte.

»Sissi?«

»Sind wir allein? Ich meine, kann uns jemand hören?«

»Nein. Außer mir ist niemand hier«, erwiderte Noah in normaler Lautstärke und klappte das Buch zu, in dem er die Bestellungen notierte. Der Blick, mit dem er sie ansah, jagte Sissi einen warmen Schauer über den Rücken. Er liebte sie noch immer, daran hatte sie nicht den geringsten Zweifel, doch sie hatte sich nun einmal entschieden. Gegen ihn ... für Tristan ... Und für ihre Familie.

»Ich muss es wissen, Noah«, flüsterte sie. Der Gedanke war so ungeheuerlich, dass sie sich beinahe schämte, die Frage laut zu stellen, und doch wusste sie, dass es ihr keine Ruhe lassen würde, wenn sie sich nicht Gewissheit verschaffte. »Hast du sie umgebracht?«

Noah zögerte einen Moment lang und sah sie einfach nur an mit seinen dunklen, großen Augen, die ihren traurigen Glanz auch nach all den Jahren nicht verloren hatten. Dann schüttelte er den Kopf. »Natürlich nicht.«

»Gut.« Sissi atmete erleichtert auf. »Verzeih mir, aber ich musste es wissen.«

Er nickte. »Das verstehe ich.«

Sie lächelte. Dann drehte sie sich um und verließ den Grund der McCanns so leise, wie sie gekommen war. Um ihr Herz zog sich das Band enger, das sie spüren konnte, seit jener Nacht, in der Noah sie mit Eleonora betrogen hatte. Jener Nacht, die alles verändert hatte. Mit der Zunge strich sich Sissi über die Lippen und schmeckte das Salz, das die bitteren Tränen hinterlassen hatten. Trotzig wischte sie sich mit den Handflächen über das Gesicht. Sie würde nicht weinen. Es war, wie es war. Jede Entscheidung hatte Konsequenzen und sie würde mit den ihren leben müssen.

23

Nachdem Mia das Haus von Mrs Lampert so unfreiwillig und überstürzt verlassen hatte, ging sie nachdenklich die Straße entlang. Die Cottages, die sich aneinanderreihten wie kleine Zwergenhäuschen sahen von außen ebenso gemütlich aus, wie ihr Inneres vermutlich war. Eigentlich war es kaum vorstellbar, dass hier böse Menschen leben sollten, doch eines dieser wunderhübschen Cottages wurde allem Anschein nach von einem Mörder bewohnt.

Eine Bewegung lenkte ihren Blick nach links. Ihrer Intuition folgend sah sie flüchtig durch die Scheibe, hinter der sie die Gestalt wahrgenommen hatte. War das nicht …? Mias Herzschlag beschleunigte sich. Sie musste unbedingt näher an das Haus heran.

Hatte Mrs Lampert nicht vorhin erwähnt, dass Merla Warrington paranoid war? Die Art und Weise, wie dieses Grundstück vor fremden Blicken zu schützen versucht wurde, erhärtete Mias Verdacht. Vorsichtig schlich sie am Zaun entlang und rüttelte an den verschiedenen Latten. Bingo! Mit klopfendem Herzen bog sie das eine Holzteil, das ihrer rüttelnden Hand nicht Stand gehalten hatte, vorsichtig zur Seite. Die entstandene Lücke war leider eng. Sehr eng. So gut es ging, zog Mia den Bauch ein und zwängte sich seitlich hindurch. Ihr Hintern klemmte einen Moment lang fest, doch mit etwas Rütteln und Ruckeln gab der Zaun ihren Körper schließlich wieder frei und sie fand sich auf der anderen Seite inmitten von Büschen wieder. Vorsichtig schob sie ein paar Zweige auseinander und konnte prompt einen perfekten Blick auf Merla

Warringtons Fenster erhaschen. Ohne es aus den Augen zu lassen, ging Mia in die Hocke und watschelte wie eine Ente auf Speed durch den kleinen Vorgarten bis zum Haus. Glücklicherweise war weit und breit niemand zu sehen, der sich über sie lustig machen oder ihre ungewöhnliche Fortbewegungsart hätte in Frage stellen können. Unbehelligt erreichte sie das Fenster. Jetzt hieß es alles oder nichts! Wenn sie Pech hatte und Mrs Warrington sie bei ihrem Spionageangriff erwischte, würde sie sich gleich eine verdammt gute Erklärung ausdenken müssen.

Vorsichtig richtete sich Mia ein Stück auf und hielt sich dabei mit den Fingern am Fensterbrett fest. Ihre Stirn war ein Risiko, denn diese konnte gesehen werden, bevor sie selbst etwas sehen konnte. Wie blöd, dass sich die Augen nicht an oberster Stelle des Kopfes befanden. Das war eindeutig eine Fehlkonstruktion am menschlichen Körper.

Mit einem Ruck schob sie sich so weit nach oben, dass ihr Blick ins Innere des Zimmers fiel. Das Erste, was sie wahrnahm, war ein großer Tisch. Auf diesem befanden sich sorgfältig sortiert einige Papierstapel. Merla Warrington war weit und breit nicht zu sehen. Blitzschnell presste Mia ihr Gesicht fest an die Scheibe, um erkennen zu können, worum es sich bei den Papieren handelte. Einige von ihnen waren bedruckt, andere von Hand beschrieben, das war aber auch schon das Einzige, was sie erkennen konnte, außer dass die Handschrift ungewöhnlich verschnörkelt war. Nach welchen Kriterien die Stapel kategorisiert waren, blieb ihr ein Rätsel. Gerade überlegte Mia, ob sie irgendwie versuchen sollte, ins Haus zu kommen, als sie eine Silhouette in der Tür wahrnahm. Sofort ging sie wieder in Deckung. Wo auch immer Merla Warrington gewesen war, jetzt war sie zurück im Raum. Mia wartete einige Minuten ab, dann schob sie ihr Gesicht vorsichtig wieder nach oben. Die alte Frau saß am Tisch und studierte konzentriert eines der Blätter. Was hätte Mia dafür gegeben, erkennen zu können, was darauf geschrieben stand. Glücklicherweise war Mrs Warrington derart konzentriert auf den Inhalt, dass sie gar nicht wahrnahm, dass sie beobachtet wurde. Das Gelesene hingegen schien sie unglaublich aufzuregen. Während ihre Augen über das Papier huschten, runzelte sie mehrfach die Stirn, kniff die Lider zusammen oder presste die Lippen fest aufeinander. Vereinzelt fluchte sie sogar vor sich hin, dann wiederum schüttelte sie den Kopf, als könne sie nicht fassen, was sie da gerade gelesen hatte, knallte das Blatt wütend auf einen Stapel und nahm das nächste zur Hand. Fasziniert beobachtete Mia, wie Mrs Warrington jetzt richtig in Rage geriet. Ihre Gesichtsfarbe verwandelte sich von einem zarten Roséton in ein tiefes Dunkelrot und sie schnaubte so laut, dass es sogar durch die Scheibe noch zu hören war.

»Du verdammtes Miststück!«, hörte Mia die alte Frau schimpfen, bevor sie auch dieses Blatt auf einen Stapel knallte. Dann hob Mrs Warrington den Kopf und sah prompt in Mias Richtung. Erschrocken duckte sie sich, doch der Schock über den direkten Blick ließ ihre Beine kraftlos unter ihr wegknicken.

Eine unheimliche Stille legte sich über die Situation. Mia saß mit angewinkelten Beinen auf dem Boden, den

Rücken an die kalte Steinwand des Cottage gepresst und wagte kaum zu atmen. Hatte Mrs Warrington sie gesehen? Hatte die von ihr ausgestoßene Beschimpfung Mia gegolten oder dem Papier, das sie in den Händen gehalten hatte?

»Wer sind Sie und was machen Sie auf meinem Grundstück?«

Starr vor Schreck drehte Mia den Kopf und sah Merla Warringtons Gestalt in voller Größe neben sich aufragen. Fünfundsiebzig hatte Mrs Lampert gesagt. Diese Frau wirkte keinen Tag älter als sechzig. Zwar hatte sie unverkennbar einige Falten im Gesicht, doch sie stand vollkommen aufrecht da, beide Hände in die Hüften gestemmt, den Kopf leicht in Mias Richtung geneigt, so als wolle sie sich gleich auf sie stürzen. Tatsächlich war Mia beim Anblick dieser durchtrainierten Frau davon überzeugt, im Falle eines Falles den Kürzeren zu ziehen.

»Raus mit der Sprache! Was soll das hier?«

Erst jetzt wurde Mia bewusst, dass sie sich noch nicht einmal bewegt, geschweige denn eine Antwort auf Mrs Warringtons Frage gegeben hatte.

»Ich ... ich ...«, stammelte sie, doch ihr Gehirn war wie leergefegt. Was für eine Erklärung hätte es denn bitte dafür geben können, dass sie sich ohne Einladung auf einem fremden Grundstück aufhielt, das mit einem hohen Zaun umgeben war und jegliche ungebetenen Gäste zweifellos abwehrte wie eine Festung?

»Sie sagen mir sofort, wer Sie sind und was Sie hier wollen oder ich rufe die Polizei«, keifte Mrs Warrington. Mit Ausnahme ihrer Lippen bewegte sich ihr Körper keinen Zentimeter, aber ihre Augen behielten Mia die ganze Zeit im Fokus wie ein Raubtier seine Beute.

»Oh, die Polizei. Das ist ja eine ganz hervorragende Idee«, sagte Mia freundlich. Ein frecher Angriff war in diesem Fall wohl nicht nur die beste, sondern auch die einzige Möglichkeit der Verteidigung.

Skeptisch kniff Mrs Warrington die Augenbrauen zusammen. Die plötzliche Verunsicherung, war ihr deutlich anzusehen.

Jetzt lieber gleich nachlegen. »Mrs Warrington, wir beide wissen, dass Sie gestern Nacht in Miss Meils Cottage waren.« Mia wartete einen Moment ab, um Mrs Warrington die Möglichkeit zu geben, sich dazu zu äußern, doch diese runzelte lediglich die Stirn und schwieg. »Ach kommen Sie schon. Sie können es ruhig zugeben«, provozierte Mia die Frau weiter. »Sie haben sich in Miss Meils Büro zu schaffen gemacht, und als Sie uns gehört haben, sind Sie davongerannt. Was haben Sie zu verbergen, hä?« Durchdringend musterte sie die alte Frau, doch deren Mienenspiel blieb unbewegt. Was für eine beeindruckende Selbstbeherrschung. Oder hatte Mrs Warrington tatsächlich keine Ahnung, wovon sie sprach? So schnell würde Mia jedoch nicht aufgeben. »Mrs Warrington, mir können Sie es doch sagen. Sehen Sie, ich bin ja nicht von der Polizei. Ich bin nur die Nichte von Lena Midway, die kennen Sie doch bestimmt?«

Mrs Warrington nickte und legte den Kopf schief, antwortete aber weiterhin nicht.

»Na kommen Sie schon«, lockte Mia. »Ich möchte nur wissen, was Sie gestern im Cottage von Miss Meil gewollt haben.« Wieder wartete sie einen Moment lang.

Mrs Warrington starrte sie wütend an und schwieg eisern.

»Okay. Ihre Sache«, sagte Mia. »Dann werde ich der Polizei wohl melden müssen, dass Sie als die Einbrecherin identifiziert wurden, die gestern in Miss Meils Cottage war.«

Keine Reaktion.

»Ich korrigiere: Nicht nur gestern, sondern auch am Tag des Mordes an Miss Meil. Haben Sie Miss Meil umgebracht, Mrs Warrington?«

Schlagartig wurde Mrs Warrington weiß wie die Hauswand im Hintergrund. Wie in Zeitlupe nahm Mia wahr, wie die Fünfundsiebzigjährige, einen Schritt auf sie zu machte. Instinktiv schloss sie die Augen in Erwartung einer schallenden Ohrfeige, da spürte sie, wie sie auf Genickhöhe am Kragen ihres Pullovers gepackt und hochgehoben wurde. Hilflos musste sie zulassen, dass die alte Dame sie am Schlafittchen über den Rasen schleifte. »Mrs Warrington, das ist aber nicht die feine englische Art«, provozierte Mia weiter. Es musste doch irgendeine Art von Geständnis aus dieser Frau herauszubekommen sein.

Fehlanzeige. Unerbittlich schleifte Mrs Warrington den frechen Eindringling weiter in Richtung Gartentor. Dort angekommen öffnete sie es mit der linken Hand und stieß Mia mit der rechten unsanft hindurch.

»Verschwinden Sie von meinem Grundstück und lassen Sie sich nie wieder hier blicken, Sie unverschämtes Gör«, schimpfte Mrs Warrington. Dann schloss sie das Tor, drehte sich wortlos um und ging zurück zum Haus.

»Gut, das werde ich«, schrie Mia ihr trotzig hinterher. »Aber ich werde schon noch herausfinden, was Sie mit dem Tod von Miss Meil zu tun haben, verlassen Sie sich darauf.«

Noch schlimmer als die Drohungen der alten Frau war ihre Missachtung. Sie drehte sich nicht einmal mehr um. Mia spürte, wie Wut in ihr hochkochte. Was bildete diese Frau sich eigentlich ein? Mit Schwung trat sie einmal gegen das eiserne Gartentor und schrie laut auf vor Schmerz. Dieses Ding war eindeutig härter als ihr Fuß. Was für eine blöde, impulsive, kindische Reaktion. Sie musste sich beruhigen. Sofort. Und sie musste eine Möglichkeit finden, diese Merla Warrington zu überführen. Das konnte sie so nicht auf sich sitzen lassen.

In diesem Augenblick wurden im Haus die Vorhänge zugezogen. Merla Warrington schien sich zu verbarrikadieren. War das etwa ein Schuld-eingeständnis?

24

Merla Warrington kochte vor Wut. Warum hatte sich diese unverschämte Person auch auf ihr Grundstück schleichen müssen? Nicht auszudenken, wenn sie erkannt hätte, womit sie sich gerade beschäftigte. So etwas Unverfrorenes. Am liebsten hätte sie wirklich die Polizei gerufen und diese *Miss Naseweis* verhaften lassen, aber das war zu gefährlich. Und außerdem gab es jetzt Dringlicheres. Trotzdem schwor sich Merla Warrington, die junge Bibliothekarin im Auge zu behalten. Schaden konnte es auf jeden Fall nicht.

Knurrend griff Merla Warrington nach dem Hörer ihres Telefons und wickelte sich aus alter Gewohnheit das Kabel um den Finger. Sie musste sich unbedingt eines von diesen schnurlosen Telefonen beschaffen. Sobald sie eine Möglichkeit gefunden hätte, um zu überprüfen, ob diese neumodischen Telefone verwanzt waren, würde sie dieses Unterfangen in Angriff nehmen. Ihre Freundin Clara hatte sie zwar ausgelacht, als sie ihr ihren Verdacht unterbreitet hatte, doch Merla wusste genau, dass der Staat viel mehr Überwachungstechnik verwendete als so naive Bürgerinnen wie Clara nun einmal für möglich hielten. Vermutlich war in den neumodischen Telefonen ein gewisses Maß an Abhörtechnik bereits vorinstalliert. Ja, sie dachten alle, von so etwas habe sie mit ihren fünfundsiebzig Jahren keine Ahnung, doch wenn man jemanden nicht unterschätzen durfte, dann war es Merla Warrington. Sie würde sich nichts gefallen lassen. Von niemandem.

Ärgerlich lauschte sie auf das Freizeichen. Hoffentlich war jemand zu Hause. Was sie herausgefunden hatte, duldete keinen Aufschub. Und mit etwas Kompromissbereitschaft ließ sich das Problem vielleicht sogar ohne Polizei lösen.

25

»Welche Laus ist dir denn über die Leber gelaufen?«

Die Besorgnis in Lady Sophies Ausdruck tat ihrem verletzten Stolz gut, dennoch rollte Mia genervt mit den Augen.

»Sophie, ich habe es vermasselt«, gestand sie kleinlaut. »Ich habe auf ganzer Linie versagt. Es tut mir echt leid.« Erfüllt von ihrem schlechten Gewissen musste sie mit ansehen, wie sich Lady Sophies Gesichtsausdruck von Neugier in Mitleid wandelte. Zu allem Überfluss kam sie nun auch noch zu ihr herüber und nahm sie tröstend in den Arm.

»Ach komm schon, lass den Kopf nicht hängen. So schlimm kann es doch nicht gewesen sein.«

»Sogar noch schlimmer. Du hast ja keine Ahnung.«

Lady Sophie drückte sie noch ein bisschen fester. »Dann erzähl doch mal.«

Und das tat Mia. In allen Einzelheiten beschrieb sie Lady Sophie ihre Besuche bei Mrs Lampert und Mrs Warrington. Dabei versuchte sie sich an möglichst viele Details zu erinnern und machte immer wieder Pausen, damit Lady Sophie Fragen stellen oder sich zu dem Gesagten äußern könnte. Diese hörte sich die gesamten Ausführungen aufmerksam an. Vereinzelt runzelte sie die Stirn oder legte nachdenklich den Zeigefinger an die Lippen.

»Versagt«, zog Mia schließlich das vernichtende Fazit. »Auf ganzer Linie versagt. Du hättest bestimmt mehr aus den beiden alten Damen herausbekommen als ich.«

Lady Sophie lachte laut auf. »Das wage ich allerdings zu bezweifeln, meine Liebe. Mrs Lampert hasst mich.

Sie hätte nicht ein einziges Wort mit mir gesprochen. Ich nehme an, sie hätte mir nicht einmal die Tür geöffnet. Und Merla Warrington begegnet ohnehin allem und jedem mit Misstrauen. Bei dieser Frau hätte ich genauso auf Granit gebissen wie du. Viel wichtiger ist doch das, was du beobachtet hast. Was waren denn das für Unterlagen, die Mrs Warrington sortiert hat?«

»Ich habe keine Ahnung, Sophie. Ich konnte es leider nicht erkennen.«

»Hm. Das wäre aber hochinteressant.«

»Allerdings. Vor allem, weil es etwas gewesen zu sein scheint, das sie wirklich verärgert hat. Sie hat sogar geflucht.«

»Oh? Was hat sie denn gesagt?«

»Ich weiß nicht mehr genau.« Zerknirscht verzog Mia das Gesicht. »Irgendetwas mit *Miststück* auf jeden Fall. Ich dachte später, sie meinte mich damit, weil sie mich im gleichen Moment entdeckt hat, aber es kann durchaus sein, dass es doch irgendwas mit den Papieren zu tun hatte.«

»Eleonora.« Lady Sophie blickte in die Ferne, als stünden dort alle Antworten, die sie gesucht hatte und sie bräuchte sie nur abzulesen.

Mia schaute sie irritiert an. »Was?«

»Eleonora Meil ist das Miststück.«

»Das finde ich aber jetzt nicht besonders nett, Sophie. Ich dachte, du fandest sie recht nett.«

»Ich schon, aber Mrs Warrington nicht. Weißt du, was ich glaube?«

Eindeutig eine rhetorische Frage, denn Mia konnte förmlich sehen, wie es in Lady Sophies Gehirn ratterte. Sie würde die Antwort gleich selbst geben.

Und das tat sie: »Ich glaube, dass Merla Warrington recht hatte. Alle halten sie für paranoid, aber was, wenn sie das gar nicht ist?«

»Du meinst, sie wird tatsächlich verfolgt? Doch nicht etwa von Miss Meils Mörder? Ich dachte, wir halten Merla Warrington für die Mörderin.«

»Ja, schon.« Wieder legte Lady Sophie nachdenklich ihren Zeigefinger an die Unterlippe. »Aber dann hätten wir tatsächlich das Motiv gefunden. Oder besser gesagt du hast es gefunden.«

»Ich? Wie kommst du denn darauf? Welches Motiv?«

Lady Sophie grinste. »Also wirklich, Mia Midway, wenn dein Verstand immer so langsam arbeitet, dann frage ich mich, wie du es geschafft hast, Lehrerin zu werden.«

Mia schlug beschämt die Augen nieder. Das fragte sie sich allerdings auch manchmal. Ohne es zu wollen, hatte Lady Sophie einen wunden Punkt getroffen. Tatsächlich begriff sie Zusammenhänge oft sehr langsam. Zu langsam, um die naheliegendsten Fettnäpfchen zu vermeiden. Dumm war sie zwar nicht, aber ihre Intelligenz bestand vor allem darin, sich Dinge unglaublich gut merken zu können. Sie sich selbst zu erschließen hatte ihr hingegen immer schon Schwierigkeiten bereitet.

»Oh, entschuldige bitte, das war taktlos und gemein von mir, es tut mir leid.« Hastig trat Lady Sophie zu Mia und drückte sie so fest an sich, dass ihr für einen Moment die Luft wegblieb. »Ich habe das wirklich nicht böse gemeint. Das Problem bei meinem Verstand ist nur, dass er immer deutlich langsamer ist als mein Mundwerk.«

»Tja, so hat eben jeder seine Probleme.« Mia grinste.

»Du bist mir nicht böse?«

»Ach was. Du hast ja recht. Ist nur nicht besonders schön, wenn man mit seinen Fehlern konfrontiert wird.«

»Es tut mir wirklich aufrichtig leid.«

»Ach was, Schwamm drüber. Wir sollten uns lieber auf den Fall konzentrieren. Du sagtest, Merla Warrington war nicht paranoid? Was meinst du damit?«

»Das habe ich gesagt?« Erstaunt zog die Adlige die Augenbrauen nach oben. »Da siehst du es mal wieder. Was für ein Unsinn. Natürlich ist Merla Warrington paranoid. Sie ist die paranoideste Person, die ich je in meinem Leben getroffen habe, aber ...«

Die Pause machte sie doch mit Absicht. Diese Frau verstand es wirklich, sich in Szene zu setzen.

»Was, aber, Sophie? Los, raus mit der Sprache.«

»Aber ... vielleicht ist sie gar nicht so paranoid wie wir alle denken. Vielleicht ist tatsächlich was dran an ihren Spinnereien.«

»Und was?« Mia überlegte. Dann fiel auch bei ihr endlich der Groschen. »Ach du heiliges Kleeblatt, du glaubst, dass Miss Meil die Geschichten für ihre Romane tatsächlich aus Mrs Warringtons Leben gestohlen hat?«

Lady Sophie nickte, strahlte und nickte erneut, während sie mit dem Zeigefinger kurz auf Mia zeigte. Offenbar war sie jetzt sehr zufrieden mit der Kombinationsgabe ihrer Partnerin.

»Oh Gott, Sophie!«, rief sie jetzt, während ihr die Gesichtszüge entgleisten. »Glaubst du, sie ist in jener

Nacht in Miss Meils Cottage eingebrochen, um die Aufzeichnungen über sich und ihr Leben zu suchen? Also die Unterlagen, in denen Miss Meil Informationen über sie gesammelt hat?«

Lady Sophie nickte. Dann machte sie mit der Hand eine kurbelnde Geste an ihrer Schläfe, als könne sie Mias Gedankengang dadurch am Laufen halten.

Diese holte tief Luft. Die Erkenntnis traf sie wie ein Schlag. »Sophie, glaubst du, dass die Unterlagen, die Mrs Warrington vorhin sortiert hat jene sind, die sie aus Miss Meils Cottage gestohlen hat?«

Lady Sophie applaudierte strahlend. Worte waren nicht mehr notwendig. Mia hatte endlich begriffen.

»Seit wann weißt du das?«, fragte Mia stirnrunzelnd.

»Seit du von den Unterlagen auf dem Tisch in Zusammenhang mit dem *Miststück* erzählt hast. Mir war sofort klar, dass sie Miss Meil damit gemeint haben muss, denn wenn sie dich gemeint hätte, hätte sie dich im Garten noch weiter beschimpft. Es ging ihr aber nicht darum, dich zu beschimpfen. Sie wollte dich lediglich einschüchtern und schnell loswerden.«

»... damit sie sich wieder den Aufzeichnungen widmen konnte, die Miss Meil über sie angefertigt hat.«

»Bingo.«

»Sophie, weißt du, was das ist?«

»Verdammt schlau?«

»Ja, das auch. Aber das ist ein Skandal. Ein richtiger Skandal. Stell dir doch mal die Schlagzeile vor:

Internationale Bestsellerautorin ohne Ideen. Die bekannte Autorin Miss Eleonora Meil hat all ihre

Romanstoffe aus dem Leben einer Mitbürgerin gestohlen.«

»Wow, das wird große Wellen schlagen.«

»Allerdings. Glaubst du, Mrs Warrington wird damit an die Presse gehen?«

»Auf jeden Fall. Dass sie all die Jahre über recht gehabt hat, wird sie nicht einfach so auf sich beruhen lassen. Die macht garantiert ein richtig großes Ding daraus, darauf kannst du wetten. Bestimmt hat sie schon Leonie Kingston informiert.«

»Leonie Kingston?« Diesen Namen hatte Mia noch nie gehört.

»Die ortseigene Presse sozusagen.«

»Oh Gott, die arme Miss Meil.«

»Ach, die bekommt das doch gar nicht mehr mit.«

»Stimmt auch wieder.«

Erschrocken wandten beide den Blick zum Fenster, vor dem es plötzlich blau flackerte. Mia stürzte zuerst zur Scheibe und konnte gerade noch das Heck des vorbeifahrenden Polizeiautos sehen.

Lady Sophie trat neben sie und presste ihr Gesicht gegen die Scheibe. »Polizei mit Blaulicht am helllichten Tag? Da wird doch wohl nichts passiert sein, oder?«

»Tu nicht so bestürzt, ich kann ganz genau sehen, dass du dich freust«, stichelte Mia.

»Ui, endlich ist mal was los hier.« Lady Sophie hüpfte auf und ab und klatschte dabei aufgeregt in die Hände, als sei sie ein kleines Kind und nicht eine adlige Dame von fast siebzig Jahren.

Mia grinste. Dann nahm sie den Schlüssel aus der Hosentasche und warf ihn Lady Sophie zu. »Du schließt die Räume ab, ich hole uns Schokolade. Wir treffen uns vor der Tür.«

Lady Sophie jauchzte. »Du bist die Beste, Mia Midway, weißt du das?«

»Klaro.« Grinsend flitzte Mia zur Tür hinaus.

Es war kein Problem, das Ziel des Streifenwagens herauszufinden. Sie schlossen sich einfach einigen Passanten an, die wie sie in die Richtung strömten, in der das Blaulicht verschwunden war. Vorbei an den Einwohnern, die sich an ihren Gartenzäunen versammelt hatten, um über den Anlass für diesen Polizeieinsatz zu spekulieren. Obwohl die Richtung klar war, schien niemand Genaueres über das eigentliche Geschehen zu wissen. Als sie schließlich erkannten, vor wessen Haus die Polizei geparkt hatte, beschleunigten Mia und Lady Sophie ihr Tempo, während die anderen Bürger im Gegensatz zu ihnen ihren Schritt verlangsamten und schließlich sogar umkehrten. Einige von ihnen wirkten regelrecht enttäuscht darüber, um ein Spektakel betrogen worden zu sein. Mia und Lady Sophie rannten trotzdem weiter. Atemlos kamen sie vor dem umzäunten Grundstück zum Stehen, von dem Mia kurz zuvor erst vertrieben worden war.

»Was ist denn passiert?«, fragte Mia keuchend in Richtung einer Frau, die auf dem Nachbargrundstück mit Gartenarbeit beschäftigt war. Diese zuckte kurz mit den Schultern und widmete sich dann wieder ihren Rosen. Ein Polizeifahrzeug vor dem Nachbarhaus schien ihr keine aufwändigere Reaktion wert zu sein. Mias Herz hingegen klopfte ihr bis zum Hals. Ihr war furchtbar übel. Erstattete Merla Warrington etwa gerade Anzeige gegen sie? Sie hatte keine Ahnung, wie Hausfriedensbruch in England generell geahndet wurde, aber sicherlich war es ebenso strafbar wie in Deutschland. Darüber hatte sie in ihrer Neugier überhaupt nicht nachgedacht. Vielleicht konnte sie mildernd ins Feld führen, dass Mrs Warrington ihr gegenüber handgreiflich geworden war. Schließlich hatte diese sie regelrecht vom Grundstück geschleift. Allerdings hätte sie das nicht, wenn Mia sich nicht vorher durch den Zaun hineingeschlichen hätte. So etwas Blödes aber auch.

»Sophie?«, murmelte Mia leise.

»Hm?«, murmelte Lady Sophie und hielt ihren Blick weiterhin auf Mrs Warringtons Haus gerichtet.

»Kennst du einen guten Anwalt?«

»Warum?«

»Ich denke, ich werde einen brauchen, wenn Mrs Warrington mich anzeigt.«

Lady Sophie wandte sich zu ihr. »Warum sollte sie dich denn anzeigen?«

»Na, was glaubst du denn, warum die Polizei gerade bei ihr ist?«

Gellend lachte die Freundin auf. »Ach Schätzchen, das Kombinieren musst du wirklich noch mal üben.«

Nun war es an Mia irritiert dreinzublicken.

Lady Sophie seufzte. »Mia Midway, du glaubst doch nicht ernsthaft, dass Merla Warrington dich wegen Einbruchs anzeigt, oder? Nachdem sie selbst zwei Mal bei Miss Meil eingebrochen ist? Einmal davon sogar am Mordtag? Im Ernst?«

Stimmt. So wirklich Sinn ergab das nicht. »Aber was glaubst du will sie dann von der Polizei?«

»Also ich würde sagen, dass sie entweder die gute Eleonora Meil wegen Verleumdung anzeigen und der Polizei endlich ihre jahrelang gesuchten Beweise vorlegen will. Dann würden wir gerade dem Startschuss für den größten Skandal in der Pennygraver Geschichte beiwohnen, also pass gut auf, dass wir jetzt nichts verpassen.«

»Das mache ich. Was ist das *oder*?«

»Hm?«

»Du hast gesagt *entweder*. Das heißt, du musst auch noch ein *oder* auf Lager haben, oder?«

Lady Sophie lächelte. »So langsam wird das was mit dir«, lobte sie dann. Fehlte nur noch, dass sie Mia den Kopf tätschelte. »*Oder* ...«, vollendete Lady Sophie ihre Überlegung. »Oder die gute Merla Warrington will gar nichts von der Polizei, sondern die Polizei will etwas von ihr.«

Jetzt klickte es in Mias Synapsen. »Ah! Weil sie bei Miss Meil eingebrochen ist und jetzt als Verdächtige verhört wird.«

»Schlaues Mädchen. Wenn die Unterlagen auf ihrem Tisch noch von dem Einbruch stammen, liefert sie der Polizei doch praktisch den Beweis dafür, dass sie bei Miss Meil eingebrochen ist und dabei sogar etwas gestohlen hat. So oder so können wir uns auf eine brisante Story gefasst machen.«

»Da bin ich ja mal gespannt. Allerdings frage ich mich, warum das außer uns niemanden zu interessieren scheint.«

»Du meinst, weil die anderen wieder zurückgegangen sind? Das hat nichts zu bedeuten, glaube ich. Sie wissen schließlich nicht, was wir wissen. Vermutlich denken sie, die gute Merla möchte mal wieder aus ihrer Paranoia heraus irgendjemanden anzeigen. Aber ich denke, dieses Mal steckt tatsächlich mehr dahinter.«

Schweigend starrten die Frauen auf das Haus. Die Minuten vergingen, aber leider gab nichts Aufschluss darüber, was hinter den weiß getünchten Wänden vor sich ging.

Dann erstarrten beide ruckartig. Ungläubig sah Mia auf den Krankenwagen, der vor dem hohen Zaun hielt. Zwei Sanitäter stiegen aus, nahmen eine Trage aus dem Kofferraum des Wagens und trugen sie zum Haus.

Mia sah Lady Sophie an. Lady Sophie sah Mia an. Beide sahen zurück zum Haus. Keine sprach ein Wort.

Als die Männer mit der Bahre wieder herauskamen, lag eine Person darauf: Mrs Warrington. Sie rührte sich nicht.

Mia schluckte gegen die Übelkeit an, die ihr aus dem Magen aufstieg. »Glaubst du, sie ist ...«

Lady Sophie zuckte kaum merklich mit den Schultern. Offenbar hatte es auch ihr die Sprache verschlagen.

26

»Könnten Sie möglicherweise noch ein winziges Stück nach links rücken? Ich glaube, man kann meinen Pullover durch das Gebüsch sehen«, flüsterte Mr Meil und drückte seinen Körper ein bisschen mehr gegen den des Mannes neben ihm, um seiner Bitte Nachdruck zu verleihen.

»Aber natürlich, entschuldigen Sie bitte«, erwiderte dieser und drückte sich noch etwas tiefer ins Gebüsch. Gerade noch rechtzeitig war es ihnen gelungen, Mrs Warringtons Haus zu verlassen. Von hier aus konnten sie das Geschehen ungesehen beobachten.

»Verzeihen Sie, aber könnten Sie mir freundlicherweise erklären, was sich zwischen Ihnen beiden abgespielt hat, bevor ich aufgetaucht bin?«, raunte Mr Meil, als er sich endlich sicher fühlte.

Robert Wells zögerte. Wie viel sollte er dem Fremden verraten? Schließlich war er der Onkel von Eleonora. Ihr Tod konnte ihn nicht vollkommen kalt lassen, auch wenn er sich aktuell sehr gefasst zeigte. »Als Merla mich angerufen hat, bin ich sofort hergekommen«, erklärte er vorsichtig. »Sie hat mir die Aufzeichnungen gezeigt. Ich denke, Sie verstehen, dass ich verhindern musste, dass etwas davon an die Öffentlichkeit gelangt.«

»Verstehen kann ich es, doch ich denke nicht, dass Sie ein Recht dazu hatten«, antwortete Mr Meil kühl.

Mr Wells bemühte sich, ruhig zu bleiben. »Ich habe ihr Geld angeboten für ihr Schweigen. Sie hat abgelehnt.«

Mr Meil nickte, als verstünde er. Dabei verstand er nichts. Nicht das Geringste, da war sich Robert Wells sicher. Dieser Mann war gerade mal einen Tag hier in Pennygrave. Er hatte keine Ahnung, wie Merla Warrington war und wozu sie fähig war. Noch weniger hatte er eine Ahnung davon, was für ihn selbst auf dem Spiel stand. Er hatte gar keine andere Wahl gehabt, als zu tun, was er getan hatte.

»Und der Likör?«, fragte Mr Meil leise, ohne den Blick von Mrs Warringtons Haus abzuwenden. »Die ganze Küche roch nach Bittermandeln.«

»Sie hat ihn getrunken. Ich habe den Rest in den Ausguss geschüttet«, erklärte Robert Wells kleinlaut.

»Aha. Das war nicht besonders schlau.«

Robert Wells spürte, wie Wut in ihm aufstieg. Was bildete sich dieser Mr Meil überhaupt ein?

»Ich meine«, fügte dieser hinzu, »anhand der beiden Gläser werden sie sehr schnell kombinieren, dass Mrs Warrington nicht allein gewesen ist.«

»Das werden sie nicht.« Triumphierend zog Robert Wells das Likörglas, aus dem er selbst getrunken hatte, unter seinem Hemd hervor und war ehrlich erfreut über den staunenden Gesichtsausdruck seines Buschnachbarn.

»Okay, das war schlau«, gab dieser unumwunden zu. »Und was ist mit den Aufzeichnungen?«

»Auch die wird niemand finden«, erklärte Robert Wells.

»Gut.« Mr Meil atmete hörbar auf. »Ich danke Ihnen, Mr Wells.«

»Nein, ich danke Ihnen.«

Hinter dem dichten Busch in unwesentlichem Abstand zu Merla Warringtons Haus gaben sich die beiden Männer die Hand.

»Und jetzt?«

Mr Wells zuckte mit den Schultern. »Ich denke, wir sollten lieber hier ausharren, bis die dort alle wieder verschwunden sind.«

Auch darin waren sich die beiden Männer einig.

27

»Na das ist ja mal eine Überraschung.«

Mia erkannte die Stimme, noch bevor sie Inspector Mellony sah. Er war aus der Tür getreten, im Schlepptau wie immer Constable Angela Angel, die beim Anblick der Zaungäste das Gesicht verzog, als hätte sie auf eine Zitrone gebissen. Mia lächelte gequält, als die beiden direkt auf sie zu kamen. Lady Sophie hingegen straffte die Schultern und richtete sich absichtlich noch etwas mehr auf, als könne sie die Polizisten durch ihre schiere Größe beeindrucken. »Was ist denn passiert?«, fragte sie frei heraus.

Constable Angel verzog die Mundwinkel zu einem schiefen Grinsen.

Inspector Mellony blieb ernst. »Mrs Warrington wurde in ihrem Haus bewusstlos aufgefunden.«

Mia schlug erschrocken die Hände vor den Mund. Lady Sophies Augen begannen zu glänzen. »Ein Mordversuch?«

»Ein Schlaganfall, vielleicht auch ein Herzinfarkt.« Inspector Mellony war zweifelsfrei um Sachlichkeit bemüht, während Constable Angel unruhig vorwärtsdrängte. Sie wollte gehen, konnte Mellony aber weder schieben noch einfach stehen lassen. Wie ein Schatten klebte sie in seinem Rücken.

»Fremdverschulden ist ausgeschlossen?«, fragte Lady Sophie und kniff forschend die Augen zusammen.

»Tut mir leid, Sie enttäuschen zu müssen.« Mellony blieb kühl, Constable Angel hingegen verdrehte genervt die Augen.

»Sie könnten mich niemals enttäuschen, Inspectorchen, Sie nicht«, flötete Lady Sophie.

Erstaunt sah Mia dabei zu, wie sich die forsche Lady in Sekundenschnelle in eine elegante Dame verwandelte. Sie hob den Brustkorb und fuhr sich mit dem Finger verführerisch am Rand ihres Dekolletés entlang. Eine überaus provokante Geste, die Mellony tatsächlich die Schamesröte ins Gesicht trieb, während Constable Angel die Gesichtsfarbe vermutlich aus anderen Gründen wechselte. Was sollte das denn werden?

»Ich denke, wir sind hier fertig«, meldete sich Constable Angel überraschend zu Wort. »Und Sie sollten auch von hier verschwinden.« Dieser Vorschlag ging in Richtung von Mia und Lady Sophie. »Sie haben doch sicherlich Besseres zu tun, als der Polizei ständig auf die Nerven zu gehen, oder? Gehen Sie nach Hause und stricken Sie was oder so. Inspector Mellony ist ein viel beschäftigter Mann. Er kann sich nicht ständig mit irgendwelchen Möchtegern-Schnüfflerinnen herumschlagen, nicht wahr, Inspector?«

Die Zustimmung blieb ihr versagt, denn Mellony starrte wie gebannt auf Lady Sophies Lippen, die sie mit der Fingerspitze ihres rechten Zeigefingers in Zeitlupe nachmalte. Mia glaubte, ihren Augen nicht zu trauen. Baggerte die adlige Dame etwa gerade den Inspector an? Und das auch noch derart plump? Peinlich berührt zog sie die kokette Freundin am Ärmel.

»Komm schon, Sophie. Gehen wir.«

Lady Sophie ließ sich mitziehen, drehte aber ihren Kopf so nach hinten, dass sie Mellony weiterhin verführerische Blicke zuwerfen konnte. Mia zog sie unerbittlich weiter.

»Bis bald, Mr Mellony, Sir«, flötete Lady Sophie und warf dem völlig perplexen Mann eine Kusshand zu.

Mia zog sie weiter. »Sophie, was soll das denn?«, zischte sie leise.

»Ach komm schon, Kindchen. Nur ein bisschen Spaß.« Lady Sophie lachte lauthals auf und warf dabei provokant den Kopf in den Nacken.

»Spaß? Was hat denn das mit Spaß zu tun? Also wirklich, du benimmst dich unmöglich. Mrs Warrington ist gerade schwer verletzt ins Krankenhaus gebracht worden und du hast nichts Besseres zu tun als dich dem Inspector an den Hals zu werfen?«

»Eifersüchtig?« Lady Sophie grinste.

»Ich? Äh ... Nein!«

»Wie überzeugend«, feixte Lady Sophie und knuffte die perplexe Mia in die Seite. »Keine Sorge, ich will nichts von deinem Inspector Mellony.«

»Es ist nicht *mein* Inspector Mellony und ich will auch nichts von ihm«, wehrte sie sich.

»Ja, Schätzchen, wer es glaubt. Aber darum geht es nicht. Fakt ist, dass Constable Angela Angel bis über beide Ohren in ihren Chef verliebt ist. Sie ist eben fast geplatzt vor Eifersucht. Wenn wir jetzt hier stehen bleiben, wird sie alles daransetzen, um Mellony so schnell wie möglich so weit weg wie möglich von uns zu bringen. Du hast keine Ahnung, worauf ich hinauswill, oder?«

Mia runzelte die Stirn.

»Na, ist doch ganz einfach«, erläuterte Lady Sophie in fast mütterlichem Tonfall. »Sobald die beiden von hier verschwunden sind, steigen wir in Mrs Warringtons Haus ein.«

Mia stöhnte auf. Schon wieder ein Einbruch? Schon wieder eine Straftat? Seit sie Lady Sophie kannte, bewegte sie sich auf sehr dünnem Eis, was Gesetzeskonformität anbelangte. Andererseits war ihr Leben auch lange nicht mehr so aufregend gewesen wie seit ihrer Bekanntschaft mit Lady Sophie. Nein, eigentlich war es überhaupt noch nie so aufregend gewesen.

»Gut. So machen wir es«, willigte sie ein.

»Kein Protest?«

»Kein Protest. Ich will auch wissen, was auf diesen Blättern stand. Und ich will wissen, womit Mrs Warrington vergiftet wurde. Ich kann mir nicht vorstellen, dass das ein natürlicher Herzanfall war. Dafür hängt sie viel zu tief drin in der ganzen Geschichte mit Miss Meil.«

»Bravo! Endlich sind wir auf einer Wellenlänge. Genau so sehe ich das auch.«

Irgendwie hatte Mia das Gefühl, sie sollten jetzt zusammen auf Brüderschaft trinken oder sich zumindest kumpelhaft abklatschen, doch nichts geschah. Stattdessen beobachteten sie, wie der Streifenwagen davonfuhr, Mellony am Steuer und Constable Angel auf dem Beifahrersitz, die es sich nicht verkneifen konnte, den beiden vermeintlichen Konkurrentinnen zum Abschied noch einen bösen Blick zuzuwerfen.

»Die Luft ist rein«, rief Lady Sophie triumphierend, kaum dass der Streifenwagen um die nächste Ecke gebogen war. Dann war sie auch schon durch das Gartentor gehuscht und in einer Geschwindigkeit, die man ihr gar nicht zugetraut hätte, zur Haustür gewitscht. Mia hatte Mühe, ihr zu folgen.

»Und jetzt?«, fragte Mia. Vor der verschlossenen Haustür zu stehen, würde sie wohl kaum weiterbringen. Sie aufzubrechen kam aber keinesfalls infrage, denn das wäre ja dann wohl eine richtige Straftat.

Wieder einmal hatte sie Lady Sophie unterschätzt. Diese kramte kurzerhand in ihrer Tasche und hielt dann mit triumphierendem Lächeln einen Schlüssel in die Luft.

»Aber ... sag nicht, das ist ...«

Statt einer Antwort steckte Lady Sophie den Schlüssel in das Schloss und drehte ihn um. Die Tür sprang auf.

»Voilà«, sagte sie leise und wies mit einer Geste ins Innere des Hauses.

»Aber woher hast du ...«

»Du erinnerst dich doch bestimmt daran, dass unsere Teekanne in der Bibliothek den Geist aufgegeben hat, oder?«

»Sicher. Das war am Tag nach Miss Meils Tod. Ich bin dann los, habe Tee aus der Bäckerei besorgt und dabei Nora kennengelernt.«

»Ganz genau. Und währenddessen hat Merla Warrington mir aus ihrer Thermoskanne eine Tasse Tee spendiert. Lustigerweise ist ihr dabei der Schlüssel aus der Tasche gefallen. Was heißt lustigerweise ... damals fand ich das gar nicht so lustig, weil es bedeutete, dass ich ihr diesen hinterhertragen musste. Ich wollte Mrs Warrington anrufen und ihr sagen, dass ich ihren Schlüssel gefunden habe, aber irgendwie muss ich das dann wohl vergessen haben.«

»Du hast seit Tagen den Schlüssel der paranoidesten Person in Pennygrave bei dir?«

Lady Sophie zuckte mit den Schultern. »Weiß auch nicht, wie das passieren konnte. Glück gehabt. Auch damit, dass er überhaupt noch funktioniert. Ich hatte schon die leise Befürchtung, die gute Merla hätte sofort die Schlösser austauschen lassen, als sie den Verlust bemerkte.« Wieder grinste sie breit. »Ein dummer Zufall. Aber mir ist egal, was uns den Zutritt zu diesem Haus verschafft, Hauptsache, wir kommen rein.« Mit diesen Worten trat sie ins Innere des hübschen Cottage. Mia folgte ihr. Jetzt konnte sie zum ersten Mal den Raum, den sie am Morgen noch durch die Fensterscheibe beobachtet hatte, live sehen. Es handelte sich um eine gemütliche Wohnküche mit einem großen runden Tisch in der Mitte. Genau darauf hatten die vielen Papierstapel gelegen. Jetzt waren sie verschwunden.

Mit einer Mischung aus Enttäuschung und Neugier ließ Mia ihren Blick durch den Raum schweifen. Die Küche war in einem tadellosen Zustand. Nichts stand oder lag herum. Alles war blitzblank und jeder sichtbare Gegenstand schien seine Daseinsberechtigung und seinen Platz zu haben. Mia berührte den Griff einer Schublade. Dann hielt sie inne. Sie konnte doch nicht einfach in Mrs Warringtons Privatsachen herumschnüffeln. Ja, sie wollte die Papiere unbedingt finden, aber etwas in ihr wehrte sich dagegen, alles zu durchsuchen wie ein fieser Einbrecher.

»Skrupel?« Lady Sophie konnte man einfach nichts vormachen.

Mia nickte.

»Du bist ein guter Mensch, Mia Midway. Aber Skrupel sind hier fehl am Platz. Schließlich suchen wir noch immer nach einem Mörder.«

Logisch betrachtet hatte sie recht, doch emotional gesehen blieb Mias Unwohlsein, als sie nun die Schublade öffnete. Darin befanden sich ein paar Stifte und Scheren. Kein Papier. Sie zog die nächste Schublade auf: Bonbons, Schokolade, Kekse. Die nächste Schublade: Papier. Vorsichtig blätterte sie die einzelnen Unterlagen durch. Es handelte sich um Telefon-, Strom- und Wasserrechnungen sowie ein paar weitere Dinge, die das Haus betrafen. Sorgsam legte sie alles wieder zurück und widmete sich den Türchen im unteren Bereich der Glasvitrine.

Lady Sophie ging auf dieselbe Weise von der anderen Seite der Küche aus vor. Auf diese Art arbeiteten sie sich nach und nach durch verschiedenste Schränke. Nichts. Die Unterlagen, die Merla Warrington so wütend gemacht hatten, blieben verschwunden.

Mia seufzte und stützte sich mit den Händen auf der Spüle ab. Am liebsten hätte sie das kalte Wasser aufgedreht und ihren Kopf darunter gehalten, aber hier war alles so blitzblank, dass ... Moment mal!

»Sophie?«

Alarmiert kam Lady Sophie angeschossen wie eine abgefeuerte Patrone.

Mia deutete ins Spülbecken. »Hier stimmt etwas nicht.« Im Ausguss hatte sich eine kleine Pfütze gebildet. Lady Sophie richtete ihren Blick darauf und sah Mia dann fragend an. »Sieh dich doch mal hier um. Hier ist alles blitzblank«, erwiderte sie. »Merla Warrington scheint einen regelrechten Putzfimmel gehabt zu haben. Und dann lässt sie ausgerechnet in der Spüle so eine Pfütze stehen? Das gibt doch total hässliche Flecken.«

»Vielleicht war sie das gar nicht. Vielleicht haben die Ermittler das Wasser aufgedreht.«

»Dann wären doch Spritzer an den Seiten. Nein, Sophie, ich bin mir sicher, dass hier jemand etwas ausgeschüttet hat. Und es war nicht Merla Warrington. Sie hätte es trockengewischt.«

»Mia Midway, du versetzt mich in Erstaunen.« Lady Sophie versenkte ihre Nase im Spülbecken und schnüffelte geräuschvoll. Als sie wieder auftauchte, grinste sie so breit, dass ihre perfekten Zähne weiß leuchteten. »Zyankali!«

Mia runzelte die Stirn. Lady Sophie trat einen Schritt zur Seite und ließ sie ebenfalls schnuppern.

»Hm. Ich finde, das riecht irgendwie bitter«, stellte Mia fest.

»Sage ich doch: Zyankali. Das riecht nach Bittermandeln. Unsere liebe Merla Warrington wurde vergiftet, und der Mörder hat versucht, die Beweise hier in den Ausguss zu kippen.« Erneut beugte sich Lady Sophie nach vorn und schnupperte. »Ja, kein Zweifel. Wahnsinn.« Die neugierige Lady strahlte bis über beide Ohren. »Ich habe von dieser Art des Vergiftens in so vielen Krimis gelesen, aber ich hätte niemals gedacht, dass mir das mal im echten Leben begegnen würde. Da sieht man mal wieder, wofür lesen gut ist. Faszinierend.«

»Sollten wir nicht die Polizei informieren?«

Empörung war gar kein Ausdruck für das, was sich in Lady Sophies Gesichtsausdruck spiegelte. Mit einem Ruck stemmte sie beide Hände in die Hüften. »Und diesen Dilettanten schon wieder erklären, dass sie ihre Arbeit nicht richtig gemacht haben? Kommt ja gar nicht infrage. Wir ermitteln selbst. Oder hast du etwa Angst?«

Natürlich hatte sie Angst. Aber angesichts der Furchtlosigkeit von Lady Sophie wollte sie sich keine Blöße geben. »Na gut«, stimmte Mia schließlich zu. »Dann lass uns aber wenigstens schnellstmöglich die Aufzeichnungen finden, die hier auf dem Tisch lagen. Ich nehme an, sie enthalten wichtige Hinweise, sonst lägen sie noch hier.«

»Wenn der Mörder sie mal nicht mitgenommen hat. Oder besser gesagt die Mörderin. Im Normalfall sind es eher Frauen, die mit Gift töten. Zumindest in meinen Krimis war das immer so.« Trotz der gefährlichen Lage, in die sie sich offenbar gebracht hatten, schien Lady Sophie die ganze Angelegenheit großen Spaß zu machen.

»Stimmt, das habe ich auch schon gehört«, pflichtete Mia ihr bei. »Aber, Sophie, können wir damit alle männlichen Verdächtigen automatisch ausschließen? Auch Noah McCann? Ich glaube, wir sollten uns noch mal zusammensetzen und unsere Verdächtigen durchgehen. Irgendwie fehlt mir ein bisschen Struktur in unserem Vorgehen.«

»Meinetwegen.« Lady Sophie hob ergeben die Hände. »Aber erst, nachdem wir diese Aufzeichnungen gefunden haben. Ich muss wissen, was da drinsteht.«

Mia ging es nicht anders.

Als sie schließlich alle Schränkchen und Schubladen in der Küche einmal auf links gedreht hatten, teilten sie sich auf, um die anderen Räume zu durchsuchen. Während Lady Sophie sich auf die Suche nach dem Schlafzimmer machte, da sie der Überzeugung war, pikante Dinge versteckte man üblicherweise auch im privatesten Raum, hatte sie Mia die Aufgabe zugewiesen, das Wohnzimmer zu durchsuchen.

Lady Sophies Schritte auf der Treppe nach oben waren noch nicht einmal vollständig verhallt, als Mias Blick auf den Kamin fiel. In der Asche waren deutliche Bröckchen von Glut zu erkennen und dazwischen Reste von ...

»Sophie, kommst du mal bitte?«

Als die Adlige den Raum betrat, kniete Mia bereits vor dem Kamin und versuchte vorsichtig, ein paar Reste der Schriftstücke herauszuziehen, die jemand offenbar dem Feuer überlassen hatte.

»... eine Affäre mit der Nachbarin hatte, hätte ich niemals gedacht. Aber die Beweise sind eindeutig«, las Mia laut vor. Das war leider alles, was die verschnörkelte Schrift noch hergab, denn das Blatt war sowohl von oben als auch von unten her angekokelt.

»Oh nein«, ächzte Lady Sophie. »Die gute Mrs Warrington wird die Geheimnisse der großen Eleonora Meil offenbar mit ins Grab nehmen.«

»Na ja, vielleicht besser, als wenn sie sie an die Öffentlichkeit getragen hätte.«

»Stimmt auch wieder. Und jetzt?«

»Das fragst du mich? Du bist doch der Kopf unserer Aktionen.«

Lady Sophie lächelte. »Lieb, dass du das sagst. Lass uns doch vielleicht einfach noch mal alle Verdächtigen durchgehen und ein bisschen sortieren, okay?«

»Okay. Aber vorher werden wir retten, was zu retten ist.« Vorsichtig zog Mia mehrere Blätter aus der Asche. Allesamt waren sie deutlich angekokelt, aber zum Teil ließen sich noch einzelne Sätze oder Wörter erkennen. Dann musste Lady Sophie eben mal unter Beweis stellen, wie gut sie wirklich kombinieren konnte.

28

»Viiiiinniiiiiiie!«

Clara Clottinghams kreischende Stimme durchschnitt die nachmittägliche Ruhe wie ein stumpfes Sägeblatt auf Metall. Ach, wie sehr er es hasste, wenn seine Frau überraschend nach Hause kam. Als ob sie ahnte, wann er seine Ruhe besonders genoss, und dann mit Absicht hereinplatzte. Vielleicht hatte er ja Glück, und sie vermutete ihn außer Haus. Zumindest schien sie ihn noch innerhalb dessen zu suchen, auch wenn ihr Schrei wie ein Radar den Umkreis von drei Meilen erfasste. Möglicherweise, wenn er sich ganz ruhig verhielt ...

»Vinniiiiiiie? Wo bist du denn, Liebling? Ich weiß doch, dass du heute frei hast.«

O nein. Vorsichtig spähte er aus dem kleinen Fenster und konnte prompt ihre wuchtige Gestalt erkennen. Sie stand bereits auf der Terrasse. Schneller als gedacht hatte sie offenbar begriffen, dass er draußen war. Nun würde es nicht mehr lange dauern, bis sie im Gartenhäuschen nachschaute. Hastig schloss er die Bodenluke und stellte den Rasenmäher darüber. Keine Sekunde zu früh, denn schon öffnete sich die Tür und seine Frau streckte den Kopf herein.

»Ach hier bist du. Was machst du denn hier drin? Hast du mich denn nicht rufen gehört? Ich habe mir fast die Seele aus dem Leib gebrüllt.«

»Ich suche die neuen Polster für die Liegestühle«, log er ruhig. »Hattest du nicht vergangene Woche welche bestellt?«

»Oh.« In ihrem Gesichtsausdruck spiegelte sich Verwunderung. Ja, inzwischen war er es gewohnt, den Inhalt ihres Geplappers wahrzunehmen und in seinem Gedächtnis abzuspeichern, obwohl er sich mit ganz anderen Dingen beschäftigte, während sie eine ihrer typischen Lästersalven durch die Räume schoss.

»Vinnie, du schaffst es noch immer, mich in Erstaunen zu versetzen. Ich hätte schwören können, du hättest mir mal wieder nicht zugehört.« Sie lächelte. »Die Polster wurden noch nicht geliefert. Aber du könntest die alten noch einmal auflegen. Glaub mir, bei dem, was ich eben von Melody erfahren habe, werden dir die Polster sowieso vollkommen egal sein.«

Sie ahnte ja nicht, wie egal ihm die Polster grundsätzlich waren, aber immerhin hatten sie dazu getaugt, sie abzulenken. Mission erfüllt. Ein Seufzen unterdrückend griff Vincent Clottingham nach den durchgelegenen Schaumstoffauflagen und schleppte sie zu den Liegestühlen, bereit, sich innerhalb der nächsten Stunden durch seine werte Frau über den neuesten Dorfklatsch aufklären zu lassen. Ja, Vinnies Leben war gewiss nicht leicht, doch nach all den Jahren, in denen er seine Clara lieben und hassen gelernt hatte, hatte er auch gelernt, sein eigenes Leben zu leben.

Vincent Clottingham schloss die Augen und seufzte. Zeit für ein Nickerchen. Die Stille, die zuverlässig am Ende des Gezeters eintrat, wenn Clara gespannt auf seine Meinung wartete, würde ihn wecken. Er wusste ja, dass ein zustimmendes Brummen ihr vollauf genügte.

29

Der Kies knirschte unter den Reifen des Bentleys, als Lady Sophie ihn vor ihrem Anwesen zum Stehen brachte.

Während der gesamten Fahrt hatte Mia nachdenklich auf ihre Finger gestarrt. Jetzt hob sie den Kopf und sah überrascht aus dem Fenster. »Ich dachte, wir wollten in die Bibliothek fahren, um den Fall zu strukturieren?«

»Ich habe unsere Zentrale gestern in mein Haus verlagert. Ich hoffe, das ist in Ordnung für dich?«

»Ach so?«

Lady Sophie lächelte anzüglich. »Seien wir doch ehrlich: Der Kellerraum mag eine geheimnisvolle Atmosphäre haben, aber hier ist das Licht heller, die Luft besser und der Service ist unschlagbar.«

»Hm. Wenn du meinst.«

»Ach komm schon.« Lady Sophie knuffte sie aufmunternd in die Seite. »Hier haben wir allen Komfort. Und wenn du erst einmal Walters Häppchen probiert hast, dann wirst du keine Sekunde mehr an das Kellerloch denken.«

»Vermutlich.«

»Gib meinem Haus und mir eine Chance. Wenn es dir nicht gefällt, schaffe ich eigenhändig alles wieder zurück.«

»Okay, von mir aus.« Mia folgte Lady Sophie durch die imposante Eingangstür, die bereits von Walter aufgehalten wurde. Während die Hausherrin Häppchen orderte und dann zielstrebig losmarschierte, hatte Mia Mühe ihr zu folgen, weil sie ihren Blick suchend durch die Gänge schweifen ließ.

»William ist nicht hier«, bemerkte Lady Sophie beiläufig.

»Oh, ich habe nicht ...«

»Ja, ja, schon gut.« Lady Sophie hielt Mia die Tür zu einem Raum auf, den sie bisher noch gar nicht gesehen hatte. »Darf ich vorstellen: Das Strategiezimmer. In den vergangenen Jahrhunderten haben meine Vorfahren hier angeblich ganze Schlachtenordnungen geplant.«

In der Tat war solch ein Szenario hier überaus gut vorstellbar. Der Raum war in etwa gleich groß wie der Salon. In der Mitte stand ein riesiger Tisch, jedoch waren um ihn herum keine Sitzgelegenheiten vorhanden. Stattdessen befanden sich schwere hölzerne Stühle mit üppigen Verzierungen und Schnitzereien rundherum an den Wänden, so, als böten sie einem Publikum Platz, während es den Ausführungen der stehenden Person in der Mitte lauschte. Vor ihrem inneren Auge konnte Mia förmlich sehen, wie sich ein General in der Uniform eines vergangenen Jahrhunderts konzentriert über weitläufig auf dem Tisch ausgebreitete Papiere beugte, während ein junger Bote ungeduldig im Raum auf und ab ging und auf den Stühlen schweigend Männer saßen, die auf eine Entscheidung warteten.

In Wirklichkeit befanden sich anstelle einer Schlachtenordnung jede Menge Fotos auf dem Tisch. Wie es aussah, hatte Lady Sophie sich bestens vorbereitet. Einige der Personen auf den Bildern erkannte Mia wieder: Nora Wells, Merla Warrington, Melody Clearmont, Clara Clottingham und Noah

McCann. Andere Gesichter wiederum waren ihr gänzlich unbekannt. Neben den Bildern lagen Karteikarten in verschiedenen Größen, ein Knäuel Schnur sowie verschiedenfarbige Stifte.

»Hat was, oder?« Lady Sophie grinste siegessicher.

Mia nickte ergeben. »Ich muss zugeben, die Atmosphäre hier drin ist wirklich bemerkenswert.«

»Na, das sagte ich doch. Oh, Walter, vielen Dank.« Lady Sophies letzte Worte richteten sich an den Bediensteten, der eben eingetreten war, freundlich nickte und dann eine große Platte mit Häppchen, zwei Tassen und eine silberne Kanne, aus der es wunderbar nach Tee duftete, auf dem Tisch abstellte. Anschließend ging er zu einem kleinen Schränkchen an der Seite, öffnete die Türen und brachte damit eine Auswahl an verschiedenen Getränken zum Vorschein, ähnlich der Auswahl im Salon.

»Wir kommen schon zurecht, Walter, vielen Dank«, entließ Lady Sophie ihren Angestellten, der freundlich nickte und dann wortlos wieder hinausging. Obwohl Mia den Service genoss, kam ihr Walters Auftreten immer noch komisch vor. Vermutlich musste man mit Personal aufgewachsen sein, um damit so selbstverständlich umgehen zu können wie Lady Sophie.

»Also, was haben wir?«, fragte diese nun brüsk.

Mia griff nach dem Stapel Fotos und zog zielsicher eines heraus. »Merla Warrington«, konstatierte sie. »Hypothese: Mrs Warrington hat Miss Meil umgebracht. Motiv: Sie hat herausgefunden, dass Miss Meil Erlebnisse aus ihrem Leben in ihren Romanen verarbeitet hat. Also aus Mrs Warringtons Leben. Um irgendetwas davon zu vertuschen, hat sie sie umgebracht und die Aufzeichnungen gestohlen.«

»Macht absolut Sinn«, bestätigte Lady Sophie, während sie Mias Ausführungen stichpunktartig auf einer der Karteikarten notierte. Links daneben legte sie Mrs Warringtons Foto. »Weiter«, forderte sie dann.

»Hm.« Mia ließ ihre Finger kurz durch die Fotos gleiten und zog dann wieder eines hervor. »Noah McCann. Hypothese: Er hat Miss Meil erschlagen, um Rache für sein verpfuschtes Leben zu nehmen. Also dafür, dass er in der Damenwelt keinen Fuß mehr auf den Boden bekommt.«

Wieder notierte Lady Sophie stichpunktartig das Motiv und legte es neben das Foto.

»Okay, wen haben wir hier noch …« Mia zog drei Bilder heraus und legte sie nebeneinander auf den Tisch. »Das sind jetzt eigentlich die einzigen drei Personen, die ich noch erkenne. Nora Wells. Hypothese …« Mit zusammengekniffenen Augenbrauen wackelte sie ein paar Mal mit dem Kopf hin und her. »Wollen wir wirklich die Hypothese aufstellen, dass Nora ihre beste Freundin umgebracht hat? Mir fällt irgendwie kein Motiv dafür ein.«

»Mir auch nicht. Aber was ist mit ihm hier?« Ungeachtet der beiden anderen Fotos, zog Lady Sophie das Foto von Noras Ehemann aus dem Stapel Bilder und legte es vor Mia. »Robert Wells. Nach deinem Besuch bei den Wells' hast du doch gesagt, er habe sich auffällig verhalten.«

»Hm, allerdings. Das hatte ich schon fast wieder vergessen. Aber jetzt, wo du es sagst … er hat tatsächlich komisch reagiert. Als ich erwähnt habe, dass wir von einem Mord ausgehen, zum Beispiel. Da hat er vor Schreck die Teetassen fallen lassen.«

»Unachtsamkeit ausgeschlossen?«

»Ausgeschlossen nicht, aber es wäre schon ein herber Zufall. Außerdem war sein Gesichtsausdruck recht ...« Sie kniff kurz die Augen zusammen, als könne sie so besser in ihre Erinnerungen blicken und das passende Wort aus ihrem Sprachzentrum hervorkramen, »... schockiert«.

»Okay. Gehen wir davon aus, dass Mr Wells Miss Meil umgebracht hat. Motiv?«

»Er wollte nicht länger dulden, dass seine Frau sich so von Eleonora dominieren lässt. Ich hatte den Eindruck, dass er nicht besonders glücklich über die enge Beziehung zwischen Nora und Eleonora war.«

»Und dann bringt er sie gleich um?«

»Warum nicht?«

»Weil das doch recht überreagiert wäre, oder?«

»Also wenn du gesehen hättest, wie extrem Nora von Eleonora geschwärmt hat. Sie verehrt sie wie eine Heilige. Vielleicht ist ihr Ehemann eifersüchtig. Mord aus Eifersucht kommt doch in den besten Familien vor, oder nicht?«

»Trotzdem fände ich es überzogen reagiert.«

»Ist doch nur eine Hypothese.«

»Stimmt auch wieder.« Lady Sophie grinste. »Also, ich finde, wir machen unsere Sache ziemlich gut hier, findest du nicht?«

»Absolut.« Mia erwiderte das Grinsen. »Schade, dass uns niemand dabei zusieht.«

Die alte Dame bedachte sie mit einem Blick, der eine Mischung aus Wärme und Stolz ausdrückte und Mia ganz verlegen machte. Verunsichert riss sie ihren Blick los und tippte auf das Foto neben Mr Wells. »Clara Clottingham. Hypothese: Sie hat Miss Meil umgebracht. Motiv ...«

»Clara braucht kein Motiv. Sie hat einfach gegen jeden etwas«, meinte Lady Sophie achselzuckend.

»Ich glaube, die können wir eigentlich ausschließen. Wenn es nach Motiv geht, müsste sie doch konsequenterweise das halbe Dorf umbringen, oder?«

»Weg damit«, stimmte Lady Sophie ihr zu und legte Clara Clottinghams Bild kurzerhand auf einen separaten Stapel.

»Was ist mit Melody Clearmont?«, fragte Mia und suchte in dem Fotostapel nach dem Bild der Dorftratsche.

»Melody? Die ist harmlos. Eine Pest, was die Gerüchteküche betrifft, aber Mord? Niemals. Weg mit ihr.« Lady Sophie zog das Foto aus dem Stapel, als würde sie mit Mia schwarzer Peter spielen, und legte es zu Mrs Clottinghams Bild. »Sissi Ratherford«, erklärte sie dann und hob das Bild einer hübschen jungen Frau in die Luft. »Eleonora Meil hat damals ihre Verlobung mit Noah McCann zerstört. Allerdings ist sie inzwischen glücklich verheiratet und hat vier Kinder. Ich glaube kaum, dass sie ihrer Jugendliebe noch hinterhertrauert.«

»Also weg mit ihr«, beschloss Mia und legte ihr Foto ebenfalls beiseite. »Sag mal, Sophie, willst du auf diese Weise alle Einwohner von Pennygrave durchgehen?«

»Das hatte ich eigentlich vor«, bestätigte Lady Sophie. Dann schwieg sie einen Moment lang. »Wenn ich es mir genau überlege, können wir vermutlich sogar die meisten direkt streichen. Das kostet uns ohnehin schon viel zu viel Zeit. Lass uns nur die Fotos der Personen heraussortieren, die wirklich infrage kommen, also ein nachvollziehbares ...«

»Ach hier seid ihr.«

Überrascht wandten sich Mia und Lady Sophie gleichzeitig zur Tür.

»Peter!« Lady Sophies Ausruf war ein bisschen zu laut und ein bisschen zu schrill, um verbergen zu können, wie sehr sie sich über seinen Anblick freute. »Wir sind gerade mit dem Fall beschäftigt.«

»Oh.« Interessiert trat Mr Meil an den Tisch heran und ließ seine Augen über die ausgebreiteten Fotos und Karteikarten wandern. Dann hob er den Blick und sah seine Gastgeberin unverwandt an. »Ich wollte dir nur kurz Bescheid geben, dass die Polizei Eleonoras Leiche freigegeben hat. Wir können sie jetzt beerdigen. Das heißt morgen ... morgen um vierzehn Uhr. Ich habe eben mit Reverend Morten gesprochen.«

Mia hob die Augenbrauen. »Wow, geht das nicht ein bisschen schnell?«

Mit gerunzelter Stirn wandte sich Mr Meil an Mia. »Wie meinen Sie das? Wie lange soll ich denn Ihrer Meinung nach meine arme Nichte im Gefrierschrank der Rechtsmedizin liegen lassen?«

Mia presste die Lippen zusammen. Sie konnte ja verstehen, dass Mr Meil sich in einer Ausnahmesituation befand und es war durchaus nachvollziehbar, dass seine Nerven angespannt waren, aber das war noch lange kein Grund, ihre Frage derart bissig zu kommentieren.

»Es tut mir leid, ich habe das wirklich nicht böse gemeint«, entschuldigte sie sich trotzdem und hätte sich gleichzeitig für ihre Unterwürfigkeit ohrfeigen können. »Ich dachte nur, dass bestimmt viele Menschen aus Pennygrave an der Beerdigung teilnehmen wollen. Und ob man es schaffen kann, all jene rechtzeitig bis morgen Nachmittag zu informieren ...«

»Eine berechtigte Frage«, sagte Lady Sophie und stärkte ihr damit den Rücken.

Doch Mr Meil fiel ihr ins Wort: »Natürlich habe ich daran gedacht, aber ich halte den Gedanken, dass meine arme Nichte steif gefroren mit einem Zettel um den Zeh in irgendeiner Kühlschublade liegt, einfach nicht aus. Ich möchte, dass sie in die Hände Gottes übergeben wird und wenn das bedeutet, dass ich das ganze Dorf persönlich informieren muss, dann werde ich das eben tun. Ich dachte jedoch, es genügt, wenn ich das Inserat für morgen früh in den Pennygraver Boten setzen lasse, und das habe ich bereits getan.«

»Das war sehr umsichtig von dir, Peter.« Beschwichtigend legte Lady Sophie ihm eine Hand auf die Schulter. »Zusätzlich würde ich jedoch empfehlen, Melody Clearmont Bescheid zu geben. Sie wird die Nachricht schneller verbreiten, als jegliche Zeitung es könnte.«

»Wer ist Melody Clearmont?«

Kurzerhand suchte Lady Sophie Melodys Foto aus dem Stapel heraus und tippte auf ihr Gesicht. »Diese Dame hier. Wenn du vielleicht nachher noch einen Spaziergang machen willst? Sie wohnt direkt am Marktplatz, in dem Cottage mit den drei hübschen grünen Giebelchen. Du kannst einfach bei ihr klingeln. Melody ist für jede Information dankbar. Ich würde dich ja auch gern begleiten, aber ich bin mir ehrlich gesagt nicht sicher, wann wir hier fertig werden.«

»Kein Problem. Ich denke, mir ein bisschen die Beine zu vertreten, ist genau das, was mir jetzt guttun wird. Außerdem wollte ich sowieso noch zum Friedhof gehen. Reverend Morten meint, ich muss noch heute eine Grabstelle für Eleonora auswählen.«

»Und das schaffst du auch sicher allein?« Lady Sophie wirkte aufrichtig besorgt.

»Es wird schon gehen«, bestätigte er gefasst und senkte den Blick.

»Wenn du mich brauchst, du hast meine Nummer«, wies Lady Sophie ihn auf eine Abmachung hin, von der Mia bisher noch gar nichts mitbekommen hatte. So langsam wäre es doch interessant zu wissen, was gestern Abend noch zwischen der Adligen und ihrem Hausgast vorgefallen war. Die beiden wirkten seltsam vertraut miteinander.

»Nun, dann will ich die Damen mal nicht länger bei ihren Ermittlungen stören.«

»Aber Peter, du störst doch nicht.«

Fehlte nur noch, dass Lady Sophie begann mit den Augen zu klimpern. Während Mr Meil zur Tür ging, schritt er so nahe an Lady Sophie vorbei, dass sich ihre Hände für einen Moment berührten. Flüchtig nur, doch lange genug für Mia, um die kurze Vertrautheit wahrzunehmen.

Mr Meil ging hinaus und Mia prustete los. »*Aber Peter, du störst doch nicht*«, imitierte sie Lady Sophies

Aussage übertrieben säuselnd. Dieser stieg prompt die Röte in die Wangen.

»Ich wollte nur nett sein«, verteidigte sich die ansonsten so selbstbewusste Dame kleinlaut. »Überleg doch mal, in was für einer schrecklichen Situation der arme Mann ist.«

»Du hast ja recht«, pflichtete Mia ihr bei, konnte sich ein Grinsen aber nicht verkneifen. »Trotzdem habe ich den Eindruck, dass eure Beziehung deutlich über reines Mitleid hinausgeht. Er scheint dich übrigens auch nicht schlecht zu finden.«

»Meinst du?« Die toughe, bodenständige Lady Sophie errötete wie ein junges Mädchen.

»Eindeutig«, bekräftigte Mia. »Allein, wie er dich ansieht.«

»Wie denn?«

»Als wolle er dich gerne in den Arm nehmen und küssen. Ich glaube, er hat sich nur wegen mir zurückgehalten.«

»Meinst du wirklich?«

Sie freute sich. Ach, war das süß.

»Aber Sophie, lass dich lieber nicht zu schnell von ihm um den Finger wickeln.«

»Warum nicht? Vielleicht gefällt es mir, mal um den Finger gewickelt zu werden.«

»Ja, das verstehe ich, aber was ist, wenn Mr Meil der Mörder ist?«

»*Was?!*« Das Entsetzen spiegelte sich nicht nur in der Tonlage von Sophies Aufschrei wider. »Aber wie kommst du denn bloß auf so einen Unsinn?«

Unentschlossen zuckte Mia mit den Schultern. »Sophie, es macht mir wirklich keinen Spaß, Mr Meil zu verdächtigen, nachdem ich gesehen habe, was zwischen euch ist – oder zu werden scheint«, korrigierte sie sich schnell. »Aber wir waren uns doch einig, dass wir niemanden aus der Reihe der Verdächtigen aus-schließen dürfen, und Mr Meil hat immerhin ein sehr starkes Motiv.«

»Ach ja? Und welches sollte das bitte sein, deiner geschätzten Meinung nach?«

»Du brauchst jetzt gar nicht so bissig zu werden. Ich kalkuliere lediglich alle Eventualitäten ein und kombiniere die Fakten.«

»Da schau her, auf einmal kann sie kombinieren.«

»Sophie ...«

»Ja, schon gut. Dann gewähre mir doch bitte mal einen Einblick in deine werten kombinatorischen Fähigkeiten: Warum sollte Peter seine geliebte Nichte umbringen?«

»Geld! Eines der stärksten Motive der Menschheitsgeschichte.« Mia machte eine kleine Pause, um Lady Sophie die Möglichkeit zu geben, sich zu dem Verdacht zu äußern, aber sie schwieg und schien nicht so richtig zu wissen, wie sie mit dieser Aussage umgehen sollte.

Nach fast zwei Minuten eisernen Schweigens rang sich Mia schließlich zu einer ausführlicheren Erklärung durch. »Sieh mal, Sophie, es heißt ja noch lange nicht, dass Mr Meil es wirklich gewesen ist, aber ich finde schon, dass sein Motiv stark genug dafür ist, um ihn nicht außen vor zu lassen. Er ist der Alleinerbe von Eleonora, das heißt, er erbt nicht nur das kleine Cottage, sondern auch ihr gesamtes Vermögen, das sich in Anbetracht von Miss Meils Erfolg auf ein paar

Millionen belaufen dürfte. Das ist schon ein ordentlicher Anreiz für jemanden, der nicht einmal das Geld hat, sich ein paar neue Hosen zu kaufen.« Mit dieser Aussage spielte sie auf den Flicken an, mit dem Mr Meil ein unschönes Loch auf Knöchelhöhe seiner Hose zu verdecken versuchte, was der stilsicheren Lady Sophie mit Sicherheit ebenfalls aufgefallen war.

»Nur, weil seine Kleidung etwas abgetragen ist, ist er noch lange kein Mörder«, entgegnete diese schmollend.

»Nein, das hat ja auch niemand behauptet. Aber du musst zugeben, dass Mr Meil dem Motiv nach eigentlich unser Hauptverdächtiger sein sollte. Und ich denke übrigens, dass die Polizei das früher oder später auch so sehen wird.«

»Ach, willst du ihn jetzt auch noch an deinen Inspector verpetzen?«

»Meinen Inspector?«

»Glaubst du, ich habe nicht bemerkt, wie ihr euch anseht? Dieser Mellony und du? Mir ist schon klar, dass Constable Angel ein Problem mit dir hat, nachdem du dich ihrem Schwarm so an den Hals wirfst.«

»Ich werfe mich überhaupt niemandem an den Hals.«

»Ach nein? Und William? Glaubst du, ich sehe nicht, wie er dich anhimmelt? Willst du Peter vielleicht auch noch für dich haben?«

»Ach komm schon, bleib fair, Sophie.«

»Fair? Bleib *du* fair! Dir laufen die Männer doch scharenweise hinterher, allen voran mein eigener Sohn. Klar, du bist jung, du bist hübsch, warum auch nicht. Es sei dir gegönnt. Aber Peter ist der erste Mann, der mal einen Funken Interesse für mich zeigt. Für mich als Mensch. Nicht für mein Anwesen, nicht für mein Geld, nicht für meinen Besitz. Nur für *mich*. Und du willst ihn mir gleich wieder schlechtreden.«

»Ich will ihn dir keinesfalls schlechtreden, Sophie. Wenn er unschuldig ist und auf dich steht, dann freue ich mich aufrichtig für dich. Für euch.«

»Ach ja?«

»Ja. Natürlich. Aber wenn er eben doch ein geldgieriger Mörder ist, der seine eigene Nichte umgebracht hat, um sich zu bereichern, dann will ich nicht nur, dass er dafür bestraft wird, sondern muss dich auch vor ihm beschützen. Wer weiß, was er macht, wenn er an dein Geld will.«

»Das würde Peter nie tun. So ist er nicht.«

»Ach nein? Und woher willst du das wissen? Was macht dich so sicher, Sophie? Du kennst ihn gerade einmal seit einem Tag.«

»Na und? Dich kenne ich seit drei Tagen. Wer sagt denn, dass du nicht die Mörderin bist? Jetzt, wo ich so darüber nachdenke ... du kamst hierher und direkt am zweiten Tag deiner Anwesenheit in Pennygrave wurde Miss Meil umgebracht.«

»Sophie! Das ist jetzt nicht dein Ernst, oder?«

»Warum denn nicht?« Trotzig verschränkte Lady Sophie die Arme vor der Brust und schob die Unterlippe vor. »Du kommst hierher und plötzlich gibt es eine Leiche ... die auch noch du selbst entdeckt hast ... angeblich zumindest. Vielleicht hast du sie ja umgebracht, und in diesem Moment ist die Polizei aufgetaucht. Vielleicht bist du ja eine total gestörte Massenmörderin und führst uns hier alle an der Nase herum.«

»Sophie, ich ... also, ich weiß jetzt echt nicht, was ich dazu sagen soll.« Mit Entsetzen dachte Mia an den Moment zurück, als sie Miss Meil gefunden hatte. Daran, wie Inspector Mellony plötzlich hinter ihr gestanden und sie genauso verdächtigt hatte, wie Lady Sophie es jetzt tat.

»Du hattest ein Motiv, die Gelegenheit und – na ja, die Mittel waren ja vor Ort. Jeder hätte den Türstopper nehmen und Eleonora damit den Schädel einschlagen können. Auch du.«

»Sophie, ich werde jetzt gehen.« Natürlich hoffte sie, dass Lady Sophie sie aufhalten würde. Dass sie sich für das Gesagte entschuldigen würde. Dass sie begreifen würde, dass sie das nur gesagt hatte, um sie zu verletzen, weil Mia Mr Meil verdächtigt hatte, an dem Lady Sophie offensichtlich noch viel mehr lag, als sie geahnt hatte.

Mia durchschritt den Raum mit einer Langsamkeit, die Lady Sophie mehr als eine Chance gegeben hätte, ihr absurdes Verhalten zu revidieren. Doch als Mia die Tür erreicht hatte und sich noch einmal umdrehte, stand Lady Sophie immer noch mit verschränkten Armen und Schmollmund da und sah sie mit giftigem Blick an.

Erst als Mia vor dem imposanten Herrenhaus stand, wurde ihr bewusst, dass sie keine Ahnung hatte, wie sie jetzt nach Hause kommen sollte. Bisher hatte sie das Anwesen immer in Lady Sophies Bentley erreicht und verlassen. Da das Gebäude etwas abseits des eigentlichen Dorfes lag, würde der Weg zu Fuß ein ganz schöner Gewaltmarsch werden. Zumal sie noch immer die Absatzschuhe trug, mit denen sie bei Mrs Lampert einen möglichst gepflegten Eindruck hatte machen wollen. Unfassbar, wie viel schon wieder innerhalb von so kurzer Zeit geschehen war. Fast fühlte es sich an, als wäre ein Leben in Pennygrave deutlich ereignisreicher als im Rest der Welt oder als liefen die Uhren hier nach einer anderen Vorgabe.

Nachdenklich machte sie sich auf den Weg in Richtung Dorf. Was nun? Sollte sie aufgeben? Die Nachforschungen der Polizei überlassen? Vielleicht hätte sie das von Anfang an tun sollen, schließlich tappten sie noch immer im Dunkeln, und allein der Gedanke daran, dass potenziell jeder Einwohner von Pennygrave ein gefährlicher Mörder sein könnte, jagte ihr trotz der sommerlichen Temperaturen einen kalten Schauer über den Rücken. Besonders jetzt, da Mrs Warrington auch noch vergiftet worden war. Vielleicht wäre es das Beste, wenn sie sich nochmals mit Inspector Mellony unterhalten würde. Hoffentlich war er da. Und hoffentlich war ihre Frisur noch nicht vollständig ruiniert, bis sie dort ankam.

»Kann ich Sie irgendwohin mitnehmen?«

Mia zuckte heftig zusammen. Ihre Gedanken hatten sie derart in Anspruch genommen, dass sie nicht einmal bemerkt hatte, dass jemand neben sie getreten war.

»Anscheinend hat meine Stimme irgendetwas, das Sie zu Tode erschreckt«, meinte Sir William lachend.

Er lachte. Was für eine Erleichterung. Seit seinem seltsamen Verhalten bei ihrem nächtlichen Abenteuer in Miss Meils Cottage war sie sich nicht mehr ganz sicher gewesen, wie sie eigentlich zueinander standen.

»Was machen Sie denn hier so ganz allein?« Sir William zog die Augenbrauen nach oben.

Mia hatte nicht die geringste Lust, ihm die Situation zu erklären. »Es wäre tatsächlich toll, wenn Sie mich mit ins Dorf nehmen könnten. Aber nur, wenn Sie ohnehin fahren. Sie müssen sich wegen mir keine Umstände machen.«

»Wer sich wegen einer hübschen Frau keine Umstände zu machen bereit ist, der darf sich wohl kaum einen Gentleman nennen«, erklärte der Adlige charmant und bot ihr seinen Arm dar. Dankbar hakte sie sich unter und ließ sich von ihm zu seinem Wagen führen.

»Zur Bibliothek?«, fragte er lapidar, als er das Gaspedal drückte und das Auto in ordentlicher Geschwindigkeit vom Grundstück herab auf die Straße lenkte.

»Nein, ich möchte eigentlich zum Polizeirevier.«

Sir Williams Miene vereiste. »Sie scheinen ja einen richtigen Narren an unserem Detective Inspector gefressen zu haben.«

»Ganz im Gegenteil. Ich werde mich künftig aus den Ermittlungen zu Miss Meils Tod heraushalten«, erwiderte Mia möglichst sachlich. »Daher finde ich es nur fair, Detective Inspector Mellony darüber aufzuklären, dass Mrs Warringtons Herzanfall ebenfalls ein Mordversuch war. Denn selbst, wenn ich mich nicht mehr an den Ermittlungen beteiligen werde, so möchte ich doch auch nicht die Verantwortung dafür tragen, dass wegen meines Schweigens ein Mörder frei herumläuft.«

Die Reifen gaben ein scheußliches Quietschen von sich, so heftig stieg Sir William auf die Bremse. »Mrs Warrington ist tot?« Aus weit aufgerissenen Augen starrte er sie an.

Mia schüttelte schnell den Kopf. »Nein, tot nicht, aber im Krankenhaus.«

Einen Moment lang sah er sie forschend an. Dann nickte er ebenfalls und setzte das Auto wieder in Gang. »Unter diesen Umständen ist es vielleicht wirklich das Beste, wenn Sie die Ermittlungen künftig der Polizei überlassen.« Ein paar Minuten lang war es vollkommen still im Wagen. Dann räusperte er sich geräuschvoll. »Meine Mutter ist nicht gerade begeistert davon, dass Sie zur Polizei gehen wollen, habe ich recht?«

Er hielt seinen Blick auf die Straße gerichtet, doch Mia konnte sehen, dass er sie aus dem Augenwinkel musterte. »Sie weiß nichts davon«, gestand sie ihm ehrlich. »Wir haben uns gestritten.«

»Weil Sie nicht nach ihrer Pfeife getanzt haben?«

»Weil sie mich des Mordes beschuldigt hat.«

»Wie bitte?« Er lachte so laut auf, dass Mia für einen Moment befürchtete, er könnte das Steuer verreißen, doch er hielt seine Hände ruhig. »Nehmen Sie es meiner Mutter nicht übel. Manchmal geht die Fantasie mit ihr durch, aber sie meint es bestimmt nicht böse. Soll ich lieber zurückfahren, damit Sie sich versöhnen können?«

»Auf gar keinen Fall werde ich bei ihr zu Kreuze kriechen. Ich weiß, sie ist Ihre Mutter, aber Sie können sich gar nicht vorstellen, wie herablassend sie mich eben behandelt hat.«

»Oh, Sie können mir glauben, das kann ich durchaus.«

»Hm.« Mia schob schmollend die Unterlippe nach vorn. »Gut, wenn Sie sich das vorstellen können, dann verstehen Sie sicherlich auch, dass ich mit dieser Frau nicht länger gemeinsam ermitteln kann. Nicht, bis sie sich bei mir entschuldigt hat.«

»O je. Ich glaube, da treffen zwei Sturköpfe aufeinander.«

»Bitte?«

»Nichts, nichts. Sie sind erwachsen, und das ist Ihre Entscheidung. Außerdem ist mir wie gesagt sehr viel wohler, wenn Sie sich aus diesen ganzen Mordgeschichten heraushalten. Lieber werden sie gar nicht aufgeklärt, als dass Sie sich in Gefahr bringen.«

»Ach, Sie sorgen sich um mich?« Dem breiten Grinsen gelang es nicht ganz, zu überspielen, wie sehr sie sich darüber freute.

Sir William zuckte mit den Achseln. »Vielleicht ein bisschen.« Er schielte zu ihr hinüber und grinste ebenfalls, sodass Mias Herz unweigerlich höherschlug. »Wir sind da.«

Fast hätte Mia ihr Bedauern darüber ausgedrückt, dass die Autofahrt mit dem attraktiven Adligen damit schon ihr Ende fand, doch das Ziel war erreicht und ihr fiel beim besten Willen keine Ausrede ein, die gerechtfertigt hätte, noch länger sitzen zu bleiben. Außerdem war Sir William bereits ausgestiegen und hielt ihr die Tür auf.

Schweren Herzens stieg Mia aus dem Wagen. »Vielen Dank. Das war wirklich sehr nett.«

»Herzlich gerne. Zeigen Sie es dem Inspector. Es war schön, Sie wiederzusehen, Mia. Ich würde das gerne wiederholen.«

»Ich arbeite in der Bibliothek«, war alles, was Mia herausbrachte, während er ihr einen flüchtigen Kuss auf den Handrücken hauchte, und sie ihm mit verklärtem Blick dabei zusah, wie er in sein Auto stieg und davonfuhr, elegant und kontrolliert wie seine gesamte Erscheinung. Er hatte es nicht nötig, die Reifen beim Anfahren quietschen zu lassen – nein, er nicht. Mia seufzte. Schade, dass sie nun mit Lady Sophie zerstritten war. Ein Wiedersehen mit Sir William würde nun wohl dem Zufall überlassen bleiben, auch wenn sie nach seiner Aussage von eben die Hoffnung hegte, dass er dem ein bisschen auf die Sprünge helfen könnte.

Mit klopfendem Herzen betrat sie das Polizeirevier. Am Empfangstresen stand Constable Angela Angel.

»Guten Tag«, grüßte Mia höflich. »Ist Detective Inspector Mellony zu sprechen?«

»Wieso? Wollen Sie wieder einen Mord melden?«

»Nein, ich ... also ist er hier?«

»Nein, er ist unterwegs. Möchten Sie eine Nachricht hinterlassen?«

Es war im Prinzip eine freundliche Geste, doch dem missgünstigen Gesichtsausdruck nach zu urteilen, war sich Mia nicht nur unsicher, ob Constable Angel die Nachricht lesen würde, sondern bezweifelte auch eine ordnungsgemäße Übergabe an den Inspector.

»Nein, ach ... schon gut. Es eilt nicht. War vielleicht eine dumme Idee«, murmelte sie deshalb mehr zu sich selbst als zu der jungen Polizistin, machte kehrt und verließ das Revier wieder.

Draußen stand sie auf den Stufen vor der Eingangstür und atmete tief durch. Was machte sie hier eigentlich? Sie hatte die Angelegenheit an die Polizei übergeben wollen, was zum Teufel hinderte sie daran, einfach hineinzugehen und Constable Angel alles zu erzählen? Die war schließlich Polizistin und bestimmt professionell genug, um persönliche Befindlichkeiten in solch einem Fall außen vor zu lassen. Sie drehte sich um, legte ihre Hand auf die Klinke, ließ wieder los, drehte dem Polizeirevier den Rücken zu und rannte dann los so schnell sie konnte.

30

»Angel, ich bin wieder da«, rief Detective Inspector Adam Mellony, während er zwei Becher Eis auf dem Tresen abstellte.

Mist! Sie hatte sich fest vorgenommen, geschäftig zu wirken, vielleicht gerade einen Bericht abzutippen, wenn Mellony mit dem Eis zurückkehrte, und jetzt war sie ausgerechnet auf dem Klo. Mist, Mist, Mist. Dieser Plan war ja mal gehörig in die Hose gegangen. Glücklicherweise nur sprichwörtlich.

»Angel, sind Sie da?«

Ach, wie liebte sie es, wenn er sie so rief. Dann konnte sie sich für einen kurzen Moment einbilden, es handle sich nicht um ihren Nachnamen, sondern um seinen Kosenamen für sie. Angela Angel betätigte die Spülung und trat aus der Kabine.

»Hier bin ich, Inspector Mellony, Sir«, vermeldete sie etwas lauter als beabsichtigt.

»Ah, gut. Ich dachte schon, Sie wären geschmolzen oder hätten den Posten gar verlassen, um sich in kühlere Gefilde zurückzuziehen«, scherzte er.

»Das würde ich niemals tun«, verteidigte sich Angela Angel schnell.

Mellony zwinkerte ihr zu. »Das weiß ich doch, Angel, das weiß ich doch. Hier, Erdbeere und Zitrone. Lassen Sie es sich schmecken.«

»Vielen Dank, Inspector Mellony, Sir. Was schulde ich Ihnen?«

»Aber Angel, Sie würden mich beleidigen, wenn ich Sie nicht einladen dürfte.«

Angela Angel errötete. Es gab keine Nacht, in der sie nicht davon träumte, von Inspector Mellony eingeladen zu werden. Zu einem romantischen Abendessen für gewöhnlich, aber ein Eis in der Wirklichkeit war so viel besser als ein Candlelight-Dinner im Traum.

»Vielen Dank, Sir.«

»Nichts zu danken. Lassen Sie es sich schmecken.« Er grub den Löffel in eine der Kugeln in seinem Becher und schob sich genüsslich das Eis in den Mund. »Ah, das tut gut. Das war wirklich eine hervorragende Idee.«

Der Rotton in Angela Angels Gesicht verdunkelte sich angesichts dieses Lobes noch etwas mehr.

»War irgendetwas los, während ich weg war?«, fragte Inspector Mellony dann freundlich.

»Diese Mia Midway war hier.«

»Oh.«

Angela Angel wunderte sich nicht über sein Erstaunen. Normalerweise war kaum etwas los auf dem Revier. Doch noch etwas klang in seiner Stimme mit, was sie intuitiv verärgerte: Bedauern. Inspector Mellony bedauerte, dass er nicht hier gewesen war, als diese Miss Midway aufgetaucht war. Allein der Gedanke daran versetzte ihr einen Stich.

»Und was wollte Miss Midway?«

»Keine Ahnung. Herumnerven vermutlich.«

»Constable!«

»Verzeihen Sie Sir, das war unangebracht. Ich weiß aber wirklich nicht, was sie wollte. Sie war nicht bereit, es mir mitzuteilen.«

»Hm.«

»Es wird schon nicht so wichtig gewesen sein. Und wenn doch, wird sie bestimmt noch einmal wiederkommen. Diese Miss Midway ist eine echte Nervensäge.«

»Es mag sie verwundern, Angel, aber da bin ich ganz anderer Ansicht.«

Die Vehemenz, mit der er ihrem Lästerversuch widersprach, versetzte ihr den nächsten Stich.

»Miss Midway wäre eine gute Ermittlerin geworden, das können Sie mir glauben. Ja, sie mischt sich etwas unbeholfen ein und ihre Entscheidungen sind teils sehr unüberlegt, aber ich bin mir sicher, mit der richtigen Anleitung hätte sie das Zeug zu einem richtig guten Detective Inspector. Sie hat die nötige Neugier und einen unerschütterlichen Biss.«

Der dritte Stich. Kurz war Angela Angel versucht, sich an die Brust zu fassen, um ihrem verletzten Herzen einen Gegendruck zu bieten, aber sie riss sich tapfer zusammen. Merkte er denn gar nicht, wie sehr er sie mit dieser Aussage verletzte? Hatte er tatsächlich noch immer nicht begriffen, wie viel sie für ein solches Lob aus seinem Munde geben würde? Doch von ihr hielt er offenbar nicht halb so viel wie von dieser Mia Midway. Klar, sie war ja auch nicht halb so hübsch und Inspector Mellony war eben doch nur ein Mann ... ein wunderbarer Mann. Ach, wenn er nur endlich begreifen würde, was sie für ihn empfand.

»Angel? So still?«

»Ich war nur in Gedanken, Inspector Mellony, Sir.«

»Haben Sie etwas auf dem Herzen?«

»Ich? Nein, alles bestens. Ich finde nur, dass diese Miss Midway sich etwas zu sehr einmischt. Eine normale Bürgerin hat der Polizei einfach nicht in die Ermittlungen zu pfuschen, mit Verlaub, Sir.«

»Oh, für diese Meinung müssen Sie sich nicht entschuldigen, ich teile sie.« Er lächelte. Er lächelte dieses dümmliche Lächeln, das Männer nur lächeln, wenn sie verliebt sind.

Angela Angel kochte innerlich. Sie musste sich unbedingt überlegen, wie sie diese Mia Midway loswerden oder zumindest für Inspector Mellony möglichst uninteressant machen konnte. Vielleicht konnte sie sie ja irgendwie dazu bringen, eine Straftat zu begehen. Mit einer Straftäterin würde Mellony sich nicht abgeben können, ohne seinen Ruf zu ruinieren und seinen Job zu riskieren. Ihr musste nur irgendetwas einfallen, was schlimm genug war, um in Verruf zu geraten und harmlos genug, dass diese Miss Midway sich darauf einlassen würde.

»Schön, Sie wieder lächeln zu sehen«, sagte Inspector Mellony und tätschelte ihr freundschaftlich die Schulter. Freundschaftlich. Ja, es war höchste Zeit, diese Miss Midway aus dem Weg zu schaffen.

31

Ganz bewusst erschien Mia eine halbe Stunde früher zur Beerdigung. Wenn man den Crime-Serien, die sie aus dem Fernsehen kannte, glauben durfte, kehrten Mörder häufig nicht nur an den Ort ihres Verbrechens zurück, sondern besuchten nicht selten auch die Beerdigung und später sogar das Grab ihrer Opfer. Seit Mia beschlossen hatte, doch weiter nach dem Mörder zu suchen, gierte sie nach neuen Beweisen. Sie würde es Lady Sophie schon zeigen. Lady Schnüffelnase war nirgendwo auf dem Friedhof zu sehen, Mia war also, was das Beobachten von Verdächtigen anging, klar im Vorteil.

Fünfzehn Minuten lang wartete sie auf einer kleinen Bank vor der Aussegnungshalle. Es tat sich nichts. Dann endlich konnte sie in der Ferne am Friedhofstor die ersten schwarz gekleideten Personen ausmachen. Es handelte sich um ein Pärchen. Die Frau trug einen ausladenden schwarzen Hut zu ihrem eleganten, farblich passenden Kostüm und stützte den in sich zusammengesunken Herrn an ihrer Seite. Mia versuchte, nicht zu starren und die beiden dennoch im Blick zu behalten, als sie näher kamen. Sekunden später hätte sie am liebsten laut geflucht. Bei dem Paar handelte es sich um niemand Geringeren als Lady Sophie und Mr Meil. Na super, damit war ihr Schnüffelvorteil nicht nur dahin, nein, Lady Sophie war ihr sogar deutlich voraus, denn immerhin ging diese gerade Seite an Seite mit einem der Hauptverdächtigen, auch wenn sie das selbst nicht einsehen wollte.

Lady Sophie blickte sie unverwandt an, dann wandte sie sich wieder ab und schritt hoch erhobenen Hauptes mit Mr Meil in die Aussegnungshalle.

Mia folgte ihnen mit den Augen. Überrascht bemerkte sie die Schlange aus schwarz gekleideten Menschen, die sich hinter den beiden gebildet hatte und nun ebenfalls in die Aussegnungshalle drängte. Wo kamen die denn auf einmal alle her? Wie aus dem Nichts strömten aus allen Richtungen die Bürger von Pennygrave herbei, sodass Mia schlagartig den Überblick verlor. Fasziniert betrachtete sie die Gesichter der ihr zum Großteil unbekannten Menschen. Nach dem, was sie in den vergangenen Tagen über Miss Meil erfahren hatte, war sie sich nicht sicher gewesen, ob überhaupt viele Menschen zur Beerdigung der Schriftstellerin erscheinen würden. Mit dieser Menge hätte sie beim besten Willen nicht gerechnet. Ehe sie sich versah, kam die Schlange vor der Eingangstür der kleinen Halle ins Stocken. Bis Mia begriff, was da vor sich ging, war es schon zu spät. Sich anzustellen machte keinen Sinn mehr, denn ein kleiner Pulk drängte sich bereits zwischen den Türpfosten hindurch, um überhaupt noch etwas sehen zu können, alle anderen mussten vor der Halle warten, auch Mia. Wie beneidete sie Lady Sophie, die nicht nur rechtzeitig nach drinnen gelangt war, sondern vermutlich auch noch in der ersten Reihe saß.

Wütend auf die zerstrittene Freundin, sich selbst und die gesamte Situation stand Mia auf und drängte sich so nah wie möglich an den Pulk in der Tür. Ihre Hoffnung, wenigstens den Inhalt der Reden hören zu können, verpuffte, als sie leises, von verschiedenen

Schluchzern unterbrochenes Gemurmel hörte, das aus dem Inneren nach draußen drang.

Frustriert ging sie zurück zu der kleinen Bank und setzte sich wieder. Dann würde sie sich eben vorerst damit begnügen müssen, die Menschen hier draußen etwas genauer unter die Lupe zu nehmen. Es war unfassbar, wie viele zu der kurzfristigen Beerdigung erschienen waren. Melody Clearmonts Buschfunk schien beeindruckend gut zu funktionieren.

»Ich glaube es einfach nicht!«

Ruckartig wandten sich alle Köpfe der draußen Versammelten in Richtung der Frau, die diesen Satz regelrecht gebrüllt hatte und geradewegs auf den kleinen Pulk zustürmte. Aus diesem löste sich nun ein etwa fünfzigjähriger Mann. Einzelne silbergraue Strähnen schimmerten in seinem dichten Haar und verrieten, dass er trotz seines athletischen Erscheinungsbildes seine besten Jahre bereits hinter sich hatte. Während er einige Schritte zurückwich, schweifte sein Blick hektisch umher, so als suche er nach einem Fluchtweg. Dann schien er sich zu fassen, fixierte die Dame, die mit forschem Schritt die geringe Entfernung zwischen ihnen durchmaß und setzte dann plötzlich ein selbstbewusstes Gesicht auf. Ein würdevoller Ernst umspielte seine Gesichtszüge, während er einen Arm ausstreckte, um den schmalen Körper der herannahenden Frau auf Distanz zu halten, die ihre Fäuste erhoben hatte, um wie eine Furie auf seinen Oberkörper einzudreschen. Sie prügelte ins Leere.

»Dachte ich mir doch, dass ich dich hier finde«, keifte die Dame. In ihren Augen blitzte Wut auf, doch ihre

Stimme verriet hilflose Verzweiflung. »Sogar aus dem Grab heraus stürzt dich diese Frau noch ins Unglück. Du kommst sofort nach Hause, Noah!«

Noah? Aber natürlich. Noah McCann. Jetzt wusste Mia auch, warum er ihr so bekannt vorgekommen war. Er sah zwar deutlich anders aus als auf dem Foto, das Nora ihr gezeigt hatte, doch wenn man genau hinsah, konnte man den jungen Mann in ihm noch erkennen, der einige Jahrzehnte gealtert war. Die Dame, die in blinder Wut versuchte, auf seine Brust einzudreschen, konnte sie hingegen mit nichts in Verbindung bringen. Hatten sich vielleicht alle geirrt und er hatte heimlich eine Freundin? Sie war sichtlich ein paar Jahre älter als Noah McCann, aber auffallend hübsch. Ihre feinen Gesichtszüge wiesen nur wenige Falten auf und trotz ihrer grauen Haare, die sie zu einem Pferdeschwanz zurückgebunden hatte, wirkte sie sehr sportlich und agil.

»Beruhige dich, Mutter«, zischte Noah leise.

Mutter? Diese Frau war seine Mutter? Dann musste sie mindestens um die siebzig sein. Wahnsinn. Sie sah kaum älter aus als Mitte fünfzig. Da mussten verdammt gute Gene im Spiel sein.

»Du kommst sofort mit!«, brüllte Mrs McCann weiter. Dabei nahm sie weder Rücksicht darauf, dass sie die Trauerfeier störte, noch darauf, dass ihr Auftritt ihrem Sohn sichtbar peinlich war. »Diese Frau hat nur Unglück über dich gebracht. Warum willst du sie beweinen, hä? Sei froh, dass sie tot ist und dir nicht mehr schaden kann.«

»Mama, Eleonora hat mir etwas bedeutet. Ob du das wahrhaben willst oder nicht. Und deshalb werde ich ihr die letzte Ehre erweisen. Geh nach Hause, bevor du dich vollkommen lächerlich machst.«

»*Du* machst dich lächerlich, Noah. Alle lachen über dich. Seit Jahrzehnten schon, und schuld daran ist nur diese Frau. Ich hoffe, sie schmort in der Hölle.«

»Mutter!«, zischte Noah scharf.

Irritiert blickte sie ihn an. Vielleicht war sie einen derartigen Tonfall von ihrem Sohn nicht gewohnt.

»Ich möchte, dass du jetzt gehst, Mutter. Wenn du schon meine Gefühle nicht respektierst, dann nimm doch zumindest Rücksicht auf all die anderen Menschen hier, die um Eleonora trauern wollen.«

»Pah! Diese Hexe hat es nicht verdient, dass um sie getrauert wird.«

»Mutter! Geh! Geh, bevor ich mich vergesse!«

Man konnte förmlich dabei zusehen, wie sich seine Gesichtszüge verhärteten. Alles, was sich nun in ihnen offenbarte, war Wut. Wut auf eine Frau, die seine Gefühle offenbar nicht zu respektieren bereit war, weil sie ihrerseits wütend auf eine Frau war, die keinerlei Rücksicht auf Noahs Gefühle genommen hatte. Was für eine Ironie.

Mia stand auf und fasste Mrs McCann vorsichtig an der Schulter, woraufhin diese sich irritiert zu ihr umdrehte.

»Mrs McCann? Sie kennen mich nicht, mein Name ist Mia Midway. Wollen Sie sich vielleicht ein bisschen zu mir setzen?« Sie deutete auf die kleine Bank, von der aus sie den Streit beobachtet hatte.

Mrs McCann sah Mia mit klarem Blick in die Augen. »Mia Midway? Doch, ich kenne Sie. Sie sind die Nichte von Lena Midway. Sie leiten aktuell die Bibliothek ... und Sie haben das tote Biest gefunden.«

Dass sie sich krampfhaft weigerte, Eleonora Meils Namen auszusprechen, irritierte Mia noch mehr als die Tatsache, dass Mrs McCann mit einem Mal vollkommen ruhig wirkte. Sie war eigentlich darauf eingestellt gewesen, dass diese sie ebenfalls anschreien würde.

»Kommen Sie. Setzen wir uns doch einfach auf die kleine Bank und warten ab, bis die Beerdigung vorüber ist. Hier können Sie doch sowieso nichts ausrichten. Miss Meil ist tot. Sie wird Ihrem Sohn nicht mehr schaden können.«

Überraschenderweise bedachte Mrs McCann ihren Sohn mit einem letzten vorwurfsvollen Blick und ließ dann tatsächlich von ihm ab.

Wortlos setzten sich die beiden Frauen nebeneinander auf die Bank.

»Bin ich froh, wenn dieses Weib endlich unter der Erde liegt«, sagte Mrs McCann und seufzte leise.

Hatte sie das zu sich selbst oder zu Mia gesagt?

»Wissen Sie, sie hat meinem Sohn nur Unglück gebracht. Wenn diese Hexe nicht gewesen wäre, dann wäre er jetzt nicht allein und unglücklich, sondern mit Sissi verheiratet, seiner Jugendliebe. Er wäre der Vater ihrer vier Kinder und ich bin mir sicher, sie wären glücklich miteinander. Stattdessen hängt er sein Leben lang an diesem Flittchen. Ich bin froh, dass sie tot ist. Vielleicht kann er sich jetzt endlich auf jemand neuen einlassen.«

»Ich wünsche Ihrem Sohn sehr, dass er sein Glück findet«, sagte Mia leise und sie meinte es ehrlich.

»*Sie* würden gut zu ihm passen. Wollen Sie sich nicht einmal mit ihm verabreden?«

»Ich?«

»Ja, sie sind jung und hübsch. Außerdem sind Sie noch neu hier. Sie sind noch nicht so verdorben durch das ganze Geschwätz.«

Fast musste sich Mia auf die Zunge beißen, um nicht zu verraten, dass sie durch Lady Sophie bestens im Bilde über die Gerüchte bezüglich Noah McCann war.

»Ich bin gerade nicht auf der Suche nach einer Beziehung«, versuchte sie, sich herauszureden.

»Ach, machen wir uns nichts vor. Alle Frauen in einem gewissen Alter sind auf der Suche nach einem Partner. Die biologische Uhr tickt. Auch bei Ihnen, Miss Midway.«

Am liebsten wäre Mia aufgestanden und gegangen. Sie hatte es wirklich nicht nötig, mit einer fremden Frau Gespräche über ihre biologische Uhr zu führen. Jetzt bereute sie, Mrs McCann überhaupt zu sich geholt zu haben. Die Frau hatte ihr leidgetan, als sie vorhin so verzweifelt um ihren Sohn gekämpft hatte. Doch mit diesen wenigen Worten hatte sie jegliche Sympathien verspielt.

»Das ist Noahs Nummer.« Unbeeindruckt reichte Mrs McCann Mia einen Zettel mit einer Zahlenfolge, den sie aus ihrer Hosentasche gekramt hatte. Trug sie die Nummer ihres Sohnes etwa immer bei sich, um sie etwaigen Interessentinnen geben zu können? Dabei hatte Mia noch nicht einmal Interesse bekundet.

»Rufen Sie ihn heute Abend an. Er wird Sie zum Abendessen einladen. Ich hoffe, Sie mögen die gute englische Küche. Mein Sohn liebt es traditionell.«

»Mrs McCann, es tut mir wirklich leid, falls ich einen falschen Eindruck erweckt haben sollte, aber ich möchte mich nicht mit Ihrem Sohn verabreden.« Angesäuert streckte Mia Mrs McCann den Zettel mit der Nummer entgegen.

»Tick tack, Miss Midway, tick tack.« Mit spitzem Zeigefinger tippte Mrs McCann auf Mias Bauch. Am liebsten wäre Mia aufgesprungen und hätte ihr eine Ohrfeige verpasst, aber sie tat nichts dergleichen. Stattdessen grinste sie nur dümmlich und steckte den bescheuerten Zettel ein. Sie würde ihn später wegwerfen.

In diesem Augenblick öffnete sich das Eingangsportal der Aussegnungshalle und Miss Meils Sarg wurde herausgetragen. Dicht hinter ihm folgte Mr Meil, schniefend auf Lady Sophies Arm gestützt. Reverend Morten ging mit ernster Miene auf seiner anderen Seite. Hinter ihnen folgten nach und nach die in schwarz gekleideten Bürger Pennygraves. Einige stellten ihre Trauer offen zur Schau, andere waren sehr ernst. Vereinzelt verrieten gerötete Augen, dass während der Trauerfeier geweint worden war, um die Verstorbene, die die Gemeinde offenbar gespalten hatte wie kaum jemand vor ihr.

Der Trauerzug setzte seinen Weg über den Friedhof fort, während sich ihm jene, die draußen gewartet hatten, nach und nach anschlossen. Auch Noah McCann. In Alarmbereitschaft machte sich Mia darauf gefasst, dass Mrs McCann jederzeit aufspringen und zu ihm stürmen könnte, doch diese blieb tapfer sitzen. Dann wurde der Sarg wenige Meter entfernt von der kleinen Bank vorbeigetragen. Mrs McCann blickte ihm missbilligend hinterher. Dann weiteten sich auf einmal ihre Augen. Sie holte tief Luft und sagte dann an Mia gewandt: »Oder wollen Sie etwa wegen der Gerüchte nicht mit meinem Sohn ausgehen? Sie auch? Oh, diese Hexe. Sie hat wirklich alles verdorben. Sogar tot schadet sie meinem Noah noch.«

»Nein, nein«, beschwichtigte Mia sie schnell. Es fehlte gerade noch, dass diese Frau jetzt vollkommen ausrastete und sie alle Blicke auf sich zogen. »Ich glaube Gerüchten sowieso nicht. Ich habe nur gerade sehr viel um die Ohren, wissen Sie? Der Umzug, die Bibliothek, das ist alles sehr viel für mich. Zu einem späteren Zeitpunkt würde ich mich sehr gern mit Ihrem Sohn treffen.«

»Versprochen?«

Schnell nickte Mia. In diesem Moment hätte sie vermutlich auch versprochen, ein Wellnesswochenende in der Hölle zu machen, wenn es nur verhinderte, dass Mrs McCann weiter lauthals über die Verstorbene herzog, die gerade in die Erde hinabgelassen wurde. Tatsächlich war die Position auf der Bank nun gar nicht mehr so schlecht, denn sie ermöglichte es, die um das Grab Stehenden genauer zu beobachten und dabei selbst unbemerkt zu bleiben. Noah McCann liefen die Tränen über die Wangen, während er eine Schaufel voll Erde auf das Grab seiner ehemaligen Liebe warf. Seiner ehemaligen? Nachdenklich betrachtete Mia den vollkommen in seiner Trauer versunkenen Mann. War es möglich, dass er Eleonora gar nicht dafür hasste, dass sie ihm sein Liebesleben so versaut hatte? Das Bild, das er abgab, war ganz und gar nicht das eines verprellten

Liebhabers, sondern vielmehr das eines Mannes, der seine verlorene Liebe beweinte. Vielleicht konnte sie ihn nach der Beerdigung ja abfangen und ihm ein bisschen auf den Zahn fühlen. Vorausgesetzt, seine resolute Mutter würde ihn nicht direkt an den Haaren nach Hause schleifen. Apropos resolute Mutter. Durch deren Verhalten veränderten sich die Verdachtsmomente gravierend, denn so sehr Mia auch das Gefühl hatte, Noah als Verdächtigen im Mordfall Meil ausschließen zu können, so sehr drängte sich der Verdacht auf, seine Mutter sehr weit oben auf der Liste platzieren zu müssen. Das Motiv lag auf der Hand: Sie wollte ihren Sohn schützen. Um jeden Preis. Offenbar machte sie Eleonora Meil vollumfänglich für dessen bis zum heutigen Tag gescheitertes Liebesleben verantwortlich. Mia entfuhr ein tiefer Seufzer. Wie sollte sie nur bei so vielen Verdächtigen jemals einen Überblick bekommen? Zumal sich der Kreis der infrage Kommenden fast täglich erweiterte. Allein, wenn sie die Umstehenden an Eleonora Meils Grab betrachtete, kamen noch so viel mehr Menschen als Mörder infrage. Wie sollte sie so schnell alle kennenlernen und deren Motive herausfinden? Das würde ewig dauern. Bis dahin lief der Mörder von Miss Meil frei herum. Und wer konnte schon wissen, ob er nicht noch einmal zuschlug?

Plötzlich kam Mia eine Idee. Mit den Fingern drückte sie unauffällig auf das Handy in ihrer Tasche. Sie wusste, es würde klingeln, wenn sie den seitlichen Knopf gedrückt hielt. Eine Sonderfunktion, mit der sie als alleinstehende Frau einen spontanen Alarm auslösen konnte, wenn sie beispielsweise auf dem

Nachhauseweg war und sich bedroht fühlte. Beherzt hielt sie den Knopf fest, bis es schrill klingelte. Den tadelnden Blicken hielt sie stand, bemühte sich um einen möglichst zerknirschten Gesichtsausdruck und hob entschuldigend die Arme. Dann sprang sie von der Bank auf und trat ein paar Schritte nach vorn, während sie so tat, als würde sie ein Gespräch annehmen. Irritierte Blicke hafteten auf ihr und Reverend Morten hatte sogar seine Rede unterbrochen. Vermutlich wunderte er sich über die Unverfrorenheit, mit der Mia die Trauerfeier störte, doch das war es ihr wert.

»Ja, hier Mia Midway?«, sagte sie lautstark und hoffte, dass die einzelnen Wörter bis zu den Menschen am Grab zu verstehen waren. »Inspector Mellony, was ...? Oh, das ist ja kaum zu glauben. Sie haben noch eine neue Idee, um an die DNA von Miss Meils Mörder zu kommen? Ja, ich bin gerade bei ihrer Beerdigung. Soll ich sie stoppen? Nein? Sie haben alles, was Sie brauchen? Oh, sehr gut. Was? Sie wollen das Badezimmer von Miss Meil noch mal auf DNA des Mörders untersuchen? Haben Sie das denn noch nicht getan? Aha. Ach so, am Handtuch? Oh, das wusste ich nicht. Nein, soweit ich weiß, müsste das Handtuch noch in Miss Meils Badezimmer liegen. Ja, das, welches um ihren Körper geschlungen war. Ach, Sie hoffen, daran Hautschüppchen des Mörders zu finden? Kann man denn damit etwas anfangen? Ja, natürlich, da haben Sie recht. Es wird wohl kaum jemand außer Miss Meil und der Mörder das Handtuch in der Hand gehabt haben. Das ist aber schlau gedacht von Ihnen, Inspector. Ja, gern. Kein Problem. Nein, natürlich ist niemand im Cottage. Mr Meil ist vorübergehend bei

Lady Gellam untergekommen, Sie können das Cottage bestimmt betreten. Ach, Sie untersuchen es erst morgen früh? Das Team der Kriminaltechnik ist noch außerorts unterwegs? Ich verstehe. Na ja, auf ein paar Stunden wird es nun wohl auch nicht mehr ankommen. Sagen Sie, Inspector, wenn Sie morgen früh das Handtuch abholen und es direkt untersuchen lassen, wann haben Sie denn dann die Ergebnisse? O wow. Dann wissen wir wohl morgen Nachmittag endlich, wer der Mörder von Miss Meil ist. Das ist gut. Das ist sehr gut. Nein, selbstverständlich wird niemand Miss Meils Cottage betreten. Ich werde Mr Meil darüber informieren. Ich kann ihn von hier aus sehen. Ja gern. Bis dann Inspector.« Sie tat so, als drücke sie auf das rote Symbol und steckte das Handy zurück in die Hosentasche. Nun konnte sie nur noch hoffen, dass sie laut und verständlich genug gesprochen hatte, damit auch alle Anwesenden den Inhalt des imaginären Gesprächs verstanden hatten. Wobei es vermutlich schon genügen würde, wenn Melody Clearmont den Inhalt verstanden hatte, die natürlich jedes Wort mit gespitzten Ohren und neugierig blitzenden Augen verfolgt hatte. Diese Frau war wirklich Gold wert. Garantiert würde sie alle Bürger, die nicht bei der Beerdigung erschienen waren, über die Neuigkeiten aufklären, dass die Polizei am nächsten Morgen ein Handtuch aus Miss Meils Badezimmer holen würde, um anhand der dort vorhandenen DNA den Mörder zu entlarven.

In Wahrheit wusste Mia nicht einmal, ob so etwas überhaupt technisch möglich war, aber vielleicht hatte sie Glück und der Mörder wusste es auch nicht.

Mit klopfendem Herzen setzte sie sich wieder auf die Bank, auf der Mrs McCann noch immer ausharrte und sie verwundert ansah.

»Haben Sie etwas mit dem Inspector, Miss Midway?«

»Ich ... wie bitte? Wie kommen Sie denn darauf?«

Prüfend kniff Mrs McCann die Augen zusammen. »Weil Constable Angel gerade wutentbrannt den Friedhof verlassen hat, nachdem sie Ihr Gespräch mit dem Inspector mitangehört hat. Da die Beerdigung noch nicht zu Ende ist und Constable Angel normalerweise nicht zu exzentrischen Auftritten neigt, gehe ich stark davon aus, dass sie eifersüchtig auf Sie ist.« Sie bohrte ihren Zeigefinger in Mias Brust und nickte, als wolle sie ihre eigene Theorie bestätigen. »Constable Angel wird Sie hassen, das kann ich Ihnen sagen. Und ich kann Ihnen auch sagen, dass ich Frauen verachte, die anderen den Mann ausspannen.«

»Aber ich habe überhaupt nichts mit Inspector Mellony.«

»Warum hat er dann Sie angerufen und nicht Constable Angel, hä?«

Auf diese Frage wusste Mia nun wirklich nichts zu erwidern, zumal der Anruf ja überhaupt nie stattgefunden hatte. Doch das zuzugeben hätte alle Mühe umsonst sein lassen. Also schwieg sie.

»Ha, ich habe also recht.«

»Ich werde mich dazu nicht äußern.«

»Miststück«, zischte Mrs McCann durch die Zähne. Dann stand sie abrupt auf und ging ans Grab zu ihrem Sohn, der sich gerade von Miss Meils Sarg in dem tiefen Erdloch abwandte. Zum Entsetzen aller blieb Mrs McCann einen Moment vor dem Grab stehen und starrte verächtlich in die Tiefe. Dann spuckte sie hinab. Einige Damen schrien entsetzt auf, während der Reverend sichtlich um Fassung rang. Glücklicherweise reagierte Noah McCann sofort. Er murmelte eine schnelle Entschuldigung für das Verhalten seiner Mutter und zog sie dann unnachgiebig am Arm davon.

Wie festgewachsen beobachtete Mia das Geschehen. Sie schwieg und regte sich auch nicht, als die Gemeinde sich schließlich aufzulösen begann. Niemand sprach sie an, die meisten gingen an ihr vorüber, nickten ihr einen kurzen Gruß zu und zerstreuten sich in alle Richtungen. Lediglich Lady Sophie blieb kurz stehen und öffnete den Mund, als wolle sie ein Gespräch beginnen. Als Mia sie fragend anblickte, entschied sie sich jedoch anders. Sie schloss den Mund wieder und ging einträchtig mit Mr Meil davon. Mia spürte einen zarten Stich in ihrem Herzen.

32

Sir William atmete tief ein, hielt die Luft an, zählte bis fünf und atmete dann langsam wieder aus. Es war ihm schon immer schwergefallen, die Contenance zu wahren, wenn sich jemand unvernünftig verhielt, doch wenn sich jemand geradezu verrückt gebärdete, musste er wirklich all seine guten Manieren auffahren, um nicht die Fassung zu verlieren.

»Es ist ja gut. Ich verstehe deinen Standpunkt und ich verstehe auch deine Situation, aber ich bitte dich, auch mich zu verstehen«, sagte er so neutral wie möglich, obwohl er am liebsten in den Telefonhörer gebrüllt hätte. Manchmal war es wirklich ein Segen, wenn sich der Konfliktpartner auf der anderen Seite der Leitung und nicht auf der anderen Seite des Raumes befand. »Es haben sich einfach Dinge ergeben, die es mir unmöglich machen, unsere Pläne in die Tat umzusetzen.« Er schwieg und ließ eine neue Schimpftirade über sich ergehen. »Ich weiß.« Er seufzte. »Wir werden es tun. Aber unter diesen Umständen müssen wir uns einfach noch ein wenig gedulden. Zum aktuellen Zeitpunkt wäre es nicht nur unvernünftig, es wäre wirklich dumm.«

Am liebsten hätte er aufgelegt, die ganze Aktion abgeblasen, sich irgendwo verschanzt, einen anderen Namen und eine andere Identität angenommen und noch mal ganz von vorne angefangen. Doch er wusste, dass das nichts bringen würde. Sie würden ihn finden und dann konnte er nur noch auf Gottes Gnade hoffen.

»Ich habe das weder verursacht noch forciert«, startete er einen erneuten Verteidigungsversuch. »Es sind Dinge geschehen, die mir das Handeln unmöglich machen. Nein, Einzelheiten kann ich jetzt nicht nennen ... nein, darum geht es doch gar nicht. Es geht darum, dass wir es aufschieben müssen. Das ist das Einzige, was ich dir anbieten kann.«

Aufgelegt. Na gut. Er hatte es zumindest versucht. Wütend öffnete Sir William das kleine Schränkchen und genehmigte sich einen Whisky.

33

Mias Herz pochte so heftig, dass sie den Widerhall jedes einzelnen Schlages in ihrer Brust spürte. Vorsichtig drückte sie mit der Handfläche gegen die Fensterscheibe von Miss Meils Wohnzimmer. Ihre Hoffnung wurde erfüllt: Das Fenster sprang mit einem leisen Knacken auf.

Nachdem alle Besucher den Friedhof verlassen hatten, war sie wie aus einer Trance erwacht. Schnell war sie in Tante Lenas kleines Cottage gelaufen und hatte sich einen Korb mit Sandwiches und Getränken zusammengestellt. Dessen Griff hielt sie nun mit der linken Hand fest umklammert, während sie sich mit der rechten Hand am Fensterrahmen festhielt und versuchte, sich auf das Fensterbrett zu ziehen. Dabei gab sie sich größte Mühe, so schnell wie möglich und so leise wie möglich zu sein. Zwar konnte sie nicht wissen, wann der Mörder von Miss Meil auftauchen würde, aber sie war sich sicher, dass er kommen würde. Glücklicherweise meisterte sie den akrobatischen Akt erfolgreich. Mit einem dumpfen Knall landete sie auf dem Boden des Wohnzimmers. Wie gelang es den Schauspielern in Filmen nur immer, bei einer solchen Aktion kein Geräusch zu verursachen?

Vorsichtig drückte sie das Fenster von innen wieder zu, sodass es möglichst unversehrt aussah. Wie auch immer der Mörder sich Zutritt zum Cottage verschaffen würde, sie musste ihm den Weg ja nicht gerade auf dem Silbertablett präsentieren. Außerdem sollte er auf keinen Fall ahnen, dass schon vor ihm jemand ins Gebäude eingestiegen war. In Anbetracht der Umstände wollte sie gegenüber dem etwaigen Mörder doch lieber unentdeckt blieben.

Aufgeregt durchquerte sie das Wohnzimmer und stieg die Treppe hinauf.

Ihr Plan war ebenso simpel wie genial: Sie würde sich in der Dusche hinter dem Vorhang verstecken und abwarten, bis der Mörder auftauchte, um das Handtuch verschwinden zu lassen, welches sie auf dem Friedhof als Beweismaterial proklamiert hatte. Um dem Ganzen etwas mehr Wahrhaftigkeit zu verleihen, hatte sie ein weißes Handtuch von Tante Lena mitgebracht, das dem, welches Miss Meil bei ihrem Tod um den Körper getragen hatte, täuschend ähnlichsah. Was mit dem originalen Handtuch geschehen war, wusste sie nicht. Wahrscheinlich hatte die Polizei es bei der Untersuchung des Tatorts mitgenommen. Sobald sie die Identität des Mörders kannte, würde sie die Polizei rufen.

Obwohl die Spannung in ihrem Inneren kaum auszuhalten war, lächelte Mia vor Vorfreude. Innerhalb weniger Stunden, vielleicht auch nur Minuten, würde sie einen Mordfall lösen. Sie, Mia Midway, die lediglich eine Zugereiste war und eine läppische Vertretung ihrer Tante. Die Pennygraver Bürger würden sich noch ganz schön wundern, was sie alles draufhatte, wenn sie nur wollte. Oh ja, sie würden staunen. Besonders Lady Sophie. Die würde nicht nur staunen, sondern sich grün und schwarz ärgern vor Neid, wenn sie mitbekam, dass Mia den Fall gelöst hatte. Ganz allein, ohne *Lady Superschlau*, die immer alles besser wusste. Obwohl es wirklich Spaß gemacht hatte, mit Lady Sophie zu ermitteln, das musste sie zugeben. Sehr viel mehr Spaß, als allein in dieses dämliche Cottage einzu-brechen und gleich einem gefährlichen Mörder aufzulauern. Was war eigentlich in sie gefahren? Hoffentlich ging alles gut.

Fest umklammerte sie den Henkel des Fresskorbs, als könne sie sich daran festhalten. Dann holte sie tief Luft und betrat mit möglichst selbstbewussten Schritten das Badezimmer. Das Nächste, was sie spürte, war, wie ihr jemand ein Tuch über den Kopf stülpte und sie zu Boden warf.

Mia schrie, doch das Tuch erstickte den Schrei zu einem dumpfen Ton. Orientierungslos versuchte sie, um sich zu schlagen, aber sie hatte nicht die geringste Chance. Sie spürte nur den kalten Fliesenboden unter ihrem Rücken und das Gewicht einer schweren Person auf sich. Der Angreifer hatte sich rittlings auf sie gesetzt und hielt ihre Handgelenke rechts und links neben ihrem Kopf auf den Boden gepresst. Es fühlte sich an, als hätte sie jemand in einen Schraubstock gezwängt. Das plötzlich einsetzende Bewusstsein, dass sie vermutlich nur noch wenige Minuten zu leben hatte, machte die Situation nicht gerade besser. Jetzt bloß nicht ohnmächtig werden. War das der Preis für ihre Überheblichkeit? Wie hatte sie nur glauben können, es sei eine gute Idee, dem Mörder eine Falle zu stellen? Wie hatte sie so dumm sein können, einem kaltblütigen Monster allein entgegentreten zu wollen?

»Na, dann wollen wir doch mal sehen«, hörte sie plötzlich eine vertraute Stimme. Dann spürte sie, wie sich der Druck von ihrem linken Handgelenk löste und ihr das Tuch im gleichen Augenblick vom Kopf gezogen wurde.

»Du?«

»Du?«, erwiderte Mia den erstaunten Ausruf wie ein Echo. Gleichermaßen erschrocken wie erstaunt blickte sie in die blitzenden Augen von Lady Sophie.

Diese stieg schnell von ihr herunter und streckte ihr die Hand entgegen, um ihr wieder auf die Beine zu helfen. »Tut mir echt leid, Mia, das wollte ich nicht. Was zum Teufel machst du denn hier?«

»Na, dem Mörder auflauern natürlich. Was machst du hier?«

»Dasselbe.«

Die beiden Frauen starrten sich an. Keine wagte es, der anderen einen Vorwurf daraus zu machen, dass sie sich genauso verhalten hatte, wie sie selbst. Lady Sophies Mundwinkel zuckten verräterisch.

In derselben Sekunde prustete Mia los. »Hätte ich mir ja denken können, dass du hier auftauchst Lady Schnüffelnase.« Prustend und glucksend schüttelte sie fassungslos den Kopf.

Als hätte sie mit diesen Worten einen Damm eingerissen, fing nun auch Lady Sophie lauthals zu lachen an und hatte sichtlich Mühe, sich wieder in den Griff zu bekommen. Wie eine Flutwelle brach ein tiefes, angestautes Gelächter aus ihr hervor, sodass es sie schüttelte. Noch während ihr gesamter Körper unter dem Lachanfall bebte, breitete sie die Arme aus.

Mia überlegte keine Sekunde lang. Sie warf sich hinein und wurde von Lady Sophie so fest gedrückt, dass ihr kurz die Luft wegblieb. Durch die herzliche Umarmung erlangte die alte Dame endlich ihre Fassung wieder. Das Lachen verebbte und sie schob

Mia auf Armeslänge von sich. Eine würdevolle Ernsthaftigkeit legte sich über ihre Miene.

»Mia, es tut mir leid. Ich habe keine Ahnung, was in mich gefahren ist. Du hattest vollkommen recht. Wir haben es hier mit einem Mordfall zu tun und dürfen niemandem Immunität gewähren, nur weil wir ihn mögen. Ich habe mich wirklich unmöglich benommen.«

»Entschuldigung angenommen.« Stürmisch fiel Mia ihrer Freundin um den Hals, während ihr der sprichwörtliche Stein vom Herzen fiel. Jetzt, wo sie die Gefährtin wieder bei sich hatte, wurde ihr nicht nur klar, wie viel sicherer sie sich in der Gesellschaft der erfahrenen Lady fühlte, sondern auch, wie sehr sie sie als Mensch vermisst hatte. In den wenigen Tagen, die seit ihrem ersten Aufeinandertreffen vergangen waren, waren sie tatsächlich Freundinnen geworden.

»Sophie, mir tut es auch leid«, entschuldigte sie sich traurig. »Ich hätte wirklich nicht so plump mit der Tür ins Haus fallen dürfen. Mir war einfach nicht bewusst, wie viel dir an Mr Meil liegt.«

»Das tut es tatsächlich.« Ein verlegener Augenaufschlag unterstrich die Aussage der sonst so unerschütterlichen Lady. »Trotzdem hätte ich dich nicht so anfahren dürfen. Es stimmt schon: Er hat im Prinzip das stärkste Motiv.«

»Wenn es dich beruhigt, ich glaube trotzdem nicht, dass er etwas mit den Morden zu tun hat.«

»Ich ja auch nicht, aber wir dürfen es trotzdem nicht ausschließen, nur weil ich ... na ja, weil ich Gefühle für ihn habe.« Wieder errötete sie leicht. »Mit etwas Glück haben wir ja vielleicht heute Abend noch Gewissheit.«

»Wir? Du meinst, wir beide lauern dem Mörder gemeinsam auf?«

»Ja, was glaubst du denn? Ich bin hierher gekommen, um diesen Mörder zu entlarven, und ehe ich das getan habe, werde ich dieses Cottage nicht wieder verlassen.«

Lady Sophies Grinsen tat gut ... es tat gut, dass sie hier war ... es tat gut, dass sie sich versöhnt hatten. Denn was wäre Pennygrave, was wäre dieses ganze detektivische Unterfangen ohne Lady Sophie?

Ein Klappern ließ beide erschrocken herumfahren.

»Hast du das auch gehört?«, flüsterte Mia.

Statt einer Antwort nickte Lady Sophie, legte ihren Zeigefinger auf die Lippen und lauschte. Mia war starr vor Schreck. Das waren eindeutig Schritte. Und sie kamen von unten aus dem Wohnbereich. Erst als Lady Sophie sie hektisch zu schubsen begann, erwachte Mia aus ihrer Erstarrung, zerrte das mitgebrachte Handtuch aus dem Fresskorb und warf es auf den Boden. Im gleichen Moment wurde sie von Lady Sophie in die Dusche gedrängt. Zum Glück erwies sich diese als überraschend geräumig, wodurch nicht nur Lady Sophie und Mia ausreichend Platz fanden, sondern sogar Mias Fresskorb, den sie noch immer mit beiden Händen festhielt, als sei sie Rotkäppchen auf dem Weg zum bösen Wolf. Lady Sophie schien der Korb allerdings erst jetzt aufzufallen. Mit gerunzelter Stirn zeigte sie darauf. Mia zuckte verlegen mit den Schultern, woraufhin Lady Sophie sich eine Hand auf den Mund presste, um einen erneuten Lachanfall im Keim zu ersticken. Mia hingegen war ganz und gar nicht nach Lachen zumute. Zumal die Schritte inzwischen von der Treppe her zu vernehmen waren.

Was sollte sie denn bitte tun, wenn der Mörder ins Bad kam und das Handtuch verschwinden lassen wollte? Sollten sie sich einfach auf ihn stürzen, so wie ihre Freundin sich vorhin auf sie, und hoffen, dass diese dann automatisch mitmachte? Waren sie zu zweit überhaupt in der Lage, einen Mörder zu überwältigen? Sie wusste ja nicht, wie es um Lady Sophies Kampfkünste stand, doch sie selbst war in dieser Hinsicht ein unbeschriebenes Blatt. Mit bloßen Fäusten auf ihn einzuhämmern, bis er sich ergab, war vielleicht nicht gerade der beste Plan, leider aber der einzige, den die aktuelle Situation hergab.

Das Herz klopfte Mia bis zum Hals, während sie mit Schrecken feststellen musste, dass sich die Badezimmertür bereits öffnete. Fragend sah sie zu Lady Sophie hinüber, doch diese konzentrierte sich darauf, die Luft anzuhalten. Ob sie wohl vorhin, als Mia hereingekommen war, auch so steif hinter dem Vorhang gestanden hatte?

Nervös verlagerte Mia ihr Gewicht auf das linke Bein und presste ihre Wange gegen die kalte Fliesenwand, sodass sie durch den winzigen Schlitz zwischen Vorhang und Wand in den Raum spähen konnte. Schockiert riss sie die Augen auf. Nein! Das konnte nicht sein. Das durfte einfach nicht sein! Ungläubig wandte sie ihr entsetztes Gesicht Lady Sophie zu und formte mit ihren Lippen einen lautlosen Namen. Lady Sophie runzelte die Stirn. Sie verstand nicht. Oder wollte sie es nicht verstehen?

Was nun? Wenn sie jetzt nicht reagierte, dann würde er gleich das Handtuch einpacken und verschwinden, denn Mia war sich sicher, dass Lady Sophie ihn nicht überführen würde. Und sie selbst ganz sicher auch nicht. Noch ruhte Lady Sophies fragender Blick auf ihr. Entweder hatte sie es tatsächlich nicht geschafft, den Namen von Mias Lippen abzulesen oder sie wollte es einfach nicht glauben, was durchaus nachvollziehbar wäre. Leider gab es aber keine andere Möglichkeit. Erneut formte Mia den Namen, indem sie ihre Lippen noch übertriebener formte als zuvor. Dieses Mal begriff die Adlige. Ihre Augen weiteten sich, während sie tief einatmete, als wolle sie gleich losbrüllen, was sie aber nicht tat. Stattdessen riss sie mit einem Ruck den Vorhang zurück. Mia stieß einen spitzen Schrei aus.

»William!«, rief Lady Sophie. Die Gesichtszüge entgleisten ihr vollkommen, als sie in das erschrockene Gesicht ihres Sohnes blickte.

Dieser stöhnte gequält auf und rief: »Ich fasse es einfach nicht.«

»Nein, *ich* fasse es nicht!«, ächzte Lady Sophie. Dann traten ihr die Tränen in die Augen. »O William, wie konntest du nur? Was hat die arme Miss Meil dir denn getan? Oh Gott, was habe ich nur falsch gemacht? War ich dir etwa keine gute Mutter? Habe ich dir nicht den Unterschied beigebracht zwischen Recht und Unrecht, Gut und Böse?« Schluchzend stieg sie aus der Duschwanne und ging zwei Schritte auf ihren Sohn zu. Mia befürchtete schon, dass sie ihm eine Ohrfeige verpassen würde, doch sie packte ihn lediglich an den Schultern und schüttelte ihn unkontrolliert. Dabei schluchzte sie so herzzerreißend, dass auch Mia unweigerlich die Tränen in die Augen traten. Wie grausam musste es für eine Mutter sein, zu erkennen, dass das eigene Kind ein Mörder war?

Beim Versuch, den Kloß in ihrem Hals hinunterzuschlucken, räusperte sich Mia unkontrolliert, woraufhin sich Sir William ihr zum ersten Mal zuwandte. Blankes Entsetzen spiegelte sich in seinem Gesicht, als er Mias Anwesenheit gewahr wurde. Mit festem Griff packte er seine Mutter seinerseits bei den Schultern und begann, sie sanft zu schütteln.

»Hör auf, Mutter. Was ist denn los mit dir?«

»Warum hast du sie umgebracht? Warum nur?«, fragte Lady Sophie schluchzend, als könne er gar nicht durch den Kummer zu ihr durchdringen.

Hilfesuchend sah Sir William zu Mia. Diese brachte immerhin einen zerknirschten Gesichtsausdruck zustande, war aber weder in der Lage, sich zu bewegen noch irgendetwas zu sagen. Was erwartete er denn jetzt bitte schön von ihr? Dass sie ihm zur Hilfe kam?

Erneut rüttelte Sir William grob an Lady Sophies Schultern. Ihr gesamter Oberkörper wackelte, sogar der Kopf baumelte leicht auf dem dünnen Hals hin und her. »Mutter, sieh mich an ... sieh mir direkt in die Augen«, forderte der Adlige und suchte mit seinem Blick den seiner Mutter. Als er ihn trotz ihrer Tränen endlich eingefangen hatte, sah er sie eindringlich an. »Hör mir gut zu, Mutter, ich habe überhaupt niemanden umgebracht. Mir ist klar, was ihr hier vorhabt, und ich verstehe, dass ihr jetzt denkt, ich hätte Eleonora umgebracht und wolle meine Spuren beseitigen, aber das ist Unsinn, vollkommener Unsinn, hörst du?«

»Unsinn?«, fragte Lady Sophie mit tränenerstickter Stimme.

»Blanker Unsinn«, bestätigte Sir William fest. »Nach Mias Telefonat auf dem Friedhof habe ich lediglich eins und eins zusammengezählt. Im Ergebnis war mir vollkommen klar, dass du herkommen würdest, um zu versuchen, Eleonoras Mörder zu überführen. Deshalb bin ich hier: Um dich zu beschützen, und dich von dieser bescheuerten Aktion abzuhalten. Was ist denn nur in dich gefahren, Mutter? Begreifst du denn nicht, wie gefährlich das ist? Stell dir mal vor, statt meiner wäre der tatsächliche Mörder hergekommen, glaubst du, der hätte dich freundlich gegrüßt und wäre dann wieder gegangen? Du bringst dich hier mutwillig in Lebensgefahr und ich bin mir nicht sicher, ob ich besorgt oder stinksauer deswegen sein soll.«

»Du hast sie nicht umgebracht?«

»Aber natürlich nicht. Warum sollte ich das denn tun? Ich habe Eleonora gemocht. Das Einzige, was ich will, ist meine verrückte Mutter davon abhalten, sich umbringen zu lassen.« Trotz seiner Wut gelang es ihm nicht, das liebevolle Lächeln zu unterdrücken, das sich nun auf seine Lippen schlich.

Hingerissen beobachtete Mia die ganze Szene. Auch ohne seine Worte hätte sein Blick Bände gesprochen.

»Ich glaube, er sagt die Wahrheit«, bemerkte Mia laut.

Ruckartig wandte sich Sir William an Mia: »Und Sie machen bei diesem Blödsinn auch noch mit.«

Schuldbewusst knetete Mia ihre Finger. »Ehrlich gesagt, habe ich nicht direkt *mit*gemacht. Ihre Mutter und ich haben uns gewissermaßen ... zufällig hier getroffen.«

Sir William stöhnte auf. »Na, da haben sich ja zwei gefunden.«

»Du wolltest mich beschützen?«, schniefte Lady Sophie mit einer Rührung, die sie erst jetzt wieder in die Realität der Szenerie zurückführte.

Sir William nickte. »Einer muss ja auf dich aufpassen.«

Überraschend undamenhaft zog Lady Sophie die Nase hoch. »Ach komm her, mein kleiner Schatz.« Mit einem Ruck zog sie ihren Sohn an sich. Lange drückte sie ihn fest an sich, während er entschuldigend zu Mia sah.

»Also«, begann er nach einer ganzen Weile, und schob Lady Sophie sanft von sich weg. »Ich nehme an, ich kann euch beide nicht dazu überreden, diese dämliche Aktion abzubrechen, oder?«

»Auf gar keinen Fall.« Mia stemmte die Hände in die Hüften. »Ich habe diese Falle doch nicht umsonst gestellt.«

»Falle?«

»Das Telefonat war nur vorgetäuscht«, gestand sie. »Inspector Mellony hat nicht die geringste Ahnung von irgendeinem Handtuch.«

»Oh.« Sein Gesichtsausdruck war schwierig zu deuten. War er entsetzt? Enttäuscht? Beeindruckt? »Na, dann hoffe ich, dass die Damen noch ein bisschen Platz in der Dusche haben«, erklärte er dann keck. »Wenn ihr nicht gehen wollt, dann werde ich selbstverständlich bleiben, um euch im Falle des Falles zu beschützen.«

»Wir können uns sehr gut selbst verteidigen«, wandte Lady Sophie sofort ein, doch Mia war überaus froh, dass Sir William auf diesen Einwand überhaupt nicht einging, sondern schnurstracks in die Dusche stapfte, sich neben Mia stellte und seiner Mutter die Hand reichte, um ihr ebenfalls wieder hereinzuhelfen. Zu dritt war es nun allerdings doch ganz schön eng in der kleinen Dusche und Mia war froh, dass der Spritzschutz nicht aus einer starren Glastür, sondern nur aus dem leichten Vorhang bestand. Außerdem war sie froh, nicht an Sir Williams Stelle zu sein, der zwischen den beiden Frauen regelrecht eingequetscht war. Unter anderen Umständen hätte sie eine solche Nähe zu ihm vielleicht genossen, doch im Moment verspürte sie lediglich eine explosive Mischung aus Aufregung und Angst, die ihren Adrenalinspiegel gefährlich in die Höhe trieb. Die Wärme, die von Sir Williams Körper ausging, so nah an ihrer Haut zu spüren, machte die Situation nicht gerade besser.

»Und wie lang sollen wir jetzt hier ausharren?«, fragte Sir William flüsternd.

»Solange es nötig ist«, erwiderte Lady Sophie trocken, hielt sich bei der Lautstärke aber ebenfalls an den Flüstermodus.

Während Sir William seinen Kopf etwas nach rechts und seiner Mutter zuwandte, stieg ein betörender Duft in Mias Nase, der offenbar von seinen Haaren ausging, vielleicht auch von seinem Hals oder von seinem muskulösen Nacken, an dem sich sichtbar die Sehnen abzeichneten. Wie verlockend wäre es jetzt, diese mit dem Finger nachzuzeichnen. Erst als sich Sir William ruckartig wieder zu ihr umdrehte, in seinem Gesicht ein einziges Fragezeichen, begriff Mia, dass es nicht bei dem Gedanken geblieben war. Erschrocken zog sie ihre Hand zurück und lächelte verlegen, während sie spürte, wie ihre Wangen vor Scham brannten. Was war nur in sie gefahren?

Glücklicherweise zog es Sir William vor, sich nicht zu ihrem unkontrollierten Übergriff zu äußern.

»Jetzt mal ehrlich, wir können doch nicht stundenlang in dieser engen Dusche hier stehen«, knüpfte er stattdessen an seine vorherige Frage an, wofür Mia ihm überaus dankbar war.

Lady Sophie seufzte leise. »Doch, mein Sohn, genau das haben wir vor. Nicht wahr, Mia?«

Mia nickte. »Wir bleiben hier, bis der Mörder kommt, und wenn es mehrere Tage dauert«, flüsterte sie, als sie ihre Stimme wiedergefunden hatte.

»Sie hat sogar etwas zu essen mitgebracht«, äußerte Lady Sophie in einem Tonfall, der Mia Rätsel aufgab. »Da staunst du, was, William? Es gibt Frauen, die denken tatsächlich voraus.«

»Ich glaube nicht, dass jetzt der geeignete Zeitpunkt ist, um darüber zu diskutieren, Mutter«, zischte Sir William.

Hä? Was war denn jetzt los? War sie bescheuert oder sprachen die beiden gerade über etwas, von dem sie absolut keine Ahnung hatte?

»Irgendwann müssen wir es besprechen, William.« Der schnippische Ernst in Lady Sophies Stimme verwirrte Mia nur noch mehr.

»Mutter, ich sagte: nicht jetzt! Und vor allem nicht hier, wenn ich mit euch beiden in Eleonoras Dusche stehe. Selbst du müsstest doch begreifen, dass das der denkbar absurdeste Moment ist, um meine privaten Angelegenheiten durchzukauen, die dich, mit Verlaub, nicht einmal etwas angehen. Das ist weder der geeignete Zeitpunkt noch ein angemessener Ort für ein Gespräch über ... ach, hör doch einfach auf.«

»Ich werde nicht aufhören. Ich habe an verschiedensten Orten zu verschiedenen Zeitpunkten mit dir darüber zu sprechen versucht, aber du hast es jedes Mal geschafft, mir auszuweichen. Vielleicht ist hier gerade der allerperfekteste Zeitpunkt. Zumindest kannst du hier nicht einfach weglaufen.«

»Ich möchte das jetzt nicht mit dir diskutieren. Außerdem finde ich nicht, dass wir solche Gespräche vor Miss Midway führen sollten.«

»Oh, ich denke, dass es vielleicht gerade gut ist, dieses Gespräch vor Mia zu führen. Sie sollte es wissen, findest du nicht?«

So langsam ging es Mia auf die Nerven, dass die beiden einfach an ihr vorbeidiskutierten. Ort und Zeit waren wirklich denkbar unpassend für einen Streit. »Was sollte ich wissen?«, fragte sie.

»Ach nichts«, knurrte Sir William.

Seine Mutter schnaubte empört. »Das ist überhaupt nicht nichts. Und das, was zwischen euch beiden vor sich geht, ist übrigens auch nicht nichts. Das könnt ihr mir nicht erzählen. Ich bin zwar eine alte Frau, aber nicht blind. Und dumm schon gar nicht. Meinen Segen habt ihr, aber William, du klärst vorher deine Angelegenheiten.«

»Ganz richtig, Mutter, es sind *meine* Angelegenheiten und ich verbiete dir, weiter vor Miss Midway darüber zu sprechen.«

»Ach, du verbietest es mir?«

»Ganz richtig.«

»Psst«, zischte Mia und begann wild mit den Armen zu fuchteln.

Lady Sophie kniff die Augen zusammen. »Ach, jetzt willst du mir auch noch den Mund verbieten? Ich denke doch, es wäre auch in deinem Interesse …«

In Ermangelung einer besseren Idee klammerte sich Mia mit der rechten Hand an Sir Williams Rücken fest und ließ ihre linke Hand nach vorn schnellen, sodass sie Lady Sophie diese auf den Mund pressen konnte. Nun schien jene endlich zu begreifen und war schlagartig mucksmäuschenstill. Keinen Moment zu früh, denn es waren bereits Schritte auf den Stufen der Treppe zu hören, die vom Erdgeschoss heraufführte.

Mias Herz klopfte so laut, dass sie Angst hatte, man könne es bis zur Treppe hören. Vorsichtig zog sie ihre Hand von Lady Sophies Mund zurück, geriet aber infolgedessen aus dem Gleichgewicht, da sich ihr Körper bedenklich gegen den Duschvorhang neigte und sie drohte, hinauszufallen. Panisch suchte sie mit den Händen irgendwo Halt. In diesem Moment spürte sie, wie Williams starke Arme sie von hinten umschlangen und zurückzogen. Während er sie fest an sich presste, konnte sie seine Handflächen auf ihrem Bauch spüren. Um einen Herzinfarkt zu vermeiden, hätte sie sich gern aus der rettenden Umarmung befreit, doch in diesem Moment hörte sie das Geräusch der sich öffnenden Badezimmertür und wusste, dass schon die kleinste Bewegung sie verraten könnte. Ihr blieb nichts anderes übrig, als genau so stehen zu bleiben: regungslos, in Sir Williams Armen, mit dem Gefühl seiner Handflächen auf ihrem Bauch und seinem Atem an ihrem Hals. Machte er das absichtlich? Nicht einmal das war sie zu prüfen imstande, ohne dass sie sich hätte bewegen müssen.

Aus dem Raum war keinerlei Geräusch zu hören. Bestimmt hatte, wer auch immer sich darin befand, inzwischen das Handtuch gefunden und es vielleicht sogar schon aufgehoben.

Ängstlich sah Mia zu Lady Sophie hinüber. Was sollten sie denn jetzt tun? Vielleicht hätten sie mal besser statt zu streiten absprechen sollen, wie sie vorgehen wollten, wenn der Mörder auftauchte. Nun war es dafür zu spät.

Lady Sophies Brustkorb hob sich mit einem tiefen Atemzug. Dann riss die adlige Dame mit einem lauten Schrei den Duschvorhang auf: »Ha!«

Mia konnte hören, wie eine Person im Bad hastig nach Luft schnappte. Offenbar hatte der Schrei ihr den Schrecken ihres Lebens eingejagt. Wenn sie ihrer Freundin helfen wollte, musste sie diesen Schreckmoment unbedingt nutzen. Jetzt oder nie! Mit einem Ruck riss auch Mia den Duschvorhang vor sich etwas zur Seite und wollte mit einem Satz aus der Dusche springen, bereit, sich wie eine Furie auf den Mörder zu stürzen, aber sie hatte nicht mit Sir William gerechnet. Dieser hielt sie nach wie vor fest und riss sie aus Reflex ruckartig an der Hüfte zurück, was dazu führte, dass sich ihr Oberkörper nach vorne beugte, ihre Beine aber nicht folgen konnten. In einer erschreckenden Schieflage hing die obere Hälfte ihres Körpers nun aus der Dusche, während sie erkannte, wie Mr Meil gerade das weiße Köder-Handtuch schützend vor sein Gesicht hielt, als habe er Angst, Lady Sophie könne ihm die Augen auskratzen.

Diese stand wie versteinert da und öffnete fassungslos den Mund. »Peter?« Es war eine Frage, keine Feststellung, so als erwarte Lady Sophie, dass seine Antwort den Irrtum aufklären würde.

Mia war froh, dass Mr Meil seinen Fokus auf Lady Sophie richtete, während Sir William ihren Oberkörper wieder zurück in die Dusche zog und den Vorhang vor ihrer Nase mit einem Ruck schloss.

»Peter!« Jetzt war es eine Feststellung. »Du warst es? Du hast deine eigene Nichte umgebracht? Für Geld? Wirklich?« Die Traurigkeit in Lady Sophies Stimme erregte sofort Mias Mitleid. Sie hatte es geahnt, aber wie sehr hatte sie für die Freundin gehofft, dass sie sich täuschte.

»Mia hat mich noch gewarnt«, gab Lady Sophie leise zu. »Aber, Peter, ich dachte, ich wüsste es besser. Ich war mir so sicher. Die vergangenen zwei Tage mit dir waren so intensiv, dass ich das Gefühl hatte, dich schon ewig zu kennen.«

Hinter dem Vorhang drehte sich Mia instinktiv zu Sir William um, der irritiert die Stirn kraus zog. Vermutlich hatte er noch gar nichts mitbekommen von dem, was sich vor seiner Nase zwischen seiner Mutter und ihrem Hausgast abgespielt hatte, ebenso wenig wie Lady Sophie nun mitbekam, was sich hinter dem Duschvorhang abspielte. Ihre Aufmerksamkeit galt einzig und allein Mr Meil. »Ich war mir so sicher, dass du Eleonora nichts getan haben kannst. Du hast so liebevoll von ihr gesprochen, so traurig. Dein Kummer, deine Verzweiflung … hast du mir das alles nur vorgespielt?«

»Ich habe dir überhaupt nichts vorgespielt, Sophie. Alles, was ich gesagt habe, habe ich auch genau so gemeint.«

Nun zog auch Mia die Augenbrauen nach oben. Warum hatte sie nur das Gefühl, dass Mr Meil damit nicht die Aussagen meinte, die den Tod seiner Nichte betrafen? Noch immer wirkte er traurig, doch da war noch etwas anderes in seiner Stimme: eine tiefe, warme Zuneigung.

Plötzlich spürte Mia, wie Groll in ihr aufstieg und sich innerhalb kürzester Zeit in Wut verwandelte. Wie konnte dieser Mann ernsthaft noch versuchen, Lady Sophie um den Finger zu wickeln, wo seine Anwesenheit und die Tatsache, dass er gerade im Begriff war, Beweismittel verschwinden zu lassen, ihn doch klipp und klar als Mörder entlarvten? Wie konnte er es wagen, so liebevoll und vertraut mit ihrer arglosen Freundin zu sprechen? Er nutzte sie aus. Er nutzte diese liebevolle, warmherzige, freundliche Frau nach Strich und Faden aus! Das durfte sie nicht zulassen. Jede Faser ihres Körpers spannte sich an. Sie musste Lady Sophie beschützen. Vor diesem Verrückten und vor ihren eigenen Gefühlen.

»Ha!«, brüllte Mia, sogar noch ein wenig lauter als Lady Sophie wenige Minuten zuvor, und riss mit einem Ruck den Duschvorhang auf. Mr Meil streifte sie lediglich mit einem kurzen Blick, lächelte freundlich und hob die Hand zu einem flüchtigen Gruß. Dann fiel sein Blick auf Sir William.

Die folgende Reaktion kam sogar für Mia unerwartet: Mr Meils Augen wurden riesengroß, seine Gesichtszüge verhärteten sich, während er gleichzeitig die Augenbrauen wütend zusammenkniff und seine Fäuste erhob. Dann stieß er einen ohrenbetäubenden Schrei aus und stürzte auf sie zu. Instinktiv hob Mia abwehrend die Hände vors Gesicht, doch Mr Meil stieß sie lediglich grob zur Seite und warf sich dann wie im Rausch auf Sir William, der seinerseits derart perplex war, dass er lediglich mit den Händen nach Mr Meils erhobenen Fäusten griff. Die Rechte entwischte ihn trotzdem. Mit einem dumpfen Knall traf ihn ein formvollendeter Kinnhaken. Erschrocken drehte sich Mia um und konnte Sir William gerade noch mit den Armen auffangen, während sie wie in Zeitlupe wahrnahm, dass er die Augen verdrehte, kurz taumelte und dann hinter ihr zusammenbrach. Erschrocken stützte sie ihn, sodass er zumindest mehr auf den Boden rutschte, anstatt zu fallen.

Mr Meil grinste zufrieden und rieb sich die rechte Faust. Auf einmal stand Lady Sophie hinter ihm. In ihren erhobenen Händen hielt sie einen Blumentopf, den sie mit Schwung auf seinen Kopf niedersausen ließ. Dabei rutschte er ihr aus den Händen und zerschellte lautstark auf dem Fliesenboden. In Mr Meils Gesicht zeichnete sich Erstaunen ab, während alle Kraft aus seinem Körper wich und er zu Boden glitt, wie eine Marionette, bei der man die Fäden durchtrennte.

Mia betrachtete ihn. »Irgendwie habe ich gerade ein déjà vu«, sagte sie grinsend zu Lady Sophie, während sie daran dachte, wie sie erst vor wenigen Tagen Mr Meil für einen Einbrecher gehalten und in den Duschvorhang eingewickelt hatten.

Lady Sophie war hingegen kein bisschen nach Lachen zumute. »Ich weiß nicht, wie er es angestellt hat, aber er hat uns ganz schön an der Nase herumgeführt. Und ich Idiotin habe mich auch noch bei ihm entschuldigt.

Ich habe ihn in mein Haus eingeladen. Ich habe ... ach, ich blöde Kuh.«

»Sophie, Sophie, beruhige dich. Wir müssen jetzt erst einmal bei klarem Verstand bleiben. Kannst du nach etwas zum Fesseln suchen? Ich kümmere mich so lange darum, dass dein Sohn wieder aufwacht, okay?« Sie kniete sich neben Sir William und strich sanft über seine Wange, doch er zeigte keinerlei Reaktion. »Sir William, hören Sie mich?«, rief Mia. Die Bewegungen, mit denen sie nun immer wieder über sein Gesicht fuhr, wurden hektischer. Was, wenn er bewusstlos blieb? Dann waren sie Mr Meil hilflos ausgeliefert. Leider machte Sir William noch immer keinerlei Anstalten, sich zu bewegen. Der Schlag musste härter gewesen sein, als es ausgesehen hatte.

»Vielleicht wäre es besser, wenn du etwas zum Fesseln suchst und ich mich derweil um meinen Sohn kümmere«, raunte Lady Sophie.

»Nein, nein, ich bekomme ihn schon wach, nicht wahr, Sir William?«

Der sonst so resoluten Dame entfuhr ein mitleidiger Seufzer. »Mia, ich finde es nicht gut, was ich da in deinen Augen sehe. Ich liebe meinen Sohn, glaub mir, aber ich fände es besser, wenn du dich nicht auf ihn einlassen würdest.«

»Wie meinst du das?«

»Tu dir selbst einen Gefallen und halte ihn, zumindest emotional auf Abstand, okay?«

Hilflos zuckte Mia mit den Schultern. Dann fiel ihr Blick auf Mr Meil. »Oh nein.« Schnell zeigte sie mit dem Finger auf ihn. Er hatte die Augen geöffnet, war bereits im Begriff, sich aufzurichten, und fasste sich mit der rechten Hand an den Kopf. Sein Gesicht war schmerzverzerrt.

Panisch drehte sich Lady Sophie im Kreis und suchte mit ihren Augen nach irgendetwas, das als Waffe taugte. Schließlich griff sie nach einer schmalen Glaskaraffe, in der sich vermutlich Parfum, ein Badezusatz oder eine ähnliche Flüssigkeit befand. Mit ernstem Blick drückte sie die Flaschenöffnung in Mr Meils Rücken. »Keine Bewegung oder ich drücke ab«, sagte sie mit fester Stimme.

Mr Meil zuckte erschrocken zusammen und hob dann langsam die Hände über den Kopf. »Sophie ... was machst du denn da?«

»Ich werde dich mit meiner Waffe in Schach halten, bis die Polizei hier ist und dich mitnehmen kann, du mieser Schuft«, keifte Lady Sophie. »Und ich warne dich. Sie ist geladen. Ich zögere nicht.«

Es ging nicht nur um den Mord. Ihre Wut hatte etwas viel Persönlicheres.

»Aber, aber, was soll denn das?«, stammelte Mr Meil. »Solltest du nicht lieber deinen Sohn in Schach halten? Ich weiß, du bist seine Mutter und du liebst ihn, natürlich, aber bei Mördern weiß man nie. Ich wäre mir nicht so sicher, ob er nicht sogar seiner eigenen Mutter etwas antun würde, wenn er sich in die Enge getrieben fühlt. Ich habe ihn zwar außer Gefecht gesetzt, aber wer weiß, wann er wieder zu sich kommt. Wir sollten uns besser beeilen.«

»Jetzt ist er nicht nur gewalttätig, sondern auch noch schwachsinnig. Das darf doch alles nicht wahr sein.« Obgleich sie versuchte, Stärke zu heucheln, klang Lady Sophies Stimme beinahe weinerlich. Sie schien verzweifelter zu sein als angenommen. »Du wirst jetzt keinen Mucks mehr machen, bis die Polizei hier ist und dann brav mit den Beamten mitgehen, hast du mich verstanden?«

»Aber warum zum Kuckuck sollte ich das tun?«

Hilfesuchend blickte Lady Sophie zu Mia. »War der Schlag auf den Kopf vielleicht doch zu heftig? Glaubst du, das hat irgendetwas mit seinem Gehirn gemacht?«

Innerlich zitterte Mia noch immer. Die Situation war nicht nur gefährlich, sie war auch vollkommen absurd. Ein bisschen fühlte sie sich, als sei sie in einem Krimi gelandet, doch ihre Rolle gefiel ihr ganz und gar nicht. Mr Meil hingegen schien seine Rolle komplett vergessen zu haben.

»Mr Meil, wer bin ich?«, fragte sie mit fester Stimme.

»Mia Midway, die Freundin von Lady Sophie. Warum fragen Sie mich das?«

»Hm. Und wer sind Sie?«

»Peter Meil.«

Kopfschüttelnd sah Mia zu Lady Sophie. »Nein, ich glaube, mit seinem Gehirn ist alles in Ordnung.«

In diesem Augenblick stöhnte es hinter ihr. Schnell drehte sie sich um und beugte sich wieder zu Sir William hinab.

Panisch schrie Mr Meil auf: »Schnell, fesseln Sie ihn! O Gott, ich habe es doch geahnt. Jetzt sind wir alle erledigt. Sophie, nimm endlich diese blöde Waffe runter. Wenn ihr schon nicht abhaut, dann lasst mich euch wenigstens beschützen.«

»Du willst uns beschützen? Jetzt wird es ja wohl richtig absurd.«

»Aber irgendjemand muss euch doch beschützen vor diesem Monster.«

»Vor welchem Monster denn bitte? *Du* bist doch hier das Monster.«

»*Ich*?« Noch immer hielt Mr Meil die Hände erhoben, doch auf seinem Gesicht zeichnete sich Erstaunen ab. »Ich bin hier, um euch vor diesem Mörder dort zu schützen. Er wollte euch doch gerade umbringen, um seine Spuren zu verwischen. Aber keine Angst Sophie, ich werde euch retten, und wenn es das Letzte ist, was ich tue.«

»Du willst ...« Mit einem Mal fing Lady Sophie schrecklich an zu lachen. »Du hältst William für den Mörder?«

»Aber natürlich. Ich habe doch gesehen, wie er gewartet hat, bis du das Haus verlässt. Dann ist er sofort in seinen Sportwagen gestiegen und davongebraust. Ich wollte sehen, ob er tatsächlich hierherkommt, um seine Spuren zu verwischen. Schließlich hat Miss Midway auf dem Friedhof ein eindeutiges Gespräch mit Mr Mellony geführt. Natürlich muss der Mörder herkommen, um seine Spuren zu verwischen. Und siehe da, wer aufgetaucht ist: Der gute Sir William.«

»Mein Sohn ist doch kein Mörder! Er ist auch hier, weil er mich beschützen wollte.«

»*Was*?« Irritiert wandte Mr Meil den Kopf zu Mia, als könne er Lady Sophies Worten nicht ohne ihre Bestätigung glauben. »Ist das wahr?«

Mia nickte. »Aber leider haben Sie ihn k.o. geschlagen. Sehen Sie nur, was Sie angerichtet haben. Ich hoffe, er kommt endlich wieder zu sich.«

»Ich bin da. Bin ganz bei euch«, stammelte Sir William wie auf Kommando, obwohl er seine Augen noch immer geschlossen hatte.

»O Gott, o Gott sei Dank!«, rief Mia erleichtert, umschloss seinen Kopf stürmisch mit den Armen und presste ihn vorsichtig an ihre Brust.

Sir William schlug die Augen auf. »Meine Damen, wir haben ein Problem«, sagte er dann, bevor er sich ächzend aufrichtete und prüfend an den Kiefer fasste.

»Ich rufe sofort einen Krankenwagen«, erklärte Mia schnell, doch Sir William schüttelte den Kopf. »Nein, das meine ich nicht. Ich meine, wenn ich nicht der Mörder bin und Mr Meil auch nicht, dann kommt der echte vermutlich noch.«

»Stimmt«, pflichtete ihm Lady Sophie bei. »Oder er war schon hier und hat sich über das von uns dargebotene Schauspiel prächtig amüsiert.«

»O nein«, rief Mia und stöhnte. »Vielleicht war das doch eine blöde Idee mit der Falle. Tut mir leid.«

»Nein, nein«, wandte Lady Sophie schnell ein. »Die Idee war sehr gut, nur unsere Ausführung war leider mehr als erbärmlich.«

»Aber was machen wir denn jetzt?«

»Ich schlage vor, wir bringen diese tapferen Beschützer hier erst einmal in ein Krankenhaus. Schließlich haben beide ziemlich harte Schläge abbekommen. Das sollte sich vielleicht doch besser mal ein Arzt ansehen.«

»Dann bleibe ich hier und halte solange die Stellung.«

»Auf gar keinen Fall«, protestierten Lady Sophie und Sir William gleichzeitig.

»Aber einer muss doch ...«

»Aber ganz sicher nicht du«, unterbrach sie Lady Sophie. »Mia, es hat wirklich Spaß gemacht, mit dir gemeinsam zu ermitteln, aber ich glaube, jetzt müssen wir vernünftig sein. Wir haben hier zwei verletzte Männer, die mir wirklich am Herzen liegen und ich möchte, dass sie behandelt werden. Wir haben unser Bestes versucht und wir haben nichts erreicht. So ist das leider meistens bei mir.« Traurig senkte sie den Blick.

Mia wollte etwas erwidern, doch Lady Sophie hob die freie Hand. »Nein, daran musste ich mich gewöhnen und daran wirst auch du dich gewöhnen müssen. Ich bin einfach eine überambitionierte, unvernünftige, übergriffige Person, wie mein Sohn es so schön auszudrücken pflegt.«

Sir William hob die Hand zum Protest, doch Lady Sophie winkte ab.

»Ich nehme die Dinge gern in die Hand, schieße dabei meist über das Ziel hinaus und am Ende erreiche ich damit sage und schreibe gar nichts. Außer, dass jemand verletzt wird. Ich werde jetzt diese beiden Männer ins Krankenhaus bringen und du gehst bitte nach Hause und ruhst dich aus.«

»Sophie, ich kann mich jetzt auf keinen Fall ausruhen. Durch meine Adern fließt pures Adrenalin.«

»Dann geh spazieren oder so. Meinetwegen geh in die Bibliothek und arbeite. Aber verlass dieses Cottage, bevor noch mehr Unglück geschieht. Ich möchte nicht, dass auch noch ein dritter Mensch verletzt wird, der mir am Herzen liegt.«

Alles in Mia sträubte sich gegen diese Aufforderung. Sie hatte diese Falle doch nicht gestellt, um jetzt ohne

Ergebnis dazustehen. Auf der anderen Seite war ihr die Gefahr, in die sie sich begeben hatte, bei den beiden Fehlalarmen erst so richtig bewusst geworden, und sie konnte sich längst nicht mehr vorstellen, dem wahren Mörder allein gegenüberzutreten.

»Okay, du hast ja recht«, gab sie widerwillig zu und hielt den anderen die Tür auf, damit sie hindurchgehen konnten.

Wenige Minuten später wurde sie von Lady Sophie vor Tante Lenas Cottage abgesetzt. Sie hatte darauf bestanden, Mia nach Hause zu bringen, und diese hatte schließlich eingewilligt, wohl wissend, dass die Fahrt nur dazu diente, sicherzustellen, dass sie auch wirklich nicht allein weiterschnüffelte. Als ob sie das getan hätte. Ihrerseits hatten die beiden Männer darauf bestanden, dass es peinlich genug war, sich von *einer* Frau in die Notaufnahme bringen zu lassen.

Während der Bentley am Ende der Straße um die Ecke bog und aus ihrer Sichtweite verschwand, seufzte Mia. Sie hatte sich wirklich mehr von dieser Aktion erhofft. Schade, dass sie ein so ergebnisloses und frustrierendes Ende gefunden hatte. Plötzlich hielt sie erschrocken inne. Der Korb! Sie hatte den Korb in Miss Meils Dusche vergessen! Ja war denn das zu fassen? Da waren sie alle vier einfach gegangen und keinem von ihnen war aufgefallen, dass der Fresskorb fehlte. Er musste noch immer in der Dusche stehen. Tolle Detektive waren sie. Vor allem, weil sich in diesem Korb sowohl ihr Haustürschlüssel als auch ihr Handy befanden. So etwas Blödes aber auch.

In ihren Gehirnwindungen kramte Mia nach einem passablen Ausweg aus dem Dilemma, doch was blieb ihr schon übrig? Sie konnte weder jemanden anrufen noch ins Cottage oder in die Bibliothek gelangen ohne Schlüssel. Sie würde wohl oder übel noch einmal zurückgehen müssen.

Wenig später stieg sie erneut durch das kaputte Wohnzimmerfenster. Sie würde Mr Meil unbedingt darauf hinweisen müssen, es reparieren zu lassen. Trauer und Gehirnerschütterung hin oder her, es konnte ja wohl nicht sein, dass jeder jederzeit in das Cottage einsteigen konnte.

Mit einem mulmigen Gefühl im Bauch durchquerte Mia das Wohnzimmer und stieg dann zum zweiten Mal an diesem Tag die Treppe zum Badezimmer hinauf.

Sie öffnete die Tür und sah gerade noch, wie eine Gestalt das Handtuch vom Boden aufhob, das sie ebenfalls liegen gelassen hatten. Instinktiv wollte Mia rückwärts wieder aus dem Badezimmer flüchten, doch da war es schon zu spät. Die Gestalt richtete sich auf und sah ihr direkt in die Augen.

»Ach, Sie sind es«, sagte Mia und atmete erleichtert auf. »Ich wollte bloß kurz meinen Fresskorb holen.« Sie grinste entschuldigend. Wie peinlich, dass nun auch noch Nora von ihrer missglückten Aktion erfahren musste. Na, wenigstens war es nicht Miss Clearmont, die es sofort überall im Ort herumerzählt hätte.

»Du wirst jetzt ganz genau tun, was ich dir sage«, wies Nora sie streng an.

Erst jetzt bemerkte Mia die Waffe, die auf sie gerichtet war, und zwar keine Flasche mit Badeschaum, wie bei

Lady Sophie vorhin, sondern eine richtig echte Waffe, deren Mündung direkt auf ihr Gesicht gerichtet war.

»Nora …«, war das Einzige, was Mia im Schock hervorbrachte.

Nora verdrehte genervt die Augen. »Warum kannst du auch einfach nicht aufhören, herumzuschnüffeln? Was ist denn bloß los mit dir? Die Polizei hat Ellis Tod doch als Unfall abgetan, warum hast du das nicht einfach akzeptiert? Alle haben hübsch um sie getrauert. Wir haben sie unter die Erde gebracht, und alles wäre gut gewesen. Aber nein, *Miss Superschlau* muss ja unbedingt noch selbst ermitteln. Was stimmt denn nicht mit dir, Mia Midway?«

Unkontrolliert begann Mia zu zittern. Wut. Nora war wütend. Wütende Menschen taten Dinge, die sie nicht wollten und hinterher bereuten. Nora würde sie erschießen, nur weil sie wütend war.

»Es … es tut mir leid?«, stammelte Mia.

»Soll das eine Frage sein? Du weißt nicht einmal, ob es dir leidtut?« Ungläubig riss Nora die Augen auf. Dann wich das Erstaunen erneut blanker Wut. »Ist ja auch egal. Es spielt keine Rolle, ob es dir leidtut oder nicht. Du hast alles versaut. Alles! Jetzt muss ich eben sehen, wie ich das wieder geradebiegen kann. Ich wollte dich eigentlich nicht auch noch umbringen, aber du lässt mir ja keine Wahl.«

Umbringen? Sie würde sie umbringen. Auch noch. Schlagartig wurde Mia klar, was sie intuitiv sofort gewusst hatte, als sie das Bad betreten und Noras zarte Gestalt gesehen hatte. Nora war es gewesen. Sie hatte ihre beste Freundin getötet. Obwohl das nicht den geringsten Sinn ergab.

»Wir hätten wirklich Freundinnen werden können, Mia Midway, weißt du das? Du bist Elli so ähnlich. Du bist intelligent, klug, interessant ... du bist ein Mensch, zu dem ich hätte aufsehen können. Und du hättest mich bestimmt nicht so verletzt wie sie. Verdammt, wir hätten so gute Freundinnen werden können. O Mann, ich kann einfach nicht fassen, dass du das alles zerstören musst.«

»Aber warum, Nora? Was hat Miss Meil Ihnen denn getan?«

»Sie hat mich verleugnet! Kannst du dir das vorstellen? Wir waren ein Herz und eine Seele. Die besten Freundinnen. So viele Jahre lang. Jahrzehnte lang sogar. Ich habe ihr immer den Rücken freigehalten und war für sie da, bedingungslos. Ich habe sie verehrt und hätte alles für sie getan. Und dann hat sie mich verleugnet. Alles hat damit angefangen, dass sie umgezogen ist. Einfach weg von Pennygrave. Allein das war schon Verrat. Wir hatten uns als Kinder geschworen, für immer hier zu leben, und sie geht einfach.«

»Nun ja, Miss Meil hat sich hier nicht mehr besonders willkommen gefühlt. Bei der Vorbesprechung für die Lesung hat sie mir erzählt, dass sie sich hier in Pennygrave beobachtet gefühlt hat. Sie hat vermutlich schon geahnt, dass ihr jemand etwas Böses will.«

»Ach, das ist ja interessant. *Du* willst wissen, was sie gefühlt hat? Bilde dir ja nicht ein, sie gekannt zu haben. Du hast nicht den geringsten Schimmer davon, was sie gedacht oder gefühlt hat. Nur, weil du sie *einmal* getroffen hast, brauchst du nicht glauben, dass ihr Freundinnen wart.«

»Nein, nein, das habe ich auch gar nicht behauptet«, beschwichtigte Mia sie schnell. Das bösartige Funkeln in Noras Augen hatte seit ihrer letzten Bemerkung äußerst beunruhigende Ausmaße angenommen. Außerdem hatte sie damit begonnen, immer wilder mit ihrer Waffe herumzufuchteln.

»Ich kannte Miss Meil überhaupt nicht«, versuchte Mia sie zu besänftigen. »Wir haben uns lediglich zu dieser einen, rein beruflichen Besprechung getroffen und da hat sie es mir erzählt.«

»*Mir* hat sie immer alles erzählt. Mir allein, verstehst du? *Alles*! Und dann auf einmal nichts mehr. Sie ist einfach von hier weggezogen und hat den Kontakt zu mir abgebrochen. Ich habe ihr Mails geschrieben, Briefe. Doch sie hat nichts davon beantwortet. Als ich sie angerufen habe, kam ich auf dem Handy ihrer Agentin heraus, die meinte, ich solle einen Termin vereinbaren. *Ich*! *Ich* soll einen Termin bei meiner besten Freundin machen? Unglaublich. Doch als Elli auch weiterhin nicht zu erreichen war, habe ich sogar das getan. Es war so erniedrigend, Herrgott noch mal! Um eine Audienz bei meiner besten Freundin zu betteln. So erniedrigend. Aber noch schlimmer war es, dass diese blöde Kuh von Agentin mir gesagt hat, Elli wolle mich nicht sprechen. Ja klar. Als ob. Also bin ich zu ihr gefahren. Zu einer ihrer Lesungen. Ich dachte, ich könnte dort mit ihr reden.« Sie stockte und schluckte schwer.

Offenbar war sie überwältigt von ihren eigenen Erinnerungen. Als sie weitersprach, glänzten Tränen in ihren Augen. »Und weißt du, Mia Midway, was meine Freundin Elli getan hat?«

Mia schüttelte den Kopf.

»Sie hat behauptet, sie kenne mich nicht und hat mich vom Sicherheitsdienst hinauswerfen lassen.«

»Oh.«

»Ja, genau, oh. Mich, ihre beste Freundin, die immer alles für sie getan hat.«

»Das verstehe ich nicht.«

»Nein? Ich habe es auch nicht verstanden. Deshalb bin ich zu ihr gegangen, als sie wieder hier in Pennygrave war. Ich dachte, ich suche sie lieber vor der Lesung in ihrem Cottage auf, damit sie mich nicht wieder hinauswerfen lassen kann. Verleugnen hätte sie mich hier ja wohl kaum können.«

»Und dann haben Sie sie erschlagen?«

»Es ist nicht so, dass es im Affekt geschehen ist. Seit sie mich verleugnet hat, habe ich immer wieder mit dem Gedanken gespielt, sie umzubringen. Ihr das verlogene Maul zu stopfen. Ihr den kleinen, zarten Hals umzudrehen. Doch als ich es dann wirklich getan habe, war ich selbst überrascht von mir.«

»Was genau ist passiert, Nora?«

»Wir haben uns gestritten. Als ich herkam, war sie gerade in ihrem Arbeitszimmer und hat ihre Unterlagen für die Lesung sortiert. Sie fiel aus allen Wolken, als ich plötzlich hinter ihr stand, doch ich wusste, dass das Fenster im Wohnzimmer schon lange kaputt war und sie sich nie die Mühe gemacht hatte, es reparieren zu lassen. Sie sah mich voller Entsetzen an. Sollte man seine Freundin nicht mit Freundlichkeit ansehen? Mit Freude über den Besuch? Mit Wohlwollen? Nein. Ich habe ihr dann direkt die Frage gestellt, die mich schon seit unserem letzten Aufeinandertreffen gequält hatte: *Warum hast du mich verleugnet?* Und weißt du, was sie gesagt hat?«

Wieder schüttelte Mia nur den Kopf.

»Dass sie nichts mehr mit mir zu tun haben will. Dass ihr meine krankhafte Besessenheit Angst macht. Dass sie froh ist, mich mit ihrem Wegzug aus Pennygrave endlich losgeworden zu sein, und dass ich endlich aus ihrem Leben verschwinden soll. Als eine Klette hat sie mich bezeichnet. Als eine krankhafte Klette. Da bin ich ausgerastet. Ich habe nach dem Türstopper gegriffen und ihn ihr mit aller Wucht auf den Kopf geschlagen. Sie ist zusammengebrochen und mir war sofort klar, dass sie tot ist. Ich habe sie ins Badezimmer geschleift, sie ausgezogen und ihr das Handtuch um den Leib gewickelt. Dann habe ich alles so arrangiert, dass es wie ein Unfall aussehen musste. Ausgerutscht im Bad. Die große Autorin. Die Idee für ihren Tod habe ich sogar von ihr selbst gestohlen. Aus einem ihrer Romane. Ist das nicht lustig? Wie sie so dalag, tot, klein und hilflos, da dachte ich daran, wie schön es hätte sein können, wenn unsere Freundschaft fortbestanden hätte. Wir waren so glücklich miteinander. Wenn sie nicht alles zerstört hätte, wären wir bestimmt noch immer beste Freundinnen. Ich habe sie so sehr geliebt. Trotzdem hat es mir nicht leidgetan, dass ich sie erschlagen habe. Es tut mir immer noch nicht leid. Ihr hat es schließlich auch nicht leidgetan, dass sie mich verletzt hat. Eigentlich sind wir jetzt quitt. Als sie mich verleugnet hat, ist nämlich auch etwas in mir gestorben.«

»Na ja, ich finde, das ist schon etwas anderes.«

»Tja, nur gut, dass niemanden interessiert, was du findest. Es ist gut, dass ich Elli umgebracht habe.

Wirklich gut. Es war ein Befreiungsschlag. Ich habe mich noch nie so gut gefühlt, so selbstbewusst. Ich muss mich an niemandem mehr orientieren und mir keine Gedanken mehr darüber machen, was jemand anders von mir hält. Ich bin einfach so, wie ich bin. Ich bin Nora. Ohne Elli. Nur noch Nora. Mein Leben lang war ich nur so etwas wie ihr Anhängsel, verstehst du? Sogar mein Name. Sie war vollständig. Sie war Eleonora. Ich war immer nur Nora. Jetzt bin ich endlich eigenständig. Das wird ein ganz neues Leben für mich.«

»Pff.« Erschrocken schlug sich Mia die Hand vor den Mund. Das verächtliche Geräusch war ihr einfach entwichen, sie hatte es nicht zurückhalten können. Doch Nora hatte die Bedeutung dieser einen Silbe natürlich sofort verstanden.

Ein hämisches Grinsen breitete sich auf ihrem Gesicht aus. »Du denkst, dass mein neues Leben nichts wert ist, wenn ich es im Gefängnis verbringen muss, stimmt's?«

Mia wollte den Kopf schütteln, doch in Anbetracht der Tatsache, dass dies exakt ihr Gedanke gewesen war, gelang ihr das nicht richtig.

Nora lachte laut auf. »Tja, Liebes, siehst du, das denke ich auch. Und deshalb gibt es für mich nur eine Möglichkeit: Ich muss dafür sorgen, dass ich nicht ins Gefängnis komme. Und was muss ich dafür tun?«

Eine dumpfe, schwarze Angst formierte sich in Mias Magengrube und drängte von dort aus in jede Zelle ihres Körpers. Mit einem Mal war ihr furchtbar übel.

»Richtig«, sagte Nora mit Bedauern in der Stimme. »Wenn ich nicht ins Gefängnis will, muss ich verhindern, dass mich jemand verpfeift. Und da du die

Einzige bist, die das könnte, werde ich dich wohl aus dem Weg schaffen müssen.«

Mias Blut pulsierte so stark, als ob ihre Adern gleich platzen würden. Hastig kramte sie in ihrem Gehirn nach den passenden Worten. Nach jenen, die Nora dazu bewegen würden, ihr nichts anzutun und sie gleichzeitig auf keinen Fall aufregen würden. Doch sie wusste, dass ihr nicht mehr viel Zeit zum Überlegen blieb. »Was, wenn ich Ihnen verspreche, Sie nicht zu verraten? Ich werde dieses Cottage verlassen, mit niemandem ein Sterbenswörtchen sprechen und Pennygrave für immer verlassen.«

»Ja, klar, und dann rufst du von Deutschland aus die Polizei. Als ob ein Auslandstelefonat eine Herausforderung wäre. Für wie blöd hältst du mich eigentlich?«

»Und wenn ...«

»Du brauchst dich gar nicht zu bemühen. Es führt kein Weg daran vorbei, dass ich dich umbringe. Ich bedauere das. Ehrlich. Irgendwie fand ich dich ganz nett. Aber es geht leider nicht anders.«

»Und wie ...«

»Wie du sterben wirst, meinst du?«

Mia schluckte schwer.

»Ich werde dich erschießen. Schnell und unkompliziert. Aber nicht hier, sondern unten im Büro. Schließlich kann hier jederzeit dieser Mellony auftauchen und das Handtuch mitnehmen wollen. Oh, das werde ich natürlich auch noch mitnehmen. Danke für die Warnung übrigens. Ich wundere mich selbst, dass mir so ein leichtsinniger Fehler unterlaufen konnte.«

Mia schwieg. Sie würde den Teufel tun und Nora auch noch auf die Nase binden, dass das fingierte Telefonat auf dem Friedhof nur eine Falle gewesen war. Leider. Denn nichts hätte sie im Moment dringender gebrauchen können als Inspector Mellony mit seinen grünen Augen und seinen schnippischen Kommentaren, der sie aus dieser misslichen Lage befreite. Wo waren denn bitte die Helden, wenn man sie brauchte? Aber so schnell würde sie nicht aufgeben. Ihr musste irgend-etwas einfallen. Sie war doch sonst nicht so unkreativ. Doch im Moment war ihr Kopf wie leergefegt. Möglicherweise lag das daran, dass diese Irre noch immer mit einer Waffe auf sie zielte.

»Na komm schon, gehen wir«, forderte Nora sie nun auf und bedeutete mit der Waffe, dass Mia sich umdrehen sollte. Diese gehorchte. Was blieb ihr auch anderes übrig? Sie musste Nora unbedingt in Schach halten. Sie in ein Gespräch verwickeln vielleicht. Aber wie zum Teufel machte man so etwas? Bis ihr etwas Sinnvolles einfiel, würde sie sich voll und ganz darauf konzentrieren müssen, die Irre nicht zu reizen. Also setzte sie sich folgsam in Gang. Bereits beim ersten Schritt spürte sie den Lauf von Noras Waffe in ihrem Rücken. Eine überraschende Flucht schied damit wohl als Möglichkeit aus. Noch bevor sie drei Schritte gemacht hätte, hätte Nora abgedrückt. So ein Mist.

»Na los, ein bisschen schneller. Ich habe nicht den ganzen Tag Zeit«, schimpfte die Irre hinter ihr.

Sollte sie versuchen, sie zu überwältigen? Sich vielleicht ruckartig umdrehen, den Überraschungsmoment nutzen und auf Nora einschlagen? Sie konnte sich nicht dazu überwinden. Weiter setzte sie Schritt für Schritt. Gleich waren sie am Fuß der Treppe angelangt. Von dort aus waren es nur noch wenige Meter bis ins Büro, wo sie ... nein, sie durfte gar nicht daran denken.

Auf einmal hörte Mia ein dumpfes Geräusch genau hinter sich, gleichzeitig konnte sie den Lauf der Waffe plötzlich nicht mehr in ihrem Rücken spüren. War sie jetzt tot? Hatte Nora etwa ohne Vorwarnung schon abgedrückt?

»Ist alles in Ordnung, Miss Midway?«

»Inspector Mellony?« Ungläubig drehte sich Mia um. Hinter ihr befand sich noch immer Nora, in deren Gesicht sich jetzt Wut und Enttäuschung spiegelten. Direkt hinter ihr stand Inspector Mellony, der ihre Hände auf dem Rücken festhielt und ihr gerade Handschellen anlegte, wie ein leises Klicken verriet. Neben ihm wiederum stand Constable Angel, die zwei Waffen in den Händen hielt. Mit der einen davon zielte sie auf Noras Schläfe, die andere hielt sie auf den Boden gerichtet.

Mia hätte gern etwas gesagt, doch die Wörter waren ihr verlorengegangen.

»Bedanken Sie sich bei Mrs Lampert«, erklärte Inspector Mellony in ihre Richtung. »Sie hielt es für angemessen, mich darüber zu informieren, dass es in Miss Meils Cottage mal wieder zugehe wie in einem Taubenschlag. Das wollten wir uns doch mal aus der Nähe ansehen. Leider muss ich zugeben, dass ich nicht im Mindesten überrascht bin, ausgerechnet Sie hier zu sehen.«

Beschämt senkte Mia den Kopf. Dann sah sie Inspector Mellony von unten herauf an, was ihren

Augenaufschlag verführerischer geraten ließ, als er gemeint war. »Ich hatte nur etwas hier vergessen. Und als ich es abholen wollte, bin ich auf Nora gestoßen, die gerade versucht hat, Beweismittel verschwinden zu lassen.«

»Welche Beweismittel denn? Wir haben doch längst alles mitgenommen?«

Mia biss sich auf die Zunge.

»Du Biest!«, keifte Nora. Offenbar hatte sie eine überraschend schnelle Auffassungsgabe.

»Nora hat mir den Mord an Miss Meil gestanden«, verriet Mia schnell. Auf keinen Fall würde sie zulassen, dass Nora ihre Finte an Inspector Mellony verpetzte. Auch wenn man es nicht glauben mochte, aber was er von ihr hielt, war ihr wichtig.

»Das wissen wir«, antwortete Inspector Mellony zu ihrer Überraschung. »Wir konnten ihr Gespräch vom Flur aus bestens mitverfolgen.«

Mia stemmte die Hände in die Hüften. »Und da haben Sie es nicht für nötig gehalten, mich etwas früher von dieser Irren zu befreien?« Ihr Entsetzen war aufrichtig. Nur aus Höflichkeit kämpfte sie die aufsteigende Wut nieder. Die Ängste, die sie in den vergangenen Minuten durchgestanden hatte, wünschte sie nicht einmal ihrem schlimmsten Feind.

»Sachte, sachte, Miss Midway. Auch in Anbetracht der zugegebenermaßen emotional kritischen Lage, muss ich Sie um Verständnis für unser Vorgehen bitten. So leicht wären wir niemals an ein Geständnis gekommen, das werden Sie doch bestimmt einsehen. Selbstverständlich entschuldige ich mich aufrichtig bei Ihnen. Dass unser Zögern die Dauer Ihrer misslichen

Lage verlängert hat, tut mir sehr leid, aber vielleicht lassen Sie mich Ihre Unannehmlichkeiten ja wiedergutmachen.«

»Unannehmlichkeiten?« Trotzig verschränkte Mia die Arme vor der Brust. »Na, da bin ich aber mal gespannt, wie Sie meine *Unannehmlichkeiten* wiedergutmachen wollen.«

»Vielleicht wollen Sie sich gern bei einem Abendessen ein paar Vorschläge dazu anhören.«

»Sie laden mich zum Abendessen ein? Ist das Ihr Ernst?«

»Inspector«, mischte sich nun Constable Angel ein. »Sie können sich doch hier nicht zum Abendessen verabreden, während wir eine Mörderin in Gewahrsam nehmen, bei allem Respekt, Sir.«

Inspector Mellony lächelte. »Oh, ich denke durchaus, dass ich das kann, Angel. Mrs Wells ist verhaftet, ihr Geständnis haben wir bereits, der Fall ist also so gut wie abgeschlossen.«

»Aber Sir ...«

»Constable, wenn Sie bitte so freundlich wären, Mrs Wells schon einmal aufs Revier zu bringen und ihren Ehemann zu informieren? Ich denke, er wird nicht gerade erfreut sein. Sie zeigen sich in diesen Angelegenheiten immer deutlich taktvoller als ich«, lobte er schmeichelnd.

Constable Angel lächelte. Dann öffnete sie den Mund und schloss ihn gleich wieder, während auf ihre Miene der gewohnte Ernst zurückkehrte. »Gehen wir«, sagte sie scharf, während sie Nora am Arm packte, weiterhin aber die Waffe auf sie richtete. »Und keine Mätzchen. Kommen Sie nicht mit, Inspector?«

»Oh nein, ich denke, ein Spaziergang zum Revier wird mir ganz guttun. Außerdem muss doch jemand die arme Miss Midway nach Hause geleiten, nicht wahr?« Er lächelte Mia freundlich an. »Kommen Sie, Miss Midway?«

Dankbar nahm Mia den ihr angebotenen Arm.

Als sie sich unter Constable Angels missmutigem Blick in Bewegung setzten, musste sie sich tatsächlich kurz auf ihn stützen, weil ihre Beine weich wie Pudding wurden. Ob wegen der ganzen Aufregung oder wegen der Nähe zu Inspector Mellony, vermochte sie im Moment allerdings selbst nicht genau zu sagen.

»Sehen Sie, Angel, genau das meinte ich. Man darf die Auswirkungen einer solchen Ausnahmesituation nicht unterschätzen.«

Ohne jegliche Reaktion fing Mia den bissigen Blick von Constable Angel auf. Sollte sie doch denken, was sie wollte. Sie war einfach nur froh, dass sie heil aus dieser Nummer herausgekommen war.

»Oder sollte ich Sie vielleicht besser in ein Krankenhaus bringen, Miss Midway?« Besorgnis spiegelte sich in den Augen des Inspectors wider.

»Es geht schon«, behauptete Mia tapfer. »Ich werde mich einfach zu Hause ein wenig auf die Couch legen.«

Der kurze Spaziergang zu Tante Lenas Cottage tat ihrem Körper und Geist besser, als sie erwartet hätte. Hatte sie sich nach dem Verlassen von Miss Meils Cottage noch ziemlich schwach gefühlt, so fielen Angst und Anspannung mit jedem Schritt etwas mehr von ihr ab. Wovor sollte sie sich auch jetzt noch fürchten? In den vergangenen Tagen, gewiss, da hätte sie gerechtfertigten Anlass zur Furcht gehabt, als der

Mörder noch auf freiem Fuß gewesen war. Doch jetzt war Nora in Polizeigewahrsam und würde vermutlich für den Rest ihres Lebens, oder zumindest für eine sehr lange Zeit, ins Gefängnis wandern. Von ihr ging keinerlei Gefahr mehr aus. Stattdessen schien der hübsche Kommissar sich endlich etwas mehr für sie zu interessieren. Mit seinen grünen Augen und seiner eloquenten Ausdrucksweise übte er noch immer eine geheimnisvolle Faszination auf sie aus, die sie jedes Mal verspürte, wenn er in ihrer Nähe war. Fast bereute sie, dass der Weg so kurz war und sie bereits im Vorgarten des Cottage standen. Ebenso, wie sie bereute, dass sie den gemeinsamen Weg vollkommen schweigend zurückgelegt hatten.

»Nun, Miss Midway«, begann Inspector Mellony und lächelte sie freundlich an. »Wann darf ich Sie denn zum Abendessen abholen?«

»Um acht Uhr?«

»Gut. Dann werde ich um acht hier sein. Ich freue mich, dass Sie mir eine Chance geben, den Schrecken wiedergutzumachen, den wir Ihnen durch unser spätes Eingreifen eingejagt haben.«

»Ach, das ist nicht der Rede wert.« Mia senkte den Kopf und hob dann den Blick, dieses Mal mit voller Absicht in verführerischer Manier.

Inspector Mellony lächelte irritiert. Dann drehte er sich um und ging zurück zur Straße.

»Ach, Inspector«, rief Mia ihm hinterher. Er drehte sich um. »Mir fällt da gerade noch etwas ein.« Mit schnellen Schritten trat sie zu ihm. »Mrs Warrington ... ihr Zusammenbruch. Ich glaube nicht, dass das ein Unfall war. Ich denke, dass jemand sie vergiftet hat, und zwar mit Zyankali. Wenn Sie im Ausguss ihres Spülbeckens riechen, werden Sie den bitteren Geruch bestimmt immer noch wahrnehmen können. Ansonsten können Sie doch bestimmt eine Probe nehmen, oder? Ich habe zwar keine Beweise, aber ich bin mir ziemlich sicher, dass Nora das ebenfalls war, denn Mrs Warrington hatte Unterlagen aus Miss Meils Cottage gestohlen. Sie lagen verbrannt in ihrem Kamin. Vermutlich hat sie diese selbst verbrannt oder Nora, damit niemand ihre Geheimnisse herausfindet. Vielleicht stand auf den Blättern ja auch etwas über Nora. Dass Miss Meil sie für verrückt ...«

»Miss Midway!«, donnerte Inspector Mellony. Das Lächeln war während Mias Geplapper schrittweise der Verärgerung gewichen. »Wenn Sie es wagen, mir noch einmal in meine Ermittlungen zu pfuschen, werde ich Sie wegen Behinderung polizeilicher Maßnahmen belangen, habe ich mich klar ausgedrückt?«

»Aber ...«

»Ich warne Sie: Die finanziellen Strafen für derartige Vergehen liegen im empfindlich hohen Bereich. Bei wiederholter Zuwiderhandlung darf ich Sie sogar zeitweise einsperren lassen, und das werde ich tun, da können Sie ganz sicher sein. Kann ich mich also darauf verlassen, dass Sie in Zukunft Ihre neugierige Nase aus polizeilichen Angelegenheiten heraushalten?«

Mia zuckte mit den Schultern.

»Miss Midway«, polterte Inspector Mellony.

»Ich kann doch nichts versprechen, wenn ich nicht weiß, was in Zukunft geschicht«, entschuldigte sich Mia.

Inspector Mellony schnaubte. »Ich hole Sie um acht Uhr ab. Und ich lege Wert auf Pünktlichkeit«, sagte er trocken. Dann drehte er sich um und ging grußlos davon.

Auweia. Es stand außer Frage, dass sie ihn dieses Mal so richtig verärgert hatte. Aber was hätte sie denn bitte schön tun sollen? Wenn Mrs Warrington nicht mehr zu sich kam und Nora schuld daran war, musste sie doch dafür zur Verantwortung gezogen werden. Seufzend starrte Mia Inspector Mellony hinterher, der sich raschen Schrittes entfernte. Er könnte so ein attraktiver Mann sein, wenn er nur nicht so besessen von seiner Arbeit wäre.

34

Ein schrilles Läuten riss Mia aus dem Schlaf. Sie brauchte einen Moment, bis sie begriff, dass sie auf dem Sofa eingeschlafen sein musste und das Geräusch von der Türklingel stammte.

Kaum dass sie die Haustür geöffnet hatte, fiel ihr eine vollkommen aufgelöste Lady Sophie um den Hals.

»O mein Gott, bin ich froh, dich zu sehen.« Sie drückte Mia so fest, dass dieser kurz die Luft wegblieb. »Nora war es! Das hätte ich niemals für möglich gehalten. Da sieht man mal wieder: Man kann den Leuten immer nur vor den Kopf sehen. Was für ein Glück, dass diese Irre dich nicht umgebracht hat.«

»Na, das übernimmst du ja gerade«, presste Mia um Luft ringend hervor.

»Ach du liebe Zeit, entschuldige.« Sofort ließ Lady Sophie von ihr ab und drängte sie behutsam zurück ins Cottage. »Du solltest dich hinlegen auf den Schock. Ein bisschen ausruhen, vielleicht auch ein bisschen schlafen.«

Mia verkniff sich einen Kommentar zu diesem Vorschlag. Stattdessen musterte sie Lady Sophie. »Sag mal, woher weißt du denn eigentlich, was passiert ist?«

»Constable Angel hat mich angerufen. Sie hat mir erzählt, wie sie dich vor Nora gerettet haben. Sag mal, stimmt es, dass sie mit einer Waffe auf dich gezielt hat? Das ist ja furchtbar. Hast du jetzt ein Trauma? Constable Angel meinte, angesichts der Umstände wäre es gut, wenn ich mal nach dir sehen würde.«

»Das wäre wirklich nicht nötig gewesen. Aber ich freue mich natürlich, dich zu sehen. Inspector Mellony hat mich nach Hause begleitet. Wenn es mir schlecht gegangen wäre, wäre er bestimmt noch dageblieben und hätte ... ach so, jetzt wird mir einiges klar.« Sie grinste.

Lady Sophie runzelte fragend die Stirn.

»Na, jetzt verstehe ich, warum Constable Angel dich gebeten hat, nach mir zu sehen, obwohl sie mich eigentlich gar nicht leiden kann. Die gute Frau ist nicht besorgt um mich, sondern wollte lediglich, dass du kontrollierst, ob der Inspector noch hier ist. Also diese Angel ist ja fast krankhaft eifersüchtig.«

»Hat sie denn Grund dazu?«

»Also wirklich, Sophie.«

»Man wird doch wohl fragen dürfen. Dass der Inspector dich gut findet, ist offensichtlich. Aber was empfindest du denn für ihn?«

»Ich glaube nicht, dass Mellony mich *gut findet*, wie du es ausdrückst. Ich glaube eher, ich gehe ihm ziemlich auf die Nerven. Erst vorhin hat er mich wieder angefahren, dass ich mich aus Polizeiangelegenheiten heraushalten solle.«

»Aber doch nur, weil er sich Sorgen um dich macht, du Dummerchen. Vielleicht solltest du ihm einfach eine Chance geben.«

»Warum liegt dir eigentlich so viel daran?«

»Und warum sträubst du dich eigentlich so sehr dagegen? Er ist doch ein sehr attraktiver Mann.«

»Schon.« Mia zuckte mit den Schultern.

»Dir gefällt William, stimmt's?«

Verlegen senkte Mia den Kopf und hob dann vorsichtig den Blick. »Möglicherweise.«

»Schlag dir meinen Sohn lieber aus dem Kopf. Er wird dir nur das Herz brechen«, sagte Lady Sophie harsch.

»Was macht dich da so sicher?«

»Ich kenne meinen Sohn. Lass es.«

Was sollte Mia darauf erwidern? Sie konnte ja schlecht ihre Gefühle für Sir William verteidigen, wenn sie nicht einmal in der Lage war, sie zu definieren. Außerdem war es ja wohl ihre Sache, wen sie interessant fand. Sie würde einfach abwarten und alles auf sich zukommen lassen. Was war so schlimm daran?

Ein paar Sekunden lang sahen sich die beiden Frauen wortlos an. Manchmal war es besser zu schweigen, wenn jede weitere Bemerkung zu einem Streit geführt hätte.

»Wie geht es denn Sir William und Mr Meil überhaupt?«, durchbrach Mia irgendwann die Stille. Schließlich kam Lady Sophie gerade aus dem Krankenhaus.

»Beiden geht es gut. Keine Brüche, aber deutliche Schwellungen. William durfte direkt nach Hause, Peter muss wegen des Verdachts auf eine Gehirnerschütterung eine Nacht zur Beobachtung bleiben.«

»Na, das klingt doch sehr gut. Dann hoffe ich sehr, dass es Mr Meil morgen auch wieder gut geht. Es tut mir wirklich leid, dass ich ihn so vehement verdächtigt habe, Sophie.«

»Ach, das ist doch längst vergessen.« Endlich lächelte sie wieder. Dann riss sie auf einmal die Augen auf und schlug sich eine Hand vor den Mund. »O Gott, das habe ich ja fast vergessen: Mrs Warrington ist aufgewacht«, platzte sie aufgeregt heraus.

»*Was*?«, rief Mia. »Und das sagst du mir erst jetzt? Wie geht es ihr? Konntest du sie sprechen? Kann sie sich daran erinnern, wer sie vergiftet hat?«

»Ja. Niemand.«

»Wie meinst du das? Das kann doch nicht sein?«

»Doch. Mr Wells war bei ihr zu Besuch. Er hat ihr Bittermandellikör mitgebracht. Sie hatte ihn angerufen und gebeten zu kommen, weil sie in den Aufzeichnungen, die sie aus Miss Meils Cottage gestohlen hatte, auch Dinge über Nora entdeckt hatte, die sie für bedenklich hielt.«

»Hat sie auch erzählt, was das war?«

»Nicht genau. Sie hat wohl Notizen für einen neuen Roman gefunden, in dem es um zwei Freundinnen geht: Die eine schön und erfolgreich, die andere das hässliche Anhängsel. Doch die Hässliche der beiden, Nola ...«

»Ach ...«

»Ja, Nola. Sie hat sich nicht einmal die Mühe gemacht, den Namen groß abzuändern. Also diese Nola stellt sie als regelrecht besessen dar, als kranke Stalkerin, die ihrer hübschen Freundin das Leben schwer macht. Diese möchte sich dann von ihr befreien, denn eines Tages wird es der hübschen Freundin zu viel. Sie sagt ihrer Klette, dass diese sie in Ruhe lassen solle und sie nichts mehr mit ihr zu tun haben wolle.«

»Aber – das ist doch fast eins zu eins die Geschichte, die sich zwischen Nora und Miss Meil abgespielt hat.«

»Ja. Nur wusste das Mrs Warrington nicht. Sie hielt es für bösartige Unterstellungen. Besonders als die hässliche Freundin im Roman dann ihre hübsche Freundin umbringt. Was für eine Ironie, dass es tatsächlich so eingetreten ist. Als hätte Miss Meil hellseherische Fähigkeiten gehabt. Als Mrs Warrington alles gelesen hatte, muss sie jedoch so empört gewesen sein, dass sie Nora anrufen und sie über den geplanten Roman informieren wollte, doch die war nicht erreichbar. Stattdessen war Mr Wells am Apparat, der daraufhin sofort zu Mrs Warrington eilte, um sich den Entwurf anzuschauen. Sie waren sich schnell einig, dass sie die Aufzeichnungen vernichten wollten. Dazu machten sie ein Feuer im Kamin. Doch auf einmal begann Mrs Warrington zu schwanken und brach zusammen. Ein Schlaganfall. Mr Wells hat sofort einen Krankenwagen gerufen und das war eigentlich auch schon die ganze Geschichte. Die Aufzeichnungen hat er wohl dann, wie abgesprochen, noch bei Mrs Warrington ins Kaminfeuer geworfen.«

»Also kein Mordversuch?«

»Nein. Nur ein relativ harmloser Besuch und ein altersbedingter Schlaganfall.«

Auf einmal begann Mia zu kichern. »Dann ist es ja gut, dass ich Inspector Mellony vorhin noch darauf hingewiesen habe, dass jemand eindeutig versucht hat, Mrs Warrington zu vergiften.«

Lady Sophie lachte scheppernd. »Der denkt bestimmt, das sei mein schlechter Einfluss, wenn du jetzt auch schon anfängst, Verbrechen anzuzeigen, die keine sind.«

»Tja, ich habe eben viel von dir gelernt.«

Sie lachten. Laut und ehrlich. Endlich. Es war genau diese Atmosphäre, dieses Gefühl von Unbeschwertheit, Leichtigkeit und Freundschaft, das Mia zwischen ihnen so sehr vermisst hatte.

»Alles wieder in Ordnung zwischen uns, Sophie?«, fragte sie, als sie sich wieder beruhigt hatten.

»Aber natürlich.« Lady Sophie zwinkerte Mia zu. »Mir tut nur der arme Mr Wells unglaublich leid. Vielleicht sollten wir ihn besuchen und uns ein bisschen um ihn kümmern.«

»Auf jeden Fall. Aber heute habe ich leider keine Zeit.« Sie verschwieg lieber, dass sie mit Inspector Mellony essen gehen wollte. Nicht, dass das Thema Männer erneut zum Streit führte.

»Kein Problem«, erklärte Lady Sophie zum Glück leichthin. »Ich werde nachher mal bei ihm vorbeischauen und ein Likörchen mit ihm trinken. Peter ist ja ohnehin noch im Krankenhaus und William ist heute Abend auch unterwegs. Allein zu Hause zu sitzen habe ich heute wirklich keine Lust. Und Mr Wells wird sicherlich Gesellschaft und ein offenes Ohr nötig haben.«

»Das denke ich auch.«

»Okay. Dann mache ich mich mal vom Acker und lasse dich ein bisschen schlafen.« Lady Sophie erhob sich. Mit einem liebevollen Lächeln betrachtete sie Mia. Dann seufzte sie einmal und zog sie noch mal fest an sich. »Weißt du eigentlich, dass ich dich richtig ins Herz geschlossen habe, Mia Midway?«

Mia grinste. »Geht mir ebenso, Lady Sophie Gellam.«

»Also dann.« Lady Sophie entließ Mia aus ihrer Umarmung und machte sich auf den Weg in Richtung Haustür. Mia begleitete sie.

Während Lady Sophie die Haustür öffnete, drehte sie sich noch einmal um und grinste Mia schelmisch an. »Und wer weiß, vielleicht können wir ja mal wieder ein

Verbrechen gemeinsam aufklären, wenn die Polizei nicht klarkommt.«

»Ja, wer weiß.« Mia grinste breit zurück. »Es war dumm und gefährlich, aber es hat wirklich Spaß gemacht.«

»Das freut mich zu hören.« Lady Sophie trat aus der Tür und schritt durch den hübschen Vorgarten. Während sie auf die Straße trat, hob sie die Hand zum Gruß. »Bis morgen früh in der Bibliothek, Mia Midway«, rief sie, ohne sich noch einmal umzudrehen.

»Bis morgen früh in der Bibliothek, Lady Sophie Gellam«, rief Mia zurück. Dann ging sie wieder ins Cottage, stellte die Klingel aus und ließ sich vollkommen erschöpft auf das Sofa fallen, wo sie sofort in einen tiefen Schlummer hinüberglitt.

Epilog

An diesem Abend saßen gleich zwei ungewöhnliche Paare beieinander und unterhielten sich über die Grenze der Dämmerung hinweg.

Im Haus der Familie Wells betranken sich Lady Sophie Gellam und Mr Wells mit Bittermandellikör, während er sich an ihrem üppigen Busen ausweinte und ihr gestand, dass er bereits geahnt hatte, dass seine Frau Eleonora Meil umgebracht hatte. Er erzählte ihr, wie aufgelöst Nora damals von ihrem Versuch zurückgekehrt sei, mit Eleonora auf einer von deren Lesungen zu sprechen. Schreiend habe sie das halbe Kücheninventar auf den Fliesen zerschlagen, während sie wilde Flüche über die einstige Freundin ausgestoßen hatte. Der Hass, der sich an diesem Abend in ihren Augen gespiegelt habe, hatte ihm einen Hauch dessen vermittelt, wozu seine Frau fähig war. Nach diesem Ausbruch sei sie nicht mehr dieselbe gewesen. Zeit seines Lebens habe Mr Wells gehofft, seine Frau würde sich endlich von der Freundin aus Kindertagen lösen, die ihr offenbar seelisch nicht guttat, wie ihre Besessenheit eindeutig bewies. Die Hilfe eines Psychologen habe Nora allerdings mit einem höhnischen Lachen abgelehnt. Er habe sie trotzdem geliebt. So sehr, dass er dazu bereit gewesen wäre, sein Leben mit einer Mörderin zu verbringen, wenn ihre Tat nicht entlarvt worden wäre. Auf der anderen Seite hatte sein tiefer Sinn für Gerechtigkeit ihm fast das Herz zerrissen und im Nachhinein war er doch dankbar dafür, dass Lady Sophie und Mia Midway den Fall gelöst und Nora ihrer gerechten Strafe zugeführt hätten. Selbstverständlich werde er seine Frau nicht im Stich lassen und sie im Gefängnis besuchen. Lady Sophie versuchte den Gedanken zu unterdrücken, dass Mr Wells von seiner Frau möglicherweise genauso besessen war, wie es Nora von ihrer besten Freundin gewesen war. Dennoch hielt ihn diese Besessenheit wenige Stunden später nicht davon ab, seine Hand etwas zu tief wandern zu lassen, als er Lady Sophie zum Abschied umarmte, und ihr in den Hintern zu kneifen. Höflich beschloss sie, diese missliche Geste zu ignorieren, und verließ das Haus von Mr Wells mit einem etwas mulmigen Gefühl. Er würde doch keine Dummheiten machen, oder?

Drei Ortschaften weiter saßen sich Mia und Inspector Mellony an einem kleinen Tisch in einem gemütlichen Restaurant gegenüber und genossen eine Flasche Wein und ein gutes Abendessen. Sie hatten sich bewusst für einen Treffpunkt außerhalb von Pennygrave entschieden, denn jeder wusste, dass diese Verabredung nicht nur für Melody Clearmont ein gefundenes Fressen gewesen wäre. Mia musste zugeben, dass sie die Gesellschaft des hübschen Inspectors mehr genoss als sie vermutet hätte. Sie sprachen über den Fall und Mellony zeigte sich überaus erleichtert, als Mia schließlich ihre Anschuldigungen wegen des vermeintlichen Mordanschlags gegen Mrs Warrington zurückzog.

Während das Kerzenlicht sich in ihrer beider funkelnden Augen reflektierte, stellte Mia wieder einmal fest, dass Inspector Mellony die grünsten grünen Augen hatte, die sie jemals gesehen hatte, und dass es ihren Herzschlag auf angenehme Weise beschleunigte, in diesen zu versinken.

Der weitere Abend verlief in einer sehr entspannten, manch einer würde sagen fast romantischen Atmosphäre.

Ob er den Grundstein für eine Vertiefung der Beziehung zwischen Mia und Inspector Mellony legte, das wird man sehen müssen. Vielleicht bei einem neuen Fall für die neugierigen Bibliothekarinnen.

Danksagung

An erster Stelle möchte ich den Personen danken, ohne die es meine Geschichten so nicht gäbe:

Johanna, mein Schwesterherz, du hast von der ersten Sekunde an an meine Geschichten geglaubt. Ohne deine Unterstützung, deine Kommentare, deine konstruktive Kritik, deine Ermunterung und dein endloses Vertrauen in meine Kreativität wäre ich vielleicht nie so weit gekommen. Danke für dich und alles, was ein eigener Roman wäre, wenn ich es aufschreiben würde.

Denny, du feierst mit mir die Erfolge und bedauerst mit mir die Tiefschläge. Du kritisierst, motivierst, diskutierst, hinterfragst, lachst und liebst, und das alles im richtigen Moment. Ich liebe dich.

Ich danke von Herzen meinen Töchtern Rosalie und Viola. Eines Tages werdet ihr verstehen, wie ihr dazu beigetragen habt, meinen Traum zu verwirklichen. Ich liebe euch.

Ich danke meiner geliebten Mama. Ich weiß, dass die himmlischen Geistesblitze von dir kommen. Ich liebe dich über alle Grenzen hinaus und vermisse dich unendlich.

Des Weiteren danke ich meiner engagierten Agentin Alisha, sowie dem wunderbaren und immer hoch motivierten Team von Digital Publishers. Tausend Dank für euer Vertrauen in meine Geschichten und die tolle Zusammenarbeit. Es ist mir immer wieder ein Fest.

Zum Schluss möchte ich natürlich von Herzen Ihnen danken, meine lieben Leserinnen und Leser. Jede und

jeder von Ihnen ist für mich unglaublich wertvoll. Jede gelesene Seite, jedes Lächeln, Knobeln, Jauchzen und Stirnrunzeln während des Lesens, jeder Kommentar und jede Rezension machen mich unfassbar glücklich. Vielen Dank, dass meine Geschichten in Ihren Händen und Herzen ankommen dürfen.
Allen Menschen, die mich und mein Schreiben unterstützen, danke ich von Herzen.
Ohne euch wäre ich nicht, was ich bin. Danke!

Eure Gisela B. Schmidt